自鞏洛舟行入
黃河卽事寄府縣僚友

공현의 낙수에서 배로 황하로 들어가며
즉흥시를 지어 부현의 벗들에게 부치다

강물 낀 푸른 산 뱃길은 동쪽을 향하고
동남쪽 사이 활짝 열려 드넓은 황하로 통하네
겨울 나무는 먼 하늘 끝에 닿아 희미하고
석양은 물결 속에서 사라져 간다

來水蒼山路向東
東南山豁大河通
寒樹依微遠天外
夕陽明滅亂流中

鬼眼

귀안

귀안 5

현우 퓨전 무협 소설

초판 1쇄 찍은 날 § 2005년 10월 26일
초판 1쇄 펴낸 날 § 2005년 11월 6일

지은이 § 현우
펴낸이 § 서경석

편집장 § 문혜영
편집책임 § 최하나
편집 § 장상수 · 서지현

펴낸곳 § 도서출판 청어람
등록번호 § 제1081-1-89호
등록일자 § 1999. 5. 31
어람번호 § 제2-0728호

주소 § 경기도 부천시 원미구 심곡1동 350-1 남성B/D 3F (우) 420-011
전화 § 032-656-4452 팩스 § 032-656-4453
http://www.chungeoram.com
E-mail § eoram99@chollian.net

ⓒ 현우, 2005

ISBN 89-5831-792-2 04810
ISBN 89-5831-577-6 (세트)

현우 퓨전 무협 소설

Fusion Oriental Heroes

5 - 연신(煉身)

도서출판 청어람

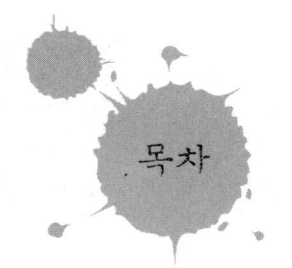

목차

제1장

심저에서 솟구치다

뿌우~

초원을 가르는 긴 뿔피리 소리.

뿌우, 뿌우, 뿌우~

가슴을 두드린다.

누구보다 카이얀은 벅차오르는 감정을 주체할 수 없었다. 거대한 뿔
피리가 시작을 알리는 것이다.

그렇다. 시작이다.

모이룬, 달리 목란(木蘭)이라 부르기도 하는 이곳은 합이빈(哈爾濱)
에서 동쪽으로 반나절을 이동하면 나타나는 목초 지대다.

언놈이 목란이라는 터무니없는 지명을 가져다 붙여놨는지는 모르지
만 장담컨대 그놈은 이곳 근처에도 안 와봤다. 말 타고 삼 일 동안 근
방을 훑어봐도 목란은커녕 손가락 두 마디 이상 자란 풀 한 포기 구경

할 수 없는 곳이니 그렇다.

카이얀은 이곳에서 나고 자랐다. 작년에 늑대에게 물려 시름시름 앓다가 초원으로 돌아간 그의 아비도 그랬고, 허연 수염과 주름진 얼굴만 기억나는 할아버지도 그랬다. 모르긴 해도 족보를 이삼백 년을 훑어본다한들 별다를 것 같지는 않다.

그러므로 카이얀은 자신이 중원에서 멀리 떨어진 변방에서 살고 있었다는 사실을 꽤나 오랫동안 알지 못했다. 당연히 중원에 산다는 한족에게 오랑캐 취급을 받고 있다는 사실도 몰랐다.

왜 그들은 한 번도 본 적이 없는 자신의 부족을 미개하다 욕하며 멸시하는가? 몽고의 푸른 이리에게 짓밟히고 개처럼 순종하며 연명하고 있는 주제에.

카이얀은 소리를 그릴 줄 안다. 카이얀뿐만이 아니라 부족의 모든 이들이 소리를 그리는 법을 배웠다. 이것을 가르쳐 준 이들은 이것을 '문자(文字)'라 하였다.

문자는 대단한 것이다. 입으로 전해주지 않아도 '책'이라는 것을 통해 자식들에게 사냥법을 가르칠 수 있었고, 남방의 반도국에서 발달한 농사법도 배울 수 있었다. 더 이상 터무니없이 부족한 말고기와 마유(馬乳)를 놓고 부족끼리 피 튀기는 전쟁을 하며 긴 겨울을 보낼 걱정을 하지 않아도 되는 것이다.

대륙의 중심에 사는 한족이라는 무리들은 태반이 문자를 모른다 하였다. 그러므로 미개인들은 그들이다. 그것을 분명하고 똑똑히 가르치러 간다.

팔백 기의 기마가 내뿜는 뿌연 입김이 군막을 뒤덮었다.

저들은 미래다. 카이얀의 아이들은 어엿한 제국의 일원이 되어 천하를 호령할 수 있을 것이다.

불자, 힘차게!

뿌우우우~

초원에 굳게 박혀 있는 목책이 들썩거렸다.

카이얀은 뿔피리를 내려놓고 목청을 높였다.

"개문(開門)이요~"

기기기기깅.

목책을 걸어 잠그고 있던 빗장이 느릿하게 풀리기 시작했다.

푸르륵.

칠흑 같은 검은 마갑을 두른 거대한 기마들이 들썩거렸다. 높은 목책에 가려 있던 광활한 초원이 눈앞에 펼쳐질 것을 알기라도 하는 듯, 달리고 싶어 안달이 난 게다.

그러나 기마 위의 기병들의 어루만짐에 기마들은 내심을 되삼킬 따름이다. 한낱 미물의 자기 절제. 기병과 기마는 완벽한 하나였다.

짙은 구름 속에 숨어 있던 반쪽난 달이 사위를 비추기 시작했다.

드디어 드러나는 기병들. 현기와 광기가 기막힌 분배를 이룬 두 눈이 귀면갑(鬼面鉀) 안에서 형형히 빛나고 있다.

고수다. 자그마치 팔백 기의 기마 위에 오른 절정고수들인 것이다.

끼이이익─

느릿하고 묵직하게 열리기 시작하는 성문.

선두에 선 자.

붉은 귀면갑 위에 하얀 십자 문양이 선명하다.

"출진!"

나직하지만 선명한 음성이 다시 한차례 심장을 두드린다.

함성 따위는 없다. 팔백의 기병은 가볍게 고삐를 털어낼 뿐. 그들은 묵직하게 움직일 따름이었다.

카이얀은 태산 같은 위용의 기마대를 내려다보며 두근거리는 가슴을 가눌 길이 없던 중에 문득 망루 위에 퍼덕이던 깃대에 시선이 갔다.

붉은 바탕에 금실로 놓아진 선명한 문자.

대한성국(大韓盛國). 중원의 미개인들의 심장에 아로새길 위대한 이름이었다.

카이얀은 재차 끓어오르는 피를 느끼며 깃대를 뽑아대더니 우렁찬 함성을 내지르며 힘차게 흔들어댔다.

천천히 나아가던 선두의 기마가 멈칫.

귀면갑 안에 형형히 빛나는 하나뿐인 눈이 느릿하게 망루를 향했다.

"쟤는 뭐냐?"

녹림천하문주 서패. 그리고 대한성국 기갑기병 제일대인 '검은 군대'의 선봉장이라는 또 다른 직함을 가지고 있는 이덕패가 황당한 어조로 물었다. 이에 곁을 따르고 있던 그의 부관 편가이가 답했다.

"카이얀이라는 자이온데 충심이 강하고 책임감이 투철하여 망루장직을 맡고 있습니다."

여전히 물끄러미 카이얀을 올려다보는 이덕패.

"훈련 나갈 때마다 저러냐?"

"워낙에 흥분을 잘하는 친구인지라……."

"오늘 역시 훈련이란 것도 알고 있고?"

"군사 모두가 틀림없이 숙지하고 있사옵니다."

그때까지도 목이 터져라 환호하며 무거운 국기를 연신 흔들어대고 있던 카이얀이었다.

"좀 말려라. 저러다 심장마비 걸리겠다."

"츙!"

한줄기 소성이 망루를 향해 길게 이어짐과 동시에 카이얀이 기절했고 다시 '검은 군대'의 팔백 기마대는 어두운 강물처럼 무겁게 움직이기 시작했다.

두두두둥!

영호성은 눈을 떴다. 눈을 떠보았지만 사위는 지독히 어두워 당장 시야에 들어온 것은 아무것도 없었다.

기력이 없다. 어둠 저편 어딘가 있을 손가락 끝에 정신을 집중시켜 보았지만 움직임을 느낄 수는 없었다.

"……."

이제야 생각난다. 자신에겐 움직일 손가락이 없는 것이다. 비단 손가락뿐만 아니라 손가락이 엮여 있는 손도, 손을 달고 있는 팔도 어깨 아름부터 잘라졌다.

"후우우~"

영호성은 되도록 깊이 호흡을 마셨다. 가슴에서 미세한 고통이 전해져 왔다.

지난밤… 정확히 지난밤의 일인지는 모르겠으나 이전에 깨어난 시점에서 느꼈던 가슴의 극통은 상당 부분 사라져 있었다. 누군가 영호성 스스로 박아 넣은 검편(劍片)을 뽑아내고 치료까지 해놓은 모양이었다.

그러다 문득 영호성은 자신이 정신을 잃기 전처럼 결박당하지 않았음을 깨달았다. 팔 하나를 잃었으나 남은 팔 하나와 두 다리는 움직일 수 있는 것이다.

영호성은 습관처럼 가부좌를 틀고 앉았다. 자신이 갇혀 있는 이곳이 어디인지 알아야겠지만 그전에 기운을 되찾는 것이 순서라 판단한 것이었다.

그러나 그것은 허사였다. 진기를 끌어올리려 하자 단전에서 비롯된 통증이 신경 한줄기, 세포 하나에까지 엄청난 속도로 전달되었고 영호성은 단말마의 비명을 지르며 까무러치고 말았다.

무당에서보다 더욱 지독한 통증이었다. 그때 중독된 독이 오장육부에까지 침습한 모양. 차라리 혀를 깨물고 죽고 싶을 정도의 통증이 한참 동안이나 계속되었다.

"비, 빌어먹을……."

영호성은 소매로 식은땀을 닦아냈다.

식은땀이라니… 육신의 분비물은 자신이 뱉어낸 욕설처럼 너무나 오랫동안 잊고 지냈던 것들이었다.

영호성은 엉금엉금 기어가서 벽에 등을 기대고 눈을 감았다.

삼봉은 어찌 되었을까? 여기는 도대체 어디인가? 이덕패가 말한 주인이라는 자는 무엇 때문에 자신과 장삼봉을 이곳에 데려왔는가?

수많은 질문들이 머릿속에서 솟구쳤지만 실마리는 전혀 떠오르지 않았다.

그러다 문득 눈을 뜬 영호성은 간담이 서늘해지고 오한이 들었다. 이것 역시 욕설과 식은땀처럼 영호성에게 익숙한 것들은 아니었다. 영호성은 실로 오랜만인 이 감각들이 그가 눈을 뜬 시점부터 이미 진행되고 있었으며, 그것이 석벽인 줄로만 알았던 사방의 벽들이 격자 무늬로 촘촘히 엮어진 창살 뒤로 비춰진 어떤 물체 때문이라는 것을 깨달왔다.

처음엔 그것이 그냥 사람의 흉상이겠거니 생각했다. 왜 사람의 얼굴과 가슴까지만을 표현해 놓은 조각상 말이다. 그러다 차츰 암시에 적응이 되면서 흉상의 모습이 지나치게 사실적이라는 느낌이 들었고, 마침내는 그것이 결코 조각상 따위가 아니라는 것도 알게 되었다.

영호성은 일어설 생각도 하지 못할 만큼 허겁지겁 무릎으로 기어가 쇠창살에 눈을 가져다 댔다. 그리고 이내 그의 노안은 좌우가 찢어질 만큼 커다랗게 뜨여졌다.

"이, 이런 쌍놈의 새끼들……."

영호성은 주먹을 쇠창살에 박아 넣었다. 틀림없이 백련정강(百鍊精鋼)으로 만들었을 쇠창살은 둔한 공명음만을 남겼고 자신도 모르게 끌어올린 내공 때문에 다시 온몸에 극통이 몰아쳤지만 영호성은 개의치 않고 몇 차례나 쇠창살에 주먹을 박아 넣었다.

주먹이 온전히 핏덩이가 되고서야 영호성은 피투성이가 된 손으로 쇠창살을 부여잡고 지그시 눈을 감았다.

잘못 본 것이리라.

그가 변한 만큼 자신도 변했다. 세월 앞엔 장사가 없는 법이다. 그러니까 쇠창살 너머 방에 있는 저 고깃덩어리는 자신이 아는 그 남자가 아닐 수도 있는 것이다.

영호성은 긴 호흡을 뱉어내고 다시금 눈을 떴다.

그리고 영호성의 바람과는 달리 고깃덩어리는 그곳에 자리하고 있었다. 구석구석 강침을 빼곡하게 박아놓은 육편은 영호성이 절대로 잊을 수 없는 얼굴을 매달고 동상처럼 서 있었다.

"이… 빌어먹을 마두 놈아……."

고깃덩어리는 반응이 없었다.

어깨를 비롯한 두 팔과 골반 아래로 있어야 할 두 다리는 없었지만 듣고 말할 수 있는 기관이 있는 머리는 아직 달려 있으므로… 녠장할… 평생 유일한 호적수로 인정한, 그러나 영원히 용서할 수 없는 연적이기도 했던 저 사내는 혼백이 달아나는 순간까지도 정신을 놓지 않을 것이므로 영호성은 재차 그를 불렀다.

"벼락 맞아 죽을 마교 교주 놈아! 눈을 떠보란 말이다!"

그렇다. 저 고깃덩어리는 공야숙이었다. 그리고 영호성의 생각대로 공야숙은 고개를 천천히, 참을성없는 사람은 당장에 달려가 머리채를 잡아 도와주고 싶을 정도로 느릿하게 고개를 들어올림으로써 구차한 삶을 증명했다.

"아… 이… 들……."

성질 급한 놈이 들으면 가슴이 터질 듯 느린 데다 습기라고는 찾아볼 수 없는 바짝 마른 음성.

영호성의 붉게 충혈된 노안에서 맑은 분비물이 흘러내렸다. 영호성은 닦아내려고 하지 않았다.

이것은 그저 분비물일 뿐이다. 사랑하는 여인을 가로채 간 마두 놈… 그 빌어먹을 놈이 팔다리가 끊기고 두 눈이 있던 자리는 움푹 패어 골이 졌어도 죽지 못하고 혀를 놀리는 통쾌한 장면이 벌어지고 있는데 사내가 눈물을 흘린다는 것이 말이 되느냐? 공야숙. 이건 그저 매캐한 먼지가 가득한 이 방에서 눈을 보호하기 위해 흘러내리는 육신의 분비물일 뿐인 것이다.

"보거라. 네놈의 업보니라… 네놈의……."

영호성은 말을 끝맺지 못하고 고개를 떨구고 말았다.

업보라니… 저 남자는 저런 벌이 타당하다 여겨질 만큼의 악행을 저지른 적이 없다. 마교의 교주였지만, 그가 교주로 있었던 삼 년 동안은 동네 똥개도 복날 걱정하지 않아도 됐을 태평성대였다. 누군가 저 남자를 저렇게 만들 수 있다면… 그것은 오로지 자신뿐이란 말이다.

공야숙은 남은 생과 힘을 온전히 쥐어짜듯 무언가를 중얼거리고 있었다.

"…초… 빈……."

영호성은 근원을 알 수 없는 분노에 휩싸여 있다가 정신이 번쩍 들었다. 저놈이 저 꼴로 여기에 있다면 민초빈은… 그녀는 어찌 되었는가?

"초빈은… 초빈은 어찌 되었느냐?"

영호성은 버럭 외쳤다. 공야숙이 들을 수 없다는 것쯤은 안다. 예전에 귀가 있었음 직한 부분에는 피에 엉겨 붙은 머리칼뿐이다. 진기를 운용할 수 있다 하여도 귀가 없으니 전음조차 의미가 없는 것이다.

"…아이… 들…… 살… 려… 줘……."

끊어질 듯, 그러나 그의 질긴 생명처럼 계속 이어졌다. 극마 공야숙이 저 꼴임에… 자신이 이 꼴로 여기 있음에 민초빈이라고 무사할 수 있었을까?

영호성은 바랐다, 민초빈은 죽었기를. 저런 꼴로 살아 있으니 차라리 깨끗하게 죽었기를 진심으로 바랐다.

영호성은 철창에 등을 기대고 주저앉았다. 어차피 공야숙은 볼 수 없을 터이지만 끊이지 않고 흘러대는 눈물을 보이기는 싫다.

"진아는 무사하다."

여태까지 무사한지 어떤지 알 수는 없지만, 젠장! 도무지 무사할 성싶지가 않지만… 자신이 진을 마지막으로 본 시점에서는 무사했으니 적어도 거짓을 말한 것은 아니다.

"그 녀석이 무사한 것을 보면 계집아이도 무사할 것이니 너는 네 걱정만 하면 되는 것이다."

그 순간 명주실 한 가닥으로 천 근을 버티고 있는 듯, 위태한 공야숙의 음성이 잦아들었다.

영호성은 깜짝 놀라 돌아보았다. 차라리 죽는 것보다 못한 상태지만, 그래도 이렇게 그를 보내기는 싫었다.

그리고 영호성은 보았다.

공야숙은 웃고 있다. 혹자가 본다면 엉망으로 짓이겨진 얼굴 근육들이 잠시 꿈틀거린 것에 지나지 않는다고 말할는지 모르지만, 분명히 저것은 웃음이다.

"나는 네놈의 모든 것이 싫지만 그 옘병할 웃음이 특히 싫다. 지금네놈 꼴을 보고도 웃음이 나오더냐?"

대답은 없다. 영호성도 입을 다물고 눈을 감았다. 멈추지 않던 눈물이 그치고 뺨이 말라갈 무렵 영호성은 다시 눈을 떴다.

"네놈이 보다시피 나도 이 지경이니……."

영호성은 잠시 말을 멈추고 한숨을 내쉬었다. 공야숙은 보지 못한다는 것을 잊은 것이다. 어쩌다 그들이 이 지경까지 되었단 말인가?

"그러니 너를 그렇게 만든 놈에게 천만 배의 고통을 되돌려 주겠노라고 내 장담하지는 못하겠다. 그러나 이것 하나는 약속하마. 초빈이 죽었다면… 그녀의 주검을 거두어… 양지바른 곳에 묻어주마."

영호성은 '네놈과 함께'라는 말을 하지 못했다. 나이와 세월 따위는 관계없는 것이다. 연적을 둔 사내의 자존심이라는 놈 앞에서는 말이다.

영호성은 진기를 움직였다. 아랫배가 통째로 깨져 나갈 듯하지만, 의지와 상관없이 손이 떨려오고 비명이 터져 나오려 하지만 영호성은 기어이 손끝에 한 줌의 진기를 응집시켰다.

보내주려는 것이다. 가까스로 뽑아낸 한줄기 진기와 바닥에 뒹구는 손톱 절반만한 크기의 돌멩이뿐이지만, 그렇기에 고통스럽지 않은 깨끗한 죽음을 안겨줄 자신은 없지만 녀석도 원할 것이다. 원하지 않는다고 해도 더는 보지 못하겠다.

말했지 않느냐. 공야숙, 너는 내 손에 죽을 것이라고. 그러니 너는 그냥 가면 된다. 억울해할 필요가 없단 말이다.

영호성은 돌멩이를 중지와 엄지손톱 밑에 끼웠다. 소림의 탄지공(彈指功). 사혈(死穴)이 도무지 어디에 붙어 있는지 모를 정도로 엉망인 공야숙이었지만 영호성은 실패하지 않을 것이었다.

"편하게 가거라."

손가락을 튕기자 돌멩이는 흉맹한 기운을 머금고 공야숙의 양미간을 향해 쏜살같이 날아가기 시작했다.

그러나……

피슈슈슈!

돌멩이는 영호성과 공야숙의 중간 거리에서부터 슬그머니 바스러지기 시작하더니 공야숙의 미간에 도착할 무렵에는 한 줌 먼지가 되어 초라하게 흐트러지고 말았다. 그것은 결코 영호성의 진기가 부족하다거나 과해서 일어날 수 있는 일이 아니었다.

"저런, 내공을 그만큼이나 끌어내리려면 꽤나 고통스러웠을 텐데요. 공야숙이 밉기는 미우신가 보군요."

돌연 울려 퍼지는 음성에 영호성은 놀라 두리번거렸다.

비록 끌어올려 물리력을 행사할 수는 없다지만 일평생 하루도 빠짐없이 단련해 온 자하진기는 온전히 남아 있다.

그러므로 누군가 이 지랄 맞은 뇌옥에 들어왔다면 알아차렸어야 한다. 그러나 영호성은 목소리가 이리 지척에서 울릴 때까지도 아무런 인기척을 느끼지 못했다. 더욱 빌어먹을 일은 지금도 놈이 어디에 있는지 도무지 느껴지지가 않는다는 것이다.

"대사형께서는 손속에 자비가 예전보다 못하십니다그려. 껄껄껄."

영호성으로서는 더욱 기가 막히게도 뇌옥의 쇠창살 밖에 아닌 영호성의 방 안, 처음부터 그곳에 있었다는 양 그늘진 구석에서 한 인영이 조용히 흘러나왔다.

"대사형?"

마침내 완전히 그늘에서 벗어난 사내의 얼굴이 드러났다. 정갈하게 다듬은 수염이 부드러워 보이는 인상에 온후함을 더했으나 차갑게 빛나는 묵빛 동공이 부조화를 만들고 있는 장년인.

"너, 너는……?!"

"기억하십니까? 사십여 년 만에 뵈옵니다."

"악영산. 그래… 네놈이었구나."

현 화산파의 장문인. 영호성이 화산의 대사형 시절이던 때 갓 입문한 꼬마에 지나지 않았으나 뛰어난 기지와 무재로 단숨에 화산의 장문인 자리를 차지한 불세출의 인물이며 화산의 미래라 불리는 화산육검을 키워낸 장본인이기도 했다.

왜 몰랐던가?

무당에서 자신의 팔을 몸뚱이에서 영원히 떨어뜨려 놓은 한 수가 바로 십사수매화검법이었음에.

비단 화산절정검공뿐만이 아니었다. 이덕패는 그렇다 치더라도 곤
륜의 운룡십삼검(雲龍十三劍), 천년신교의 수라파천도법, 황보세가의
태산십팔반검(泰山十八盤劍), 심지어 무당의 태극혜검까지 펼쳐졌다.
정사를 불문한 강호일절이라 불릴 만한 절정무공들이 그저 흉내만 내
는 정도가 아닌, 제대로 연마된 채로 자신과 장삼봉을 밀어붙였으니 정
신을 차릴 수가 없었던 것이다.

이제야 이해가 된다. 악영산, 이놈이라면 그토록 완벽한 십사수매화
검법을 펼칠 만하다. 또한 다른 녀석들도 최소한 장문인급의 고수들이
리라.

악영산은 여전히 냉랭한 시선으로 공야숙을 노려보았다.

"지키지 못할 약속을 하시더군요."

영호성은 아연 긴장했다. 놈은 처음부터 듣고 있었던 모양. 그렇다
면 약속을 지키지 못할 상황이란 단 한 가지 경우뿐이다.

"여전하시군요. 이 세상에서 자신을 죽일 수 있는 이는 오직 자신뿐
이라 생각하는 그 만용. 하지만 이제는 생각을 고쳐먹을 때가 되지 않
았습니까?"

할 말을 잃은 영호성. 맞는 말이다. 분명히 무당에서의 싸움은 숫자
에서 불리했지만 일 대 일로 대적했다 하더라도 그리 쉬운 싸움은 되
지 않았을 것이다.

맥이 빠진 영호성을 두고 악영산이 말을 이었다.

"죽일 생각이었다면 무당에서 그리했을 것입니다. 그것은 공야숙도
마찬가지입니다."

영호성의 눈에서 불똥이 튀었다.

"네놈이 보기엔 저것이 산 것이냐? 저것이 산 사람의 모습이냔 말이다!"

"우리가 갔을 땐 이미 저런 모습이었습니다. 과연 마교라, 배신자라지만 한때 자신들의 지도자를 죽지도 살지도 못한 꼴로 만들어놓았더군요."

악영산의 말은 일부는 맞고 일부는 틀리다. 공야숙은 분투했으나 천년신교의 고수들에게는 중과부적이었다. 그들의 율법에 따라 배신자를 처리한 것이다.

그러나 악영산은 결코 늦지 않았다. 그 모습을 그저 지켜보았다. 그에게 필요한 것은 공야숙의 몸뚱이뿐이었지 '공야숙' 그 자체가 아니었던 것이다.

"초빈은… 초빈은 어찌 되었느냐?"

간절한 음성.

"그분은 다행히 무사하시더군요. 지금 우리가 잘 모셔놓았습니다."

영호성은 나직이 안도의 한숨을 내뱉었다. 악영산의 말을 모두 믿을 수는 없었으나 영호성은 되도록 그의 말을 모두 믿고 싶었다.

"날 살려둔 이유가 무엇이냐?"

비릿하게 웃는 악영산.

"질문이 틀렸습니다."

"……?"

"당신은 자신을 어디에 쓸 것인가를 물어야 합니다."

"그래, 나를 어디에 쓸 작정이냐?"

"차차 알게 될 것입니다. 하하하하!"

순 말장난이나 해보자는 수작. 영호성의 눈에 불같은 노기가 피어올랐다. 그러나 악영산의 웃음은 서서히 멀어져 갔고 어느새 악영산의 모습도 어둠 속으로 사라져 갔다.

마침내 아무런 기적이 느껴지지 않자 영호성은 다시 풀썩 주저앉았다.

되짚어보자.

죽이지 않았다. 이덕패와 악영산, 그리고 각파의 장로급 이상의 수뇌들이 뜻을 모았다. 아니, 한뜻을 가지고 모인 것이 아니다. 화산, 곤륜, 천년신교와 녹림천하문. 도무지 한데 섞일 수 없는 이들이 아니던가?

그들은 처음부터 한 무리였으며 각파에 침투한 것이다. 그것만이 저들의 연합을 설명할 수 있다. 영호성은 문득 오한이 들었다. 그토록 긴 세월을 준비한 자들. 무엇을 위해서인가?

무엇을 위해서인지는 모르나 한 가지는 확인했다.

"나를 사용한다 했으렷다."

자신과 장삼봉을 살려둔 이유가 설득해서 지원을 얻으려 하는 허튼 수작은 아니라는 것쯤은 알겠다. 무당에서의 다섯 고수의 무력. 그리고 그들이 부리고 있는 자들의 수준을 가늠해 볼 때, 가히 유래를 찾을 수 없을 만큼 강대한 세력을 이미 구축하고 있다는 것을 의미하므로 손을 보태달라는 뜻은 확실히 아닌 것이다.

다른 필요에 의해서일 게다.

"몹쓸 물건이 되어야겠구나."

영호성은 진기를 끌어올렸다. 무공을 폐하고 혈맥을 조각조각 끊어버릴 작정이다. 예의 무시무시한 통증이 전신으로 휘몰아쳤다.

그러다 문득 공야숙의 모습이 눈에 들어왔다. 그 역시 이미 폐인. 그럼에도 아직 살려둔 이유는 무엇인가?

더불어 머릿속에 떠오르는 얼굴. 환하게 웃는 민초빈이었다.

그녀는 과연 악영산의 말대로 무사한가? 저 녀석 대신 확인해야 하는 것이 아니던가?

영호성은 진기를 풀었다.

"빌어먹을… 이 나이에도 미련이 남는가?"

영호성의 낮은 탄식은 뇌옥의 창살을 빠져나가지 못하고 맴돌 뿐이었다.

                    *   *   *

빛이다.

눈부심을 느낄 새도 없이 피어나 시신경을 마비시키고 신경을 통해 대뇌피질이 자극되어 그것이 빛이라는 사실을 인지하기도 전에 사라져버렸지만, 그것은 분명히 빛이었다.

진은 그 빛을 안다. 혹자는 그 아름다운 빛무리를 두고 천사의 강림이라 말할는지 모르지만 그것은 죽음의 계시다. 제아무리 천하를 뒤집는 무위가 있다 한들 그 빛을 목도한 이는 죽음을 벗어날 수 없으리라.

그렇다면 이곳은 지옥인가?

일평생 천당에 갈 일을 해본 기억이 없는 진은 자신이 갈 곳은 지옥뿐이라 생각했다. 당연한 일이라 생각했건만 막상 이렇게 되고 보니 덜컥 겁이 난다. 이럴 줄 알았으면 교회라도 다녀보는 건데…….

묘하다.

지옥에도 진기라는 것이 있는가? 이제는 그 자체로 살아 숨 쉬는 생명체가 되어버린 옥녀심공과 태양공이 하나로 어우러져 단전에서 움칠대고 있다. 기혈을 열면 언제라도 뛰쳐나갈 듯이 활발한 움직임을 보이고 있는 것이다.

그러다 문득 진은 자신이 눈을 감고 있다는 것을 인지했다. 솔직히 눈을 뜨고 펼쳐진 광경을 보기가 두려워 눈을 뜨기가 싫었던 것이다. 그러나 언제까지 그렇게 있을 수는 없는 노릇. 슬며시 눈을 뜨려 하자 하얀 광채가 쏟아져 들어온다.

넨장할… 빛은 이제 싫은데…….

"우워워워웡!"

눈꺼풀의 근육을 움직여 망막이 공기 중에 노출되기도 전에 괴이한 일성이 들려오며 상당히 부담스러운 무게가 가슴을 짓누른다. 곧이어 앞섶이 뜨거운 액체에 의해 젖어들기 시작했다.

진은 아직까지도 이성과 비이성이 혼재해 있는, 소위 정신이 없는 상태였기에 가슴을 짓누르고 있는 물체가 어찌해서 이렇듯 뜨거운 물을 자신의 가슴에 쏟아내고 있는 것인지 쉽사리 판단하지 못하고 있었다.

마침내 완전히 눈을 뜨고 진이 처음 본 것은 칠흑같이 검은 비단 더미가 자신의 가슴과 얼굴을 완전히 덮고 있는, 다소 무시무시한 광경이었다.

"이제야 우렁우렁… 나면… 어떻게… 우렁우렁… 죽어버린 줄만… 우렁우렁…….."

귀를 통해 들어온 괴성은 머릿속에 들어와서 단지 우렁댈 따름, 무슨 의미인지 진은 전혀 알 수 없었다. 대체 인간의 언어와 비슷한 이상

한 소음을 발생하는 물체가 무엇인지 확인하기 위해 가슴을 내려다보던 진은 간담이 서늘해지고 말았다.

검은 비단을 치렁치렁 나부끼며 하얗게 질린 창백한 얼굴 위에 벌겋게 충혈된 눈동자가 박힌 괴생명체다.

그것은 그의 어린 시절, 홀로 화장실을 가지 못하여 결국 이불에 오줌을 지리게 만든 끝에 사나이 자존심에 심대한 상처를 주게 만들었던 '전설의 고향'에서의 처녀귀신과 닮아 있었던 것이다.

진은 자신이 이미 죽었다고 가정했기 때문에 허옇게 뜬 얼굴에 검은 삿갓을 쓴 저승사자가 아닌 처녀귀신이 보인 것에 잠시 의아해했다.

그러다 처녀귀신 너머로 보이는 수세미 수염이 보였고 뿌옇기만 한 얼굴의 윤곽이 드러나기 시작하자 그가 '수세미 아저씨' 함철원과 닮은 구석이 많다는 것에도 의아했다. 그리고 함철원의 곁에 서서 처녀귀신과 자신을 번갈아 보며 불편한 얼굴을 하고 있는 이가 묵진민임을 확인하고 나서야 진은 자신의 가슴을 사정없이 두드리며 질책하고 있는 처녀귀신이 숙연연이라는 것을 알 수 있었다.

"날⋯⋯."

힘은 없지만 또똑한 음성. 숙연연과 중인들은 다소 놀란 표정으로 진을 쳐다봤다.

"때려죽일 작정이냐."

눈물 콧물 범벅이면서도 밝게 웃는 숙연연. 썩 보기 좋은 모양새는 아니었지만 나쁘지도 않다. 자신이 죽는다면 울어줄 사람이 적어도 한 사람은 있다는 것이 확인되고 있으니까.

"곧 죽어도 그놈의 입은 팔팔하군."

함철원이다. 내심과 입이 겉돌기는 그 역시 마찬가지. 함철원은 말과는 달리 안도의 기색이 역력했다. 진은 함철원을 향해 옅은 미소를 지어 보였다.

"다들 무사한가?"

함철원의 얼굴이 급속히 어두워졌다.

진은 함철원의 얼굴을 보며 긴장하지 않을 수 없었다. 거대한 비행선, 그 안에 가득 차 있을 수소, 그리고 수소를 지옥의 불길로 변화시킬 폭약. 진은 비행선의 폭발과 그 폭풍에 휘말린 뒤로 정신을 잃었으므로 그 뒤에 일어난 일들을 알 수 없었으나 참담하게 일그러진 함철원의 표정을 보고 자신의 예측이 많이 빗나가지 않았을 것이라 생각했다.

진은 망연한 시선을 천장으로 향하며 꿈꾸듯 말했다.

"얼마나 죽……."

진은 얼마나 많은 사람들이 죽었냐고 물으려다 입을 다물었다. 얼마나 죽었냐고 묻기보다는 몇 명이나 살아남았냐고 묻는 것이 빠르다는 것을 깨달은 탓이다. 그리고 이미 그것들이 별 의미가 없다는 것도.

"다섯."

진은 놀라 함철원을 돌아봤다. 잘못 들었나 싶어서다. 다섯 명이라니. 아무리 강력한 위력의 비행폭탄이었다고 해도 그 많은 사람들 중에 다섯 명만이 살아남았다니… 진은 도무지 믿을 수가 없었다.

"몇몇 중상을 입었고 많은 사람들이 찰과상 정도의 상처를 입었지만 죽은 사람은 놀란 사람들에 떠밀려서 압사한 네 명과 폭발 소리에 놀라 심장이 멎어 죽은 노인 한 명뿐이오."

진은 침상에서 벌떡 일어났다. 어디에서 비롯된 것인지도 모를 동통이 전신을 두드려 댔지만 진의 개의치 않았다.

죽지 않았다. 다섯의 고혼에게는 미안한 일이지만 수천, 어쩌면 더욱 많은 사람이 갈가리 찢겨 죽었어야 할 상황이었음에 함철원의 말이 사실이라면 기적에 가까운 일이었다.

"다행이군."

그러나 진의 얼굴은 밝지 않았다.

그런 폭발 속에서 희생자가 다섯 명뿐이라는 것은 확실히 다행한 일이다. 그러나 전혀 다행이라고 생각되지가 않는다.

실수할 녀석들이 아니다. 이 정도 결과를 위해 그리도 거창한 일을 벌일 녀석들이 아니란 말이다.

뭔가 빠졌다, 중요한 뭔가가…….

"다행이라… 그렇지만도 않소이다. 특히 우리들에겐 말이오."

함철원의 말에 진이 의아한 시선을 던졌다. 함철원은 품에서 반쯤 타다 만 종이 뭉치를 진에게 건넸다. 진이 종이를 받아 들고 붉은 글씨로 쓰인 글을 읽어 내렸다.

"다음엔 눈꽃 대신……."

분명히 이어지는 말이 있을 것이었으나 진이 받아 든 종이는 절반이나 타 없어져 있었다.

"독질려와 파편이 될 것이다."

돌연 밖에서 들려온 권태로운 음성. 동시에 문이 열렸고 낯선 사내들이 들이닥쳤다. 그들의 뒤를 따라 천천히 들어선 자, 퇴폐석이고 흐리멍덩한 시선과 창백한 안색을 지닌 사내다. 바로 백비운의 아들 백차성이었다.

백차성은 다짜고짜 의자를 하나 빼더니 털썩 주저앉고는 탁자 위에 두 다리까지 올려놓았다.

"장관이었지. 태양보다 밝은 찬연한 빛과 이어 하늘에서 내리는 때 아닌 눈꽃. 아니지. 실상 하늘에서 쏟아져 내린 것들은 종이 쪼가리에 불과했지. '다음엔 종이 대신 독질려와 파편이 될 것이다' 라는 글씨를 새겨놓은 엄청난 양의 쓰레기를 개봉 전역에 퍼부은 거야."

함철원과 묵진민이 무기에 손을 가져다 댔다. 진 역시 백차성의 돌출적인 행동이 적잖이 거슬렸으나 함철원과 묵진민의 대응은 과하다 싶을 정도였다.

함철원들이 반응은 관심없다는 듯 백차성은 탁자 위에 올려놓은 다리를 반대로 꼬며 다시 말을 이었다.

"모두들 겁을 집어먹었어. 감히 역모를 꾀하니 백 년 전에 죽은 몽골의 푸른 이리가 천군(天軍)을 이끌고 내려와 개봉을 피바다로 만들려 한다는 소문이 하루도 지나지 않아서 삼척동자도 아는 사실이 되어버린 거야. 어떤 녀석의 머리에서 나온 것인지는 몰라도 상상력이 풍부하지 않나? 종이 쪼가리에는 하나같이 다음엔 종이 대신 몸통에 구멍을 만들어놓을 파편을 넣겠다는 말뿐이었는데 말이야."

진은 백차성의 말을 듣고 망치로 뒤통수를 얻어맞은 듯한 충격을 받았다.

'이거였나, 한진회……'

진이 소리없이 웃자 시종 권태로운 표정이던 백차성의 얼굴이 비로소 다소간 굳어졌다.

"웃네? 맞아, 웃기는 얘기지. 그런 것이나 믿는 무지렁이들이……."

"개봉은 죽었군."

진이 백차성의 말을 끊었다. 백차성의 얼굴은 더욱 굳어졌으되 그의 말을 끊어버린 것에 대한 반감은 아니었다. 백차성의 퇴폐적인 눈이 일순 살기가 감돌았으나 진조차도 알아차릴 수 없을 정도로 찰나간에 일어난 일이었다. 백차성은 예의 늘어지는 말투로 물었다.

"재밌는 추리군. 아주 흥미로워."

탁자에 올린 발을 내리고 두 손으로 턱을 받치며 진에게 시선을 고정하는 백차성. 재밌는 옛날이야기를 기대하는 아이 같은 모습이었다.

"독질려와 파편을 넣었다고 해도 한 번의 공격으로 개봉의 모든 이를 죽일 수는 없겠지. 많이 죽겠지만 대부분은 살아남아. 당연히 미지의 적에 대한 공포가 지배하겠지만 그건 아주 잠깐이야. 보통 사람들이 공포와 분노를 구분하기란 쉬운 일이 아니거든?"

진이 잠시 숨을 돌리자 그 틈에 백차성이 끼어들었다.

"공포와 분노를 구분하기가 쉽지 않다? 결국 누군가 그들에게 가르쳐 줘야겠군. 그것은 공포가 아니라 분노라는 것을 말이야. 무림맹주처럼 영웅놀이를 즐기는 걸출한 인물이면 금상첨화겠고."

아연 긴장하는 함철원이다. 그는 백차성이 무림맹주 백비운의 장자라는 사실을 알지만 진은 그렇지 못하다. 백차성은 유도하고 있었다. 구실을 만들어 옭아매려는 것이다. 재빨리 진에게 입을 다물라 말하려는 찰나,

"맞아. 그런 또라이들은 어디 가나 한두 명씩은 있기 마련이지."

'니메……'

함철원의 얼굴이 파리하게 질렸다. 틀렸다. 지금 상황이 어떻게 돌아가고 있는데…….

그러나 백차성은 여전히 호기심 어린 표정일 뿐이다.

진이 말했다.

"그러나 죽이지 않았어. 대신 언제든지 개봉 정도는 깨끗하게 지워

버릴 수 있는 힘을 보여준 거지. 이제 개봉에서 막연한 대의만을 위해 칼을 들려 할 자는 없겠지. 그들에게 복수와 분노는 없고 공포밖에는 남지 않았을 테니까."

잠시의 정적.

"그럴듯하군, 그럴듯해."

침묵을 깬 백차성의 음성에는 비아냥거림이 담겨 있었다.

"그런데 네가 말한 또라이의 생각은 다른 것 같던데? 아무도 하늘의 그것을 보고 무엇인지 알지 못했는데 몇 사람만이 미리 알고 피했다고 하더군. 두려움을 느낀 군웅들이 도망가려고 하자 단상을 무단으로 점거하고 군웅들의 발과 시선을 잡아두려 시도한 자가 있었다고 말이야."

백차성의 입에서 '또라이'라는 말이 나오자 함철원은 입이 바짝 마르기 시작했다. 호부견자, 무림의 패륜아 백차성. 그렇다 하더라도 무림맹주 백비운은 그의 아비다. '또라이'까지는 받아주고 있지만 진의 성정으로 미루어봤을 때 더욱 심한 말도 나올 것이다. 그때에도 백차성이 받아줄 것 같지는 않았다. 막아야 한다.

"그것은 무림맹주이시자 백운세가의 가주이시며 귀하의 아버지이신 북검제 백 대협 어르신의 오해외다."

함철원은 유독 목소리를 높였다. 백차성의 심기를 누그러뜨리기도 해야겠거니와 무엇보다 진에게 백차성이 누구인지도 알려주려는 의도가 숨어 있었다. 함철원은 백차성과 진의 눈치를 슬쩍 살피며 말을 이었다.

"군웅들이 도망가려고 하지 않자 여기 현 대협이 그들에게 경고하기 위해 죽음을 무릅쓰고 단상에 뛰어올라 간 것이오. 현장에 남궁가의 소가주도 있었으니 확인해 보면 될 것입니다."

자신의 아비에 대한 극찬을 늘어놓았으나 백차성의 표정의 변화는 없었다. 아니, 오히려 더욱 뒤틀린 미소를 흘린다.

"그런데 이걸 어쩌나? 남궁가의 인물들은 당신 옆에 있는 묵 아무개 씨가 전해준 서찰 한 장을 받아 들고 부리나케 제 집으로 달려갔는데 말이야."

함철원은 놀라서 묵진민을 돌아봤다. 묵진민은 눈에 띄게 당황하며 더듬거렸다.

"그, 그건… 오늘 아침에 자기가 남궁세가에서 왔다며 한 남자가 서찰 한 장을 제게 전해주었소이다. 나는 직접 전해주라고 말을 했지만, 당시 남궁소가주께서는 사고 현장을 수습하느라 분주한 관계로 만나뵐 수가 없었다고 하더군요. 자신은 빨리 세가로 돌아가 봐야 한다고 해서… 어쩔 수 없이 제가 서찰을 남궁소가주에게 전해주기는 했습니다만……."

함철원은 가슴이 덜컥 내려앉았다. 남궁세가에 왔다면 직접 서찰을 전달하고 남궁천상과 같이 돌아가면 되는 일이 아니던가?

구리다. 뭔가 안 좋은 일이 뒤에서 벌어지고 있다는 확신이 들었다.

"사람을 보내기는 했지만 사두번차를 따라잡을 수 있을지는 모르지. 그럼 정리해 봅시다. 현재는 당신들의 혐의를 벗겨줄 만한 증인은 아무도 없는 셈이 되지. 어떻게 생각하시오?"

"그, 그런……."

함철원은 말문이 막히고 말았다. 남궁가의 소가주인 남궁천상의 한마디라면 무림맹이라도 결코 무시할 수 없을 터. 그가 아니라면 누가 자신들의 말을 믿어줄 것이란 말인가?

진은 비로소 눈앞의 사내가 함철원에게 들은 무림탕아 백차성인지를 알았으며 현재 사태를 파악할 수 있었다.

함철원들은 폭발이 있기 전에 몸을 피했다. 몇몇은 그 장면을 봤을 것이다. 그 후에 폭발이 있었으므로 그들이 이 장면을 되짚어봤다면 폭발을 미리 알고 피했다고 오해할 만한 상황을 제공한 셈이 되는 것이었다.

'몇 마디 말로 해결될 문제가 아니야.'

진은 빠르게 몸 상태를 점검했다. 세영검도 없고 허리와 다리 부분에 통증이 있으며 진기의 흐름도 손색이 있지만 당장의 운용에는 문제가 없었다. 말이 통하지 않으니 무력으로 강행돌파하려는 것이다.

그 순간,

"여전히 성격이 급하시군."

생각을 읽힌 것에 진은 적잖이 놀랐으나 내색하지 않고 목소리의 주인공을 향해 시선을 돌렸다. 그리고 진은 다시 한 번 놀라야 했다.

흐릿한 눈동자는 온데간데없고 시리도록 날카로운 한 쌍의 눈동자가 자신을 뚫어져라 쳐다보고 있는 것이었다.

두근!

제멋대로 심장의 박동이 빠르게 증가한다. 더불어 몸이 더워지고 한줄기 전율이 시큰하게 손발을 자극하기 시작했다.

백차성은 손가락 하나 까닥하지 않았다. 은근히 피워대는 기세도 위협적이지는 않다. 그러나 진은 순식간에 모든 공격 방위가 차단되었음을 알 수 있었다.

'고수다!'

들어섰을 때의 음충스런 분위기는 거짓말처럼 사라졌고 초절정고수의 풍모가 흘러나오고 있는 것이다.

'일 할? 젠장. 선제공격을 한다고 해도 성공 확률이 일 할이 되지 않는단 말인가?'

기가 찰 노릇. 이건 이야기가 달라도 너무나 다르다.

함철원에게 들기로 무림맹주 백비운은 세 아들과 딸 하나가 있는데 장자 백차성은 혼자 보기 아까운 걸물이요, 남은 두 아들도 무공으로 밥 빌어먹고 살기는 애당초에 틀려먹은 둔재들이며, 그나마 가장 재능을 보이는 막내딸은 골치 아픈 말괄량이라는 것이었다.

백운혜는 이미 충분히 겪어본 바, 눈앞의 사내가 무림의 탕자 백차성이 틀림없을진대 처음의 모습은 들던 대로였으나 지금의 백차성은 전혀 다른 인물이었다.

결국 지금까지 주위를 속여왔다는 것인데, 백차성이 어째서 그런 귀찮은 짓을 해야 했는지 의문이 들지 않을 수 없었다.

잠시 말을 잊었던 진이 비로소 입을 열었다.

"너의 주인을 만나고 싶다."

안색이 일변하는 백차성. 지독히 순간적이었지만 진은 그것을 놓치지 않았다. 그저 앞뒤 없이 하는 말에 백차성은 당황한 것이다. 그러나 백차성은 특유의 언짢은 미소와 여유를 다시 내비쳤다.

"지금 만나고 있지 않은가?"

자신의 주인은 자신뿐이라는 게다. 진은 피식 웃었다. 개수작 부리지 말라는 의미다.

"무당에서 듣던 것과는 다르군."

비로소 완전히 사라져 버린 백차성의 미소. 함철원은 진의 입에서 무당이라는 말이 나오자 파리하게 질렸다.

슬슬 피어나는 암울한 기세. 평소 백차성이라는 인간에 대해 알고 있었던 무림맹의 무사들은 지금의 음침하고 차가운 기세가 어디에서 비롯된 것인지 어리둥절한 모습이었다.

그들의 모습을 본 함철원은 직감했다.

'저들은 죽은 목숨이다. 무림맹 놈들도 저 녀석의 진면목을 모르고 있었던 거야.'

그리고 자신들도 살아남지 못할 것이다. 진조차도 단 일 수에 멱이 잡혔다질 않던가?

'다른 자들은 신경 쓸 것 없다. 나와 진민이가 저놈을 붙들고 있으면 진과 연이는 빠져나갈 수 있을지도…….'

실로 놀라운 일이다. 평생 개인의 안전과 영달을 위해 살아왔던 함철원이 자기 희생을 생각하고 있는 것이다. 그러나 정작 본인은 그것에 대해 깨닫지 못하고 있었다.

어떻게 할 것인가? 최대한 시간을 벌어주려면 무공을 펼쳐야 하는가? 아니면 다짜고짜 붙들고 늘어질 것인가? 역시 붙들고 늘어지는 쪽이…….

"이봐욧! 능글능글 아저씨."

함철원은 돌연 들려오는 뾰족한 일성에 깜짝 놀라 주위를 돌아봤다. 그리고 마침내 그의 시야에 들어온 한 인물.

'아차!'

잔뜩 뿔난 표정의 숙연연이다. 함철원은 전혀 도움이 되지 않을 것이란 판단에 지금의 상황을 그녀에게 알리지 않았다.

그러므로 숙연연은 이들 간에 오고 간 대화를 종잡을 수 없어서 가슴만 치고 있다가 마침내 폭발한 것이었다. 이 시기가 참으로 절묘하여 방 안에 팽팽하던 긴장의 끈이 일순 느슨해질 수밖에 없었다.

그러나 이런 사정을 모르는 숙연연은 뾰족하게 소리쳤다.

"우리 진이, 아니, 현 대협이 무슨 잘못을 했다고 그래요?! 설사 우리 현 대협이 날아다니는 거대한 알을 만들었다고 해도 그것이 터져서 죽은 사람은 한 명도 없잖아요! 아저씨의 괴팍한 아버지란 사람이 사람들을 모아놓지 않았으면 다섯 명의 무고한 사람들은 죽지 않았을 거란 말이에요. 누구한테 죄를 덮어씌우려는 거야?"

"이, 이 계집년이……."

구구절절이 옳은 말이었기에 무림맹의 무사들은 반박할 거리는 찾지 못하고 숙연연에게 공연히 눈을 부라릴 뿐이었다. 여기에 질세라 숙연연은 커다란 눈에 있는 대로 힘을 주며 무림맹 무사들을 노려봤다.

이러한 엉뚱한 숙연연이 재미있다는 듯 다시금 퇴폐적이고 웃음기 섞인 눈으로 돌아가 있는 백차성. 숙연연은 한참 눈싸움을 하다가 자신을 바라보는 백차성의 기묘한 표정을 보고 기겁을 했다.

"어머! 어디다가 그런 음흉한 눈을 휘두르는 거얏! 주제에 보는 눈은 있어가지고."

"……."

숙연연은 언뜻 보면 음탕한, 그러나 자세히 보면 단지 술에 찌들어 있을 뿐인 백차성의 눈을 두고 화를 내기 시작했다. 대차게 콧방귀를 뀌어대는 숙연연을 새삼스럽게 훑어보며 백차성은 웃을 수밖에 없었다.

"어머! 자꾸 뭘 보고 웃는 거얏! 웃겨, 정말!"

"소저, 난 표정이 원래 이렇소."

"아이구, 좋기도 하겠네. 그게 뭐 자랑이라고 광고를 다 하시나?"

숫제 도발이다. 함철원은 오금이 다 저릴 지경이었다. 그러나 백차성은 여전히 재미있다는 듯 유쾌한 표정일 뿐이었다.

"지금 말을 하고 있는 사람은 오직 소저뿐이오. 그러니 나는 소저를 보고 있는 것이 아니라 소저의 고언을 경청하고 있을 따름이라오."

"흥!"

숙연연은 말문이 막히자 대신 콧방귀를 연신 뀌어댔다.

"오늘 이 백가가 소저에게 큰 가르침을 받았소이다. 말씀대로 사상자가 일부 발생하였으나 그 책임은 확실히 현 대협에게 있는 것 같지는 않소이다. 하나 모든 오해를 말끔히 해소하기 위해서는 조금 더 조사가 필요하며, 그 기간 동안에는 불편하시더라도 맹 내를 벗어나게 해 드릴 수는 없습니다. 이 점 양해해 주시길 바라겠소이다."

백차성은 숙연연에게 포권지례를 올리고는 붉으락푸르락, 분기에 어쩔 줄 모르고 있는 무림맹 무사들을 데리고 나가 버렸다.

털썩.

함철원은 식은땀을 흘리며 그 자리에서 주저앉아 버렸다. 그리고 숙연연을 노려보며,

"너는 대체!"

"크크크."

분위기 파악 못하는 숙연연에게 한마디 쏘아주려던 함철원은 진이 돌연 큭큭대며 웃기 시작하자 멍청한 표정으로 진을 쳐다볼 따름이었다.

"어머! 애 왜 이래? 머리도 다쳤나 봐."

"하하하하!"

진이 마침내 소리 내어 웃어버리자 함철원과 묵진민도 따라 웃어버렸다. 커다란 눈을 요리조리 휘두르며 영문을 몰라 하는 숙연연을 두고 세 사내는 더욱 웃어댈 뿐이었다.

"장주, 죄인들을 뇌옥에 가두라는 말씀을 못 들으신 겝니까?"

무림맹 비호대 무사 염사위는 잔뜩 못마땅한 표정이었다. 후원의 화단에 누워 백주를 들이키고 있는 백차성의 대답은 간단했다.

"들었지요."

더욱 구겨지는 염사위의 표정. 곧 그의 얼굴에서는 노골적인 경멸의 기색이 떠올랐다.

무림맹의 최정예 무력 집단인 비호대. 그러나 세간에서는 백운세가의 비호대라 불려진다. 비호대를 구성하고 있는 무인들 대부분이 백운세가의 인물이며 실제로도 맹의 일보다는 백운세가의 일을 처리하고 있기 때문이었다.

염사위는 비호대는 물론 백운세가 내에서도 핵심 인물, 바로 백운혜의 사촌 오라비인 것이다. 따라서 백차성에게도 친인척이 되는 것이지만 그것은 어디까지나 족보를 통한 관계일 뿐, 백차성과 백운혜의 외가가 다르니 결국 염사위는 백차성과는 전혀 관계가 없는 인물이었다.

아니, 관계가 없는 인물이 아니라 백차성을 가장 증오하는 사람 중한 사람이 염사위였다. 무위를 보나 학식을 보나 누가 봐도 백운세가를 이끌어갈 차기 가주는 백운혜가 되어야 했다. 백운혜가 단지 여자라는 점이 걸림돌이라면 걸림돌이지만 오입쟁이에 술주정뱅이인 백차성보다 백 배 나은 인물임에는 길 가는 아무나 잡고 물어도 언제나 같은 대답일 것이었다. 더불어 자신이 백운세가의 실세가 될 수 있는 가장 확실한 길이기도 했다.

이 모든 것을 어렵게 만들고 있는 인물이 백차성이었다. 그는 아직까지도 소가주의 직함을 포기하지 않고 있는 것이었다.

제 놈의 막내 여동생에게 일초지적도 되지 못할 가주라니… 강호에 어찌 얼굴을 들고 다닐 수 있단 말인가? 여러모로 백차성은 염사위에게 예쁜 구석이 없는 골칫거리인 것이다.

"내 맹주께 이 일을 보고할 것이오! 이번만큼은 각오를 단단히 해두셔야 할 것이외다!"

염사위는 찬바람 일게 돌아섰다.

그때다.

쉬익!

공기를 가르는 한줄기 소성. 염사위는 비릿한 미소를 입에 걸었다. 바라고 의도한 바다. 녀석이 주제에 자존심을 세우자고 달려들면 흠씬 두들겨 패놓을 생각으로 맹주를 들먹인 것이다. 두들겨 패다 실수로 죽인다고 해도 어쩔 수 없는 것이고.

염사위는 검집을 들어 소성이 들려오는 방향을 향해 틀어막았다.

"네놈이 감히……!"

염사위는 더 이상 말을 할 수가 없었다.

이상하다. 얼굴을 막은 검집에 생긴 작은 구멍. 어룡피(魚龍皮)로 만든 검집은 웬만한 도검으로는 흠집도 내지 못한다. 검집뿐인가, 유명한 장인이 강철을 다섯 해 동안 담금질해서 만든 칠면주검은 가르지 못할 것이 없으며 절대로 부러지지 않는다고 했다. 십 수년을 같이해온 결과로도 이는 틀림없는 사실이었다.

그 칠면주검이 어룡피 검집에 꽂혀 있다. 방패로 친다면 이만한 방패는 천하에 다시없을 것이다. 그런데 전에 본 적이 없는 바늘귀만한 작은 구멍이 뚫렸고 그 구멍을 통해 백차성의 모습이 보이고 있는 것이다.

참으로 이상하다. 개차반 백차성. 언제나 술에 찌든 한량. 그러나 구멍 너머로 보이는 백차성은 실로 일대종사에게서나 보일 법한 현기를 내비치고 있었다.

정말로 이상하다. 이마가 따끔거리고 정신이 몽롱해진다. 끈적거리고 따끈한 액체가 자꾸만 눈앞을 가린다. 그런데 손을 들어 눈을 훔쳐낼 힘조차 없다.

이런 적이 없었는데… 참으로 이상한 하루구나. 조금 자면 괜찮아지려나?

염사위는 천천히 피곤한 몸을 뉘었다. 그리고 깊은 잠에 빠져들었다.

스르르 무너지는 염사위의 위로 백차성의 차가운 시선이 뿌려졌다.

"이것 좀 치워라."

후원에는 두 명뿐. 살아 있는 한 명과 죽은 한 명이다. 그러므로 백차성이 죽은 염사위에게 한 말이 아니었다.

"거사를 당기시렵니까?"

사위에 내리기 시작한 어둠처럼 음침한 음성.

"거사는 무슨. 내킬 때 하면 되는 게지. 그것보다 알아보라고 한 것은 어찌 됐나?"

잠시의 침묵. 이윽고 다시 목소리가 들려왔다.

"예상하신 대로 그들은 태양선교에서 도망친 자들이옵니다. 함철원은 당시 음양대주였고 묵진민은 그의 수하였습니다. 그리고 숙연연이라는 계집은 음양대 소속은 아니고 밥 짓는 꼬마였다 합니다."

숙연연의 이야기가 나오자 백차성은 슬그머니 미소를 지었다. 남궁천상이 마음에 두고 있다는 말을 들었을 땐 한가락하는 집안의 여식인가 싶었다. 그러나 조금 전의 엉뚱한 모습도 그렇고, 실제로는 태양선교의 밥 짓는 시비였다지 않은가.

"남궁천상이 장가가려면 꽤나 고생을 해야겠군. 천하제일가의 소가주와 근본도 모르는 천민 계집이라… 후후후……."

"그것보다 묵진민이라는 녀석이 흥미롭습니다."

"음?"

"아시다시피 주공과 원로원에서의 결론으로 남궁세가는 그쪽에 맡겨두기로 했습니다. 그런데 묵진민이라는 녀석이 남궁천상에게 집안에 일이 생겼다고 거짓 고변을 한 모양입니다. 게다가 녀석이 태양선교와 접촉한 정황도 포착되었습니다."

"흐음… 일이 재밌게 돌아가는군. 비검이 태양선교와 손을 잡았다지, 아마? 그렇다면 놈은 비검의 간자인가?"

"그렇지는 않사옵니다. 아무래도 숙연연이라는 계집 때문인 듯하옵니다."

"크크, 그 여자가 평지풍파를 몰고 다니는군."

"어찌 처리할까요?"

"놔둬. 비검이 어디까지 가는지 지켜보자고. 애꾸 놈하고 싸우는 것도 여간 재미있는 것이 아니야."

"알겠습니다. 그러면 거사는……."

취기에 뒤덮여 있던 눈은 사라진 지 오래, 총기 서린 백차성의 두 눈에 무서운 살기가 뒤덮이기 시작했다.

"내 꼴리는 대로 할 테니 너는 신경 쓰지 마라. 나도 재미 좀 봐야 하지 않겠냐?"

백차성의 음습한 웃음이 낮게 퍼져 나갔다.

진은 생각할 것이 많았다. 엄밀히 말하자면 진에게 있어서 고민은 처음부터 하나뿐이었고 따라서 생각할 것도 하나뿐이었다.

한진회를 때려잡는 것이다.

그러나 '어떻게?' 라는 가장 중요한 문제가 남는다.

혹자는 계란으로 바위를 치면 어떤 경우에는 바위가 깨질 수 있다고 말한다. 물리학적으로 계란이 빛의 속도보다 이십 배 정도 빠르게 움직이고 바위의 가장 허약한 부분을 타격한다는 가정 하에 말이다.

개인적으로 이런 말을 하고 돌아다니는 놈의 면상 한 번 보고 싶다. 그냥 불가능하다면 되는 것을 가지고 뭘 이렇게 어렵게 얘기하느냔 말이다.

한진회가 살인이나 일삼는 미친놈들이었다면, 그저 전쟁을 일삼고 자신들이 적이라 생각하는 자들을 죽여 없애는 것에 만족하는 단순하고 호전적인 집단이었다면 오히려 이런 절망감을 느끼지 않았을지 모른다.

그렇지 않다는 것은 지금까지 벌어진 일련의 사건들로 조금씩 확인되었고 어제의 사건으로 확실하게 증명되었다.

한진회는 무식한 칼잡이들만 득실대고 있는 깡패 집단이 아니다. 무식하면 용감하다지만, 그들은 두려운 종류의 인간이 아니다. 용감하다고 거죽까지 단단해져서 칼이 막히는 것은 아니니까. 진정 두려운 이는 자신의 약점을 알고 거기에 두려움을 느끼며 두려움을 조절하는 인간들이다.

개봉은 무림맹의 본단이 있는 곳이며 북송의 성도였다. 다시 말해 개봉은 무림의 구심점이었을 뿐만 아니라 나라를 잃은 한인들에게 있어 마음의 고향이라는 것이다.

그것을 깡그리 부숴 버림으로써 무림과 한족 사회에 겁을 줄 수 있다면 성공한 것이겠지만 반대의 경우에는 전 무림과 한족의 공고한 결집의 빌미를 제공하게 되는 것이다.

절반의 확률. 그러나 한진회는 완벽을 추구했다. 결집을 이끌어내는 증오와 복수심을 원천 봉쇄하고 공포만을 선사한 것이다.

무림맹은 와해됐다. 결코 굴하지 않을 드센 문파들은 강아지 한 마리도 남기지 않고 멸문시켜 버렸고, 고만고만한 문파에서 파견된 고수들은 집안 단속을 한다는 핑계로 대부분 돌아가 버렸다고 한다.

무주공산(無主空山)이다. 멋지다, 한진회주… 멋들어지게 해냈다.

진은 피식 웃었다.

나오느니 웃음뿐인 게다.

그러나 진의 웃음은 이내 씻은 듯 사라졌다.

연이어지는 짧은 숨 넘김.

방 밖을 지키고 있던 무림맹의 무사들이 쓰러지고 있다. 상당한 고수가 진입을 시도하고 있는 것이다.

아직은 적아를 판단할 수 없었다. 진은 조용히 세영검을 움켜쥐었다. 함철원과 묵진민도 어느새 잠에서 깨어 틀림없이 별 도움이 안 될 숙연연의 입을 틀어막고 각자의 병기를 꺼내 들 준비를 했다.

끼이익.

문이 열리자마자 어둠 속에서 번뜩이는 한줄기 백선이 침입자에게 뻗어나갔다.

그러나 그것뿐이다. 피륙이 갈리는 섬뜩한 소음도, 쇠붙이가 부딪치는 경쾌한 소음도 들려오지 않았다.

"누구냐?"

살기 짙은 낮은 음성. 세영검은 침입자의 목 언저리에서 멈춰져 있었다.

"저, 저예요……."

답하는 음성이 심하게 떨린다. 게다가 여인의 목소리다. 진은 검을 거두었다. 그러나 의문은 여전하다.

"저가 누군데?"

생산성없는 둘의 대화에 답답하던 함철원이 나서서 침입자의 두건을 벗겨냈다. 두건을 벗겨내자마자 검은 비단처럼 쏟아져 내리는 긴 머릿결. 눈이 번쩍 뜨일 정도의 미인이었다.

"개차반?"

여인은 백운혜였다. 백운혜는 얼굴을 붉혔다. 숙녀와 어울리지 않은 호칭으로 불러서 화가 난 것치고는 애매한 표정이었다. 적어도 함철원과 진이 보기에는 그랬다.

"저 재수없이 생긴 계집앤 누구야?"

뿔난 음성. 숙연연 또한 초면에 막말이다. 그녀는 저런 미모의 여인과 진이 알고 있는 사이라는 것에 기분이 좋지 않았고, 저리 마구 부를 정도로 친근하다는 것도 못내 불쾌했던 것이다.

그러나 그리 호락호락한 성격의 백운혜도 아니었다.

"현 공자께서는 시비를 가려두셔야겠어요. 천한 것이 말버릇도 형편없군요."

"시, 시비? 이런 화냥질하다 돌 맞아 죽을 것 같이 생긴 년이!"

"화, 화냥질? 이… 이……."

진정하고 잘 들어보면 그만큼 예쁘다는 말이다. 그러나 칭찬이라고 하기에도 썩 개운치 않으니 붉으락푸르락, 백운혜는 분기에 기절하기 일보 직전이었다. 그러나 귀한 집에서 자라온 백운혜가 배운 욕설이라고는 '바보'와 '천박한' 정도다. 나름대로 험한 세월 살아온 숙연연의 상대는 애초에 되지 못한다는 의미였다.

이 사실을 비교적 빨리 깨달은 백운혜는 다짜고짜 일권을 날렸다. 백운세가의 정수가 담긴 운천칠십육권(雲川七十六券). 그야말로 흉맹하고 빠르기가 섬전 같으니 숙연연의 얼굴은 당장에 피곤죽이 될 판이었다.

픽! 턱!

어느새 나타나 백운혜의 주먹을 막아선 두툼한 손바닥. 묵진민이다. 그리고 아래에서도 일이 벌어졌다. 일권을 막지 못할 것이라 판단한 숙연연도 동귀어진을 생각한 듯 비수를 꺼내 백운혜의 복부를 찔러 들어가고 있었고, 진이 숙연연의 손목을 잡아 이를 막은 것이다.

그러니까 다시 설명해 보자면, 묵진민은 숙연연의 고운 얼굴이 망가지는 것을 막았고 진은 백운혜의 배에 구멍이 나는 것을 막은 것이다.

따라서 숙연연의 얼굴이야 어찌 되었든 진은 위험을 무릅쓰고―진에게는 전혀 위험한 일이 아니었으므로 어디까지나 백운혜의 착각이다―백운혜를 위험에서 구해준 모양새가 된 것이다.

"이 나쁜 놈!"

숙연연은 억울하고 분한 마음에 눈물을 짜냈다. 진은 묵진민이 백운혜의 주먹을 이미 막았으니 별 생각 없이 숙연연을 말린 것뿐이었으므로 대체 왜 자신이 나쁜 놈이 되어야 하는지 이해할 수 없었다.

그러는 사이, 무존재감의 비운아 묵진민은 창백한 안색으로 함철원에게 안겨 있었다.

"괜찮으냐?"

"그, 그럼요."

"손뼈가 부러진 것 같은데 괜찮단 말이냐?"

"예? 우아악!"

백운혜는 강호일절로 불리는 백운세가의 가전무공을 착실히 이어받은 무재다. 따라서 묵진민은 백운혜의 주먹을 막은 것이 아니라 그녀의 주먹에 손바닥이 구타당한 것이나 진배없는 것이다.

분을 이기지 못하고 씩씩거리는 숙연연과 퉁퉁 부은 손을 보며 울상을 짓고 있는 묵진민을 보며 고개를 절레절레 흔드는 함철원이었다.

진은 갑자기 숙연연과 싸우더니 이제는 벌겋게 물든 얼굴을 푹 숙이고 있는 백운혜와 숙연연이 왜 자신에게 화를 내는 것인지 이해하기를 포기하고 백운혜에게 물었다.

"주먹질이나 하자고 무림맹의 무사들을 때려눕히고 들어온 것은 아닐 터이고……"

"아차!"

비로소 다급한 음성이 된 백운혜였다.

"여기서 당장 도망쳐야 해요. 내일 아침에 당신들을 참수할 거예요."

함철원은 깜짝 놀라고 말았다. 참수라니… 조금 전 백차성이 와서 좀 더 조사를 해본다고 하지 않았던가? 조사를 해본다면 당연히 혐의가 없음이 드러날 터이니 이곳에서 요양이나 하며 지내면 되리라던 것은 결국 함철원의 순진한 생각이었던 것이다.

도무지 믿을 수가 없어 함철원도 목소리가 높아졌다.

"소저, 누가 누구를 참수한단 말이오!"

"쉿! 목소리를 낮추세요. 길게 설명할 시간이 없습니다. 곧 무사들이 들이닥칠 거예요. 저를 따르세요."

"흥!"

여전히 분이 풀리지 않은 숙연연이 콧방귀를 날렸다. 역시나 백운혜는 호락호락하지 않았다.

"당신은 여기 있어도 돼요. 비각당(飛脚堂)의 무사들이 거칠기는 하지만 한낱 시비 따위의 목에는 관심이 없을 테니."

반면 함철원은 도대체 이 아가씨의 정체가 궁금하기 짝이 없었다. 함철원이 듣기로는 오직 '개차반'이라는 절대 이름일 리 없는 정보만을 진에게 들었을 뿐인 것이다.

게다가 비각당이라는 녀석들은 함철원이 알고 있기로는 백운세가의 사조직이었다. 자신들이 있는 이곳은 무림맹의 접빈각이고. 대체 비각당이 무엇 때문에 무림맹의 행사에 관여한단 말인가?

"소저는 대체 누구시기에 우리에게 도움을 주시는 겁니까?"

갑자기 기가 꺾여 의기소침해진 백운혜다. 대답은 그녀가 아닌 진의 입에서 나왔다.

"이 친구 아버지가 바로 무림맹주지."

숙연연의 고소가 터져 나왔다.

"그럼 그렇지. 그 고집불통 독불장군의 따님이시군. 뭐라더라? 맞다! 백동사(百童邪). 제 아비의 위세만 믿고 까부는 계집이라지? 아비는 우리의 목을 베려 하는데 우리가 왜 당신을 믿어야 하지?"

"그, 그건……."

이번만큼은 백운혜도 얼굴을 붉힌 채 고개를 숙일 뿐이다. 순결한 처녀의 입으로 절대로 아버지가 현 공자를 해치지 못하게 하기 위해서라는 말을 할 수가 없었던 탓이다.

숙연연은 드디어 승기를 잡았다고 생각하고 더욱 기세를 올렸다.

"날아다니는 다리[飛脚]든 개다리든 우리 현 대협 앞에서는 한주먹거리도 될 수 없을 것 같으니 네년이 우리를 함정에 빠뜨리려는 수작이 아니냔 말이야?!"

백운혜는 이번에도 꿀 먹은 벙어리다. 분명히 진의 입장에서 보면 숙연연의 말이 일리가 있는 이야기가 되는 것이다.

"현 공자께서도 저를 믿지 못하시나요?"

솔직히 말하자면… 그렇다.

몇 번 만나본 것으로 사람을 다 알지는 못하겠지만 하나를 보면 열을 안다는 말도 있다. 백운혜는 진에게 그닥 좋은 인상을 남긴 것은 아니었다.

진은 얼른 대답하지 못하자 백운혜는 손에 쥔 비수를 자신의 가슴에 가져다 댔다. 커다란 눈에는 눈물도 그렁그렁.

"무슨 짓이오!"

함철원이 놀라 말리려 했으나 어느새 백운혜의 앞섶에는 핏물이 번지기 시작하고 있었다. 진 역시 적잖이 놀랄 수밖에 없는, 참으로 갑작스러운 일이었다.

"나는 당신을 믿소. 그러니 그 칼 치우시오."

넨장할… 이 시대, 특하나 이곳 사람들은 이런 점이 참 싫다. 사소한 것에 목숨을 건단 말이다.

그러나 백운혜는 보석 같은 눈물을 주르륵 흘려댈 뿐 좀처럼 가슴에서 칼을 치울 생각을 않았다. '한 번은 튕겨야 매력적이다' 라는 불문율의 실천이라고 보기에는 너무나 진지한 자세였다.

그러나 진이 조심스럽게 그녀의 손에서 칼을 뺏어 들자 백운혜는 순순히 따랐고 상처에 대라며 소매를 찢어주자 급기야 활짝 웃는 것이었다.

반면 진과 함철원의 얼굴이 갑작스레 식어갔다.

살기다. 더군다나 한둘이 아니었다. 누군가 주위를 포위하고 있는 것이다.

적어도 지금까지는 백운혜의 말이 사실이었다.

"비각당는 모두 몇이오?"

"정말 이 앙큼한 계집의 말을 믿는…… 읍, 읍!?"

함철원이 숙연연의 입을 틀어막았다. 그제야 사태를 깨달은 백운혜는 낮은 음성으로 속삭였다.

"각 부에 열 명씩, 총 아홉 부가 있습니다. 제가 듣기로는 오늘밤에 세 부가 동원된다고 들었습니다."

"삼십 명? 우릴 과소평가하고 있군."

함철원은 고소를 날렸다.

함철원이 수장으로 있었던 태양선교의 음양대는 겉으로는 미개인들의 교화를 담당했다. 그러나 실상은 주로 적 후방 깊숙이 침투하여 교란과 암살을 전문으로 하는 특수 임무 전투 부대였다. 자신들의 존재가 발각되는 즉시 사방이 적에게 포위될 수밖에 없는 운명의 부대인 것이다. 함철원과 음양대의 대원들은 그 유명한 천라지망(天羅地網)도 뚫고 탈출에 성공한 적이 있을 정도였다. 또한 중공산에서 교를 이탈한 후 십수 년 동안 밥 먹고 하는 일이 탈출이었던 함철원에게는 삼십 명의 포위망은 우습기 짝이 없는 것이었다.

그러나 함철원의 고소는 이어지는 백운혜의 말에 말끔하게 사라지고 말았다.

"저들은 당신이 태양선교의 대주였다는 사실을 알고 있어요. 비각당은 태양선교의 음양대와 천년신교의 비도(秘刀)를 염두에 둔 대응 전력입니다. 포위망이 굳어지면 아버지께서도 탈출을 장담하지 못할 것이라 하셨습니다. 현 대협의 무공을 의심치는 않으나 방심은 금물입니다. 직접 부딪쳐서 좋을 것도 없구요."

이렇게 되면 이야기가 달라진다. 음양대는 그렇다손 치더라도 비도라면 잠행술과 암살이 전문인 살인 집단. 그들을 상대하기 위해서는 역시나 은폐, 엄폐와 암격과 같은 전술을 펼칠 수밖에 없다.

다시 말해 비각당은 암살 훈련을 받은 살수들이란 이야기다. 백운혜의 말대로 저들이 포위망을 형성하고 자리를 잡고 숨어버린다면 꽤나 귀찮은 일들이 생길 것이었다.

"진(陣)이 완성되기 전이라면 직접 부딪치지 않아도 빠져나갈 길이 있습니다. 한시가 급하니 이것을 입으세요."

백운혜가 내민 보퉁이에는 짙은 흑색 무복이 숫자대로 담겨 있었다. 몸을 가벼이 하고 위장 효과도 노린 것이다.

이제는 믿지 않을 수 없었다. 은은하게 감지되던 살기가 차츰 자취를 감추기 시작하고 있다. 벌써 살수들이 자리를 잡아가고 있다는 증거인 것이다.

진 일행들은 재빨리 옷을 갈아입었다. 백운혜는 그들이 모두 옷을 갈아입은 것을 확인하고 움직이기 시작했다.

무림맹의 접빈각은 무림맹 내에서 가장 큰 건축물이었다. 과거 공야숙과 민초빈이 이곳에 머무를 때보다 방의 호수는 두 배가 늘었을 뿐이나 건물의 연면적은 족히 열 배는 커진 규모다.

당시 강호 사파의 살수들에게 호되게 당했던 무림맹은 접빈각을 증축하면서 오행진법의 묘를 가미했던 것이다. 접빈각의 책임자는 일 년 동안 오행진법을 공부해야 했고 다시 일 년 동안 건물의 구조를 익혀야 할 정도였다.

거침없이 내달리는 백운혜의 뒤를 바짝 따르며 함철원은 혀를 내둘렀다. 만일 그녀가 없었다면 삼십 명의 살수를 만나기 전에 길을 잃고 탈진해 죽었을 정도로 건물의 내부는 복잡하고 오묘한 이치를 담고 있었던 것이다.

한참을 내달리던 백운혜가 갑자기 멈춰 섰다. 이어 그녀를 바짝 뒤따르던 진 일행도 멈춰 서야 했다. 앞이 막혔다. 그들을 가로막고 있는 것은 벽뿐이었던 것이다.

숙연연이 백운혜를 향해 조용히, 그러나 날카롭게 쏘아붙였다.

"내가 뭐랬어. 저 계집을 믿는 것이 아니라니까!"

그러나 백운혜는 대구하지 않았다. 대신 느닷없이 넙죽 엎드리는 것이었다. 이어 벽을 더듬더듬, 마침내 뭔가를 찾아낸 듯 백운혜의 얼굴이 밝아졌다.

그녀가 슬그머니 벽을 밀어내자 그곳에는 어른이 납작 엎드려야 겨우 통과할 수 있을 만한 통로가 서서히 드러나기 시작했다.

"뭐야, 이 개구멍은?"

머쓱할 만도 하건만 숙연연의 음성은 여전히 뽀족하다. 백운혜는 그녀를 향해 조소를 날릴 뿐, 대답은 진에게 했다.

"이곳은 제가 어렸을 적에 접빈각에서 놀기 위해 아무도 몰래 만든 통로예요. 칠 개월밖에 안 걸렸죠."

"칠 개월?"

황당할 만도 하다. 계집아이가 단지 놀 곳을 찾기 위해 땅굴을 칠 개월이나 팠다고 하는 것이니…….

"이곳에 연결되는 무릉도원과 제 처소까지 연결되는 비밀 통로는 꼬박 이 년이 걸렸어요. 그땐 다섯 살밖에 되지 않았거든요. 그 경험으로 이 통로는 빨리 팔 수 있었어요."

뿌듯한 표정으로 활짝 웃는 백운혜를 두고 숫제 입을 쩌억 벌리고 다물 줄을 모르는 중인들이다. 이 정도라면 말괄량이 정도가 아니라 불굴의 집념을 가진 여자라고 하지 않을 수 없는 일이었다.

못 말린다는 듯 미간을 짚고 고개를 절레절레 흔들던 진이 한숨을 내쉬고 물었다.

"무릉도원으로 연결된다고 했소?"

"아! 아주 오래전에 북송 황궁의 뜰이었대요. 지금은 잡초만 무성해서 무릉도원과는 거리가 멀지만… 그래도 예쁜 뱀들이 많아서 어렸을 땐 자주 가던 곳이에요."

"예쁜… 뱀……."

주위가 어두웠으므로, 또한 관심이 없었으므로 아무도 묵진민의 안색이 잿빛이 되었다는 것을 알 수 없었다.

백운혜가 개구멍으로 쏙 들어가자 진도 어쩔 수 없다는 듯 납작 엎드려 그녀를 뒤따랐고 이어 숙연연이 따라 들어갔다. 그러나 함철원과 묵진민은 멀뚱멀뚱, 숙연연의 다리가 구멍 속으로 완전히 사라졌음에도 좀처럼 엎드릴 생각을 하지 못하고 있었다.

시간이 지나도 함철원이 들어오지 않자 숙연연이 고개를 빠끔히 내밀었다.

"뭣들 해요?"

"그, 그게……."

"흐음… 아무래도 걸리겠어."

"예?"

"여기까진 괜찮은데……."

함철원의 손바닥이 얼굴부터 가슴까지 슬그머니 내려가더니 이윽고 배에서 멈췄다.

"여기서부터가 문제란 말이야."

"그러게 살 좀 빼라고 했잖아요!"

"살이라니! 내가 얼마나 잘 먹고 살았다고 살이 찌겠느냐. 이건 내 공이 깊어지면서 자연스럽게 튀어나온 것이라니까!"

고개를 절레절레 흔드는 숙연연.

"일단 끼워봐요, 내가 잡아당겨 볼 테니."

"아프지 않을까?"

"그럼 거기 서서 달포 정도 살 좀 빼고 나서 다시 시도해 보시던가."

"살 아니라니까!"

함철원은 호흡을 크게 내쉬고 배를 최대한 홀쭉하게 만들었다. 그러나 어디까지나 그것은 함철원의 생각이었다.

"이게 왜 이렇게 안 빠지지?!"

"아아… 잠깐, 잠깐."

"한 방에 당겨야 안 아파요. 좀 참아요. 우샤!"

"커억!"

약간의 뱃가죽 손실과 한참 동안의 실랑이 후에야 함철원은 구멍을 통과할 수 있었다. 그러나 그때까지도 묵진민은 고목처럼 우두커니 서 있을 뿐이었다.

숙연연이 다시 고개를 내밀었다.

"넌 왜?"

"저, 저기……."

"넌 또 어디가 걸리는데?"

"그, 그게 아니라……."

"몰라! 거기 서서 칼받이가 되든지 말든지."

숙연연이 역정을 내며 구멍 속으로 들어가 버리자 묵진민은 어쩔 수 없이 구멍에 몸을 들이밀었다. 눈을 꼭 감고 열심히 포복을 하던 묵진민은 속으로 끊임없이 외쳐 댔다.

'무섭지 않다… 무섭지 않다… 나는 결코 뱀이 무섭지 않다…….'

묵진민에게 있어서 세상에서 가장 무서운 것은 태양선교의 추적대도, 밖에 있는 비각당의 실수들도 아닌 뱀이었던 것이다.

무릉도원은 고요했다.

물론 풀벌레 소리와 부엉이 울음소리가 을씨년스러운 분위기를 자아냈지만 거기에 사람의 기척은 섞여 있지 않았다.

진과 함철원은 잠시나마 백운혜를 의심했다는 것이 미안해 머쓱한 표정을 지어 보였다. 그러나 백운혜는 개의치 않았다. 사랑은 모든 것을 포용할 수 있는 것이므로.

"이 산을 타고 넘어가면 개봉의 성곽을 벗어날 수 있습니다."

백운혜는 자신의 역할을 여기까지로 정한 모양. 진으로서는 그녀가 돌아가서 감내해야 할 고초가 걱정스럽지 않을 수 없었다.

"괜찮겠소?"

활짝, 그러나 다분히 작위적이고 어색한 미소를 지어 보이는 백운혜. 마음속에 담아둔 정인이, 더군다나 짝사랑에 지나지 않을 남자를 위해 아비를 배신했다. 그야말로 딸자식 애지중지 키워봐야 말짱 도루묵이라는 말이나 들을 법한 짓을 한 것이다. 그러나 어쩔 것인가? 이미 엎어진 물이다. 후회할 일이었다면 애초에 시도할 생각도 하지 않았을 것이다.

"그럼요. 아버지는 현 공자의 탈출을 제가 도왔다고 생각하지 못할걸요? 들킨다고 해도 전 아버지의 사랑스러운 딸이랍니다. 제 걱정은 마세요. 그것보다 저 사람들이 문제인 것 같군요."

"빨리 안 나올 거야?! 사내자식이 그깟 뱀 때문에 징징거린다는 게 말이 돼!"

숙연연은 묵진민과 실랑이를 벌이고 있었다. 묵진민은 속으로만 외쳤다고 생각했지만 모두들 들었다. 묵진민은 자신도 모르는 사이 입으로 중얼거리고 있었던 것이다.

"싫어! 여기서 비각인지 개다린지 하는 놈들에게 칼 맞아 죽으면 죽었지 절대로 못 나가!"

"그러고도 네가 사내냐? 부끄럽지도 않냐구!"

"예쁜 뱀이라고? 내가 알기로는 세상에 예쁜 뱀이란 없어! 때려죽인데도 못 나가."

좀처럼 끝날 성싶지 않은 실랑이다. 결국 함철원이 나섰다.

"민아."

"무슨 말을 해도 저는 못 나갑니다."

숫제 드러누워 버리는 묵진민.

"이 멍청한 놈아, 지금이 몇 월이냐?!"

"맞아요. 저는 멍청하고 존재감도 없는 데다가 길쭉하고 번들거리는 야비한 혀를 날름거리는… 빌어먹을 뱀도 무서워하는 아무 쓸모 없는 놈이에요. 그러니까 전 못 나갑니다."

울먹이기까지 한다. 그간 쌓인 것이 많긴 했나 보다. 그러나 묵진민의 어처구니없는 투정을 받아줄 만큼 그들은 한가하지 않았다.

"가지가지 하네. 옘병할 놈아, 아직 봄이 오려면 한 달은 있어야 한다. 뱀들은 겨울잠을 자야 한단 말이다!"

묵진민은 멍청한 표정으로 함철원을 올려다봤다.

"저, 정말요?"

한숨을 '포옥 내쉬는 함철원.

"당장 일어나지 못할꼬!"

심난한 표정으로 그들을 바라보던 진은 내심 생각했다. 헤어질 때가 됐다. 지난 일들로 많은 것이 증명되었다. 그중 하나가 함철원들이 자신과 엮인다면, 뱀이 겨울잠에서 깨어나기 전에 그들은 영원히 잠들고 말 것이라는 사실이었다.

"오늘 일은 결코 잊지 않겠소. 기회가 주어진다면 반드시 보은하리다."

진이 이별을 고하자 백운혜의 커다란 눈에는 당장에 물기가 차 올랐다.

"제가 도울 일이 있으면 꼭 연락해 주세요. 기다리겠습니다, 언제까지라도……."

"그럼."

진은 지체없이 몸을 날렸다.

"아……."

밤하늘의 비조처럼 솟아올라 어느새 점이 되어 사라지는 진을 보며 내지르는 탄성. 그녀는 진의 무공을 직접 견식한 적이 없었으므로 깃털처럼 표효하고 매처럼 빠른 진의 경신공부를 보며 새삼 경탄하지 않을 수 없었다. 잘생긴 데다 사내다운 면모가 물씬 풍기고 무공까지 강한 남자. 백운혜는 남자를 고르는 자신의 눈썰미에 다시 한 번 찬사를 보내며 만족해했다.

몽롱한 눈으로 진이 사라진 방향을 향해 멍청하게 서 있는 백운혜에게 새치름한 눈을 한 번 흘기고 진의 뒤를 따르는 숙연연과 곧이어 함철원과 묵진민도 허겁지겁 그들의 뒤를 따라 몸을 날렸다.

백운혜는 불현듯 그들의 뒤를 따라나서고 싶은 충동이 일었지만 자신의 임무가 아직 끝나지 않았다는 것을 잊을 정도로 멍청하지는 않았다.

그들을 개봉에서 벗어나게 한 정도로는 백운세가의 조직력을 감안했을 때 안심이 되질 않는 것이다. 정보에 혼선을 줘서 진 일행이 최대한 멀리 도망갈 수 있도록 시간을 끌어줘야 하는 일이 남아 있었다.

아쉬운 마음을 뒤로하고 자신의 처소로 연결되어 있는 비밀 통로로 다가서려는데.

"맹주께서 이 사실을 알고 나면 꽤나 불편해하실 것 같구나."

끈적거리고 권태롭기 짝이 없는 음성이 돌연 들려온 것이다.

백운혜는 깜짝 놀라 비수를 빼 들고 음성이 들려오는 나무 위로 몸을 날렸다. 살심이 담긴 흉맹한 기세. 목격자가 있다 함은 진의 탈출을 위해 계획했던 모든 일이 수포로 돌아감을 의미했기에 불문곡직 살인멸구할 요량인 것이다. 백운혜의 날카로운 비수가 단숨에 나뭇가지를 헤치고 나가 적의 심장을 향해 쏘아져 나갔다.

"흥!"

차가운 콧방귀. 백운혜는 이 일초로 승부를 볼 수 있을 것이란 생각은 하지 않았다. 이어지는 연환세는 운비십검(雲飛十劍)이다.

쉬쉬쉭!

경쾌한 몸놀림과 가벼운 비수가 어울려지는 모습은 아름다우나 그 끝은 목숨을 노리는 예기로 충만하다. 그러나 상대의 움직임은 단조롭다.

이것이 문제였다. 평범한 몸놀림만으로 변화막측한 운비십검의 투로를 모두 흘려 버리고 있는 것이었다. 처음엔 처소에 두고 온 백룡검이 아쉽기만 했으나 차츰 백룡검이 있다고 해도 자신의 능력으로는 어찌할 수 없다는 생각이 들었고, 급기야 그가 쓰고 있는 무공이 결코 낯설지 않다는 것을 알기에 이르렀다.

그렇다. 이자의 무공은 모두 백운세가의 가전무공이다. 어딘가 다르지만… 좀 더 사이하고 암울하지만 이자는 아버지인 백비운의 경지에 이른 자다.

백운혜는 사색이 되었다. 아무리 생각해도 이건 말이 되질 않았다.

백운세가의 가전무공은 당연히 백비운이 만들어낸 무공이다. 따지고 보면 영호세가의 무공에서 파생된 것이며, 영호세가의 무공 역시 화산에 뿌리를 두고 있으니 엄밀한 구분을 할 수는 없겠지만 이자의 무공은 애매한 기원이 헛갈리지 않을 만큼 분명하다.

누가 있어 백운세가의 무공으로 백비운에 이르는 성취를 보았단 말인가. 백운세가의 사람이라면 모르는 이가 없는 자신이건만……

뭔가 잘못됐다는 느낌이 들자 백운혜는 비수를 거두고 몸을 빼냈다.

"귀하는 뉘신데 본 가의 무공을 쓰시나요?"

솔직히 어디서 많이 본 사람인 것 같기는 하다. 특히 저 구역질나는 느끼한 음성은 큰오라비 백차성의 것과도 비슷하다.

그러나 그녀가 알고 있는 백차성은 절대로 이런 차원 높은 무공과 관련이 없는 사람이었다. 그러므로 저 사람은 큰오라비를 닮은 누군가다. 큰오라비가 이런 무공을 지녔다면 그것은 가문의 수치인 백차성이 아니라 가문의 영광인 백 대협이 되었을 것이므로.

"저런. 친아비의 일평생 꿈을 풍비박산 낸 적도의 무리를 풀어준 것도 모자라서 이제는 이 오라비도 알아보지 못하고 죽일 셈이더냐?"

백운혜는 자신의 귀를 의심했다. 그래서 되묻는다.

"저의 오라버니를 아시나요?"

"……"

보름은 아니지만 달은 밝다. 사내가 달빛에 몸을 드러내자 백운혜의 두 눈에는 불신의 기운이 넘쳐 났다.

맞다. 백차성이다. 헝클어진 머리 하며 언제나 취해 있는 흐리멍덩한 눈빛과 건들거리는 걸음걸이도 틀림없다. 호부견자며 일세의 탕아이자 백비운의 장자가 아니었다면 골백번은 맞아 죽었을 악인. 바로 그 큰오라버니인 것이다.

되짚어보면 백차성은 다른 이들에게는 개차반이 무엇인가를 확실히 보여주는 문제아였지만 백운혜에게만큼 온갖 투정을 받아주고 너그럽기만 한 통상적인 큰오라버니의 모습이었다.

후에 아버지에게 큰오라버니가 저지른 일들을 듣고 나서부터 경악하고 멀리하게 된 것이었지만 그녀의 기억에 남아 있는 백차성은 큰오라비일 뿐이었다.

"정말 오라버니가 맞아요?"

"너는 이 오라비가 심장을 꺼내놓아야 믿을 아이로구나."

다른 이가 보았다면 기겁했을 푸근한 미소를 짓는 백차성. 그런 그의 미소를 보고 백운혜는 진심으로 기뻤다. 겉으로는 탕자의 모습이지만 이렇듯 아버지에 근접한, 어쩌면 뛰어넘는 무공을 숨기고 있지 않았는가 말이다. 어째서 저렇듯 훌륭한 무공을 지니고 있으면서도 사실을 숨기고 아버지의 차가운 시선을 감내했는지는 모르겠지만 기쁜 것은 기쁜 것이다.

백운혜는 자못 감격하여 백차성의 품에 뛰어들었다. 백차성은 여전히 만면에 푸근한 미소를 지으며 백운혜의 등을 토닥여 주었다.

"뒷감당을 어찌하려고 저들을 풀어주었느냐?"

비로소 품에서 떨어져 눈물을 닦는 백운혜. 어느새 발간 홍조가 한가득이다. 바보라 한들 말없이 얼굴을 붉히는 여인에게서 행간의 의미를 모를 수가 없는 일이었다.

"허허허. 사랑의 힘은 참으로 위대한 것이 아니더냐?"

"아이 참! 오라버니두……."

지독히 찰나의 순간 백차성의 눈빛이 취기에서 벗어나 번뜩거렸음을 백운혜는 결코 알아차릴 수 없었다.

"하나 너의 경솔함이 일을 더욱 그르치고 말았구나. 내 그에게 혐의가 없다는 증거를 찾아 이제 막 보고하려던 참이었건만… 이렇게 되면 증거를 제시한다고 해도 현 대협의 혐의를 벗겨줄 수가 없지 않겠난 말이다."

사색이 된 백운혜다.

"그, 그럼 어떡하죠? 다시 불러온다고 해도 비각당에서 이미 현 대협이 사라졌다고 보고했을 텐데요."

"흐음… 어쩔 수 없구나. 현 대협이 혐의를 완전히 벗을 수 있는 결정적인 증거를 제시할 밖에."

뒷간 급한 사람처럼 안절부절못하던 백운혜의 안색이 금세 환하게 밝아졌다.

"정말이요! 그렇게만 해주신다면……."

"해준다면?"

순간 백운혜는 백차성에게서 섬뜩한 느낌을 받았지만 착각이겠거니 하고 넘겨 버리고 말았다.

"제가 오라버니에게 절을 백 번해 드릴게요."

"절 백 번이라. 그것은 네게 너무 힘든 일이 아니더냐?"

"아니에요. 현 대협이 누명만 벗을 수 있다면 저는 천 번이라도 해 드릴 수 있어요."

다시금 느껴지는 서늘한 기운. 분명히 이번은 착각이 아니었다. 백운혜는 자신도 모르게 백차성에게서 한 발 물러섰다.

"그 녀석이 그리도 좋으냐?"

목소리도 달라졌다. 본래 듣기 좋은 음성은 아니었지만 지금은 옅은 광기마저 담겨져 있는 듯하다.

"오, 오라버니……."

"크하하하하!"

느닷없이 대소를 터뜨리는 백차성. 그의 웃음에는 이지의 기운이 없었다. 미친 웃음이다.

한참을 더 키득거리고 나서야 백차성은 웃음을 멈췄다.

위험하다. 백운혜는 비수를 움켜쥐고 등 뒤로 숨겼다.

"그 새끼가 생긴 것보다는 밤기술이 괜찮나 보구나. 하긴 계집들은 다 똑같지. 처음엔 하늘이라도 무너진 듯 울고불고 난리를 치다가 어느새 끈적거리는 숨결을 토해내며 허리를 비틀어대더구나. 그렇게 한 번, 두 번 이어지면 결국 제 년이 더욱 안달나서 나를 찾지 않았겠느냐. 물론 그쯤 되면 재미가 없어지니 죽여 버리지만 말이다. 어떠냐? 너도 몸이 달아올랐느냐?"

"오, 오라버니."

백운혜는 난생처음 들어보는 추잡한 말을 듣고 기절하기 직전이었다.

"썩은 동태눈의 혐의를 벗겨줄 증거가 뭔 줄 아느냐? 크크크, 바로 나다. 내가 바로 생생한 증거지."

가중되는 광기. 이제는 완전히 다른 사람이다. 어렸을 적 언제나 푸근하고 너그럽던 오라비의 모습도, 술에 절어 행패나 일삼던 호부견자도 아닌 음욕이 번들거리는 눈을 휘두르는 광인만이 남아 있었다.

'정신 차려라, 백운혜. 호랑이에게 물려가도 정신만 차리면 살 수 있다고 했어!'

백운혜는 가까스로 마음을 진정시켰다.

"그게 무슨 말이죠, 오라버니?"

"펑!"

백차성의 갑작스런 괴성에 백운혜는 저도 모르게 비수를 휘두르고 말았다. 팽팽하게 당겨졌던 긴장의 끈이 기어이 끊어져 버린 것이다.

그러나 벼락같이 백차성의 심장을 향해 떨어지던 비수는 단 일 수 만에 잡히고 말았다. 더욱 놀라운 것은 백차성은 비수의 예리한 검신을 맨손을 잡고 있다는 것이었다. 그러나 제 손이 아닌 양 잔뜩 흥분한 어투의 백차성의 말은 이어졌다.

"나는 몽땅 쓸어버리고 싶었지만 나의 주인양반이 그러지 말라더군. 그래도 불꽃놀이만큼은 굉장했지 않느냐?"

비수를 잡은 백차성의 손에서 줄줄 흘러나온 피가 검병을 타고 여태 비수를 잡고 있던 백운혜의 손까지 흘러들었다. 백운혜는 화들짝 놀라 비수에서 손을 떼버렸다.

백차성은 비수에 흘린 자신의 피를 야비한 입술을 내밀어 한 번 핥더니 집어 던져 버렸고, 비수는 손잡이까지 나무에 깊숙이 박혀 버렸다. 실로 놀라운 내력공부. 곧 백운혜가 백차성의 손아귀에서 벗어날 가능성이 없음을 보여주는 대목이었다.

"숭산에서 땡중들의 목가지를 비틀 때보다 짜릿하더구나. 거기에 오만 명의 피가 장강의 물줄기처럼 흘러내렸다면 더욱 멋졌을 텐데…
너에게 그 아름다운 모습을 꼭 보여주고 싶었는데 말이야. 너무 아쉬
워."

백운혜는 입을 악다물었다. 그러나 저 깊숙한 곳에서 손끝 세포
하나까지 빌어먹을 요동을 전달하는 공포는 그녀의 의지를 배반했
다.

백차성이 흉수다. 최근에 일어난 문파의 참혹한 멸문, 영호성과 장
삼봉의 납치, 그리고 개봉의 사건까지 모두 백차성과 관련이 있다. 그
것을 말해 주고 있는 것이었다.

듣지 않아야 한다. 살기 위해서는… 귀를 막고 입을 막아야 한다.

그러나 이번에도 몸은 의지를 배반했다. 온전히 핏덩이가 되어 있는
백차성의 손이 다가오는 순간에도 백운혜는 꼼짝할 수 없었다. 그가
뺨을 어루만질 때에도, 앞섶을 우악스레 잡을 때까지도…….

"최근에 배운 건데 말이야, 근친은 유전자인가 뭔가를 퇴화시킨다고
하더군. 우리가 사천의 당가를 내버려 둔 이유가 바로 그거야. 오라버
니가 나중에는 여보가 되어버리는 그 야만인들은 가만 놔두면 자멸하
게 되어 있거든?"

쫘악!

무복은 찢겨 나갔다. 당장에 누구에게도 보인 적이 없는 탐스런 젖
가슴이 적나라하게 드러났지만 백운혜는 매미 날개처럼 떨며 하염없는
눈물만을 쏟아낼 뿐, 공포에 저당 잡힌 몸은 꼼짝할 수 없었다.

"그런데 우린 아니야. 크크크, 백운세가에 세상모르고 앉아 있는 멍
청한 영감은 확실히 내 아버지가 맞지만 넌 그 양반의 피가 한 방울도
안 섞였거든?"

백운혜는 듣지 못했다. 정확히는 아무 생각도 하지 못한다고 해야 옳았다.

무심한 달님은 여전히 밝았다.

제2장

배반의 계절

함철원과 숙연연, 그리고 묵진민은 앙상한 가지만 미풍에 나부끼는 숲 속에서 멍청하게 서 있었다. 하나같이 망연자실한 표정.

진이 사라진 것이다. 아니, 도망을 쳤다고 해야 정확하다. 백운혜와 헤어지고 줄기차게 진의 뒤를 따랐지만 그는 뒤도 돌아보지 않고 가버렸다.

"우릴 버린 건가요?"

당장이라도 울음보를 터뜨릴 것마냥 숙연연의 음성은 떨리고 있었다. 함철원은 답하지 않는다. 대신 그의 얼굴이 극도로 어두워졌다.

"이젠 우리가 쓸모없게 된 게지."

묵진민이 비아냥댄다. 그러자 숙연연은 도리질을 쳤다.

"그런 사람이 아니야, 진은……."

"그렇다면 어째서 한마디 말도 없이 도망친 거지? 놈은 우리가 거추

장스러웠던 거야."

함철원은 여전히 침묵했다. 어쩌면 묵진민의 말이 맞을지도 모른다. 그러나 함철원은 진이 자신들을 버린 이유가 귀찮다는 이유만은 아닐 것이라 생각했다.

어쩌면 알 것도 같다. 녀석의 적은 강하다. 혼자의 힘으로 어쩌지 못할 것이라는 것도 잘 알고 있을 것이다. 그러나 진은 포기하지 않을 것이며, 결국 적의 손에 죽을 것이다.

진은 자신들을 살리려 하는 거다. 불 보듯 뻔한 죽음의 대열에서 자신들을 제외시켜 주고 싶은 게다.

빌어먹을… 그래, 잘 먹고 잘살아라. 아니, 잘 죽어라. 네놈의 한이 풀릴 때까지 실컷 싸우다가 뒈지란 말이다!

"그는… 어디로 갔을까요?"

"어쩌면… 제 놈 자신도 모르겠지."

"네?"

뜻 모를 말만 남겨놓고 함철원은 결연한 표정이 되었다.

넨장맞을, 어디로 가야 하는지도 모르는 놈이 잘난 척하기는. 너는 아직 이 함 형님의 도움이 필요하단 말이다.

"민아, 연아, 그동안… 고생만 시켜서 미안하구나. 본래 나의 마지막 계획은 언기(焉耆)를 거쳐 천축(天竺)으로 넘어가는 것이었다. 그곳에는 서역의 상인들이 무사들을 고용한다고 들었다."

숙연연이 불안한 표정으로 물었다.

"무슨 의미예요?"

"너희들은 지금 당장 서쪽으로 떠나거라. 되는대로 멀리 가야 하느니. 너희의 무공이라면 서역의 상인들이 무척 탐을 낼 것이니라."

"그게 무슨 뜻이냐구요?!"

씨익 웃는 함철원.

"저놈이 가는 길. 궁금해서 지켜보지 않을 수 없다. 알지 않느냐? 난 궁금한 것이 있으면 참지 못한다. 게다가 저 천둥벌거숭이 놈은 길도 모르지 않다냐."

숙연연은 기어이 눈물을 흘리고 말았다. 부모의 얼굴도 모르는 천애 고아인 그녀에게 함철원은 가족이자 유일하게 의지할 수 있는 사람이었다. 그런 그가 생이별을 고하고 있는 것이다.

"싫어요!"

얼굴은 눈물과 콧물로 범벅이지만 음성만은 단호하다.

예상했던 바, 하지만 함철원 역시 이번만큼은 양보할 수 없었다. 하늘이 도와 자신이 먼저 죽는다면 모르되 행여나 이들의 죽음을 목도해야 한다면… 도무지 견뎌낼 자신이 없었다.

"끝이 분명한 길이다. 나는 하고 싶은 것 다 해봤고 살 만큼 살았다. 그러나 너희들은 아직 젊다. 연아, 너는 처녀귀신이 되고 싶은 게냐?"

숙연연은 입술을 질끈 깨물고 그저 도리질을 칠 뿐.

"그는 이미 떠났잖아요. 그래요, 그 나쁜 자식이 우릴 버린 것이 아니라 우리가 버린 거예요. 이제 대주 말 잘 들을게요. 천축이요? 그래요, 우리 천축으로 가요. 우리 셋이서 같이 가자구요."

"연아……."

설득은 힘들다. 함철원은 묵진민을 쳐다봤다. 녀석은 오래전부터 숙연연을 마음에 두고 있었다. 과년한 선남선녀가 십이 년 동안이나 한시도 떨어지질 않았으니, 그렇지 않다면 오히려 이상한 일일 것이다. 녀석이라면 숙연연을 천축까지 안전하게 데려갈 수 있을 것이다.

그러나 간절함을 담아 묵진민을 바라보던 함철원은 까닭없이 등골이 서늘해지는 것을 느껴야 했다.

그렇다. 까닭을 모르겠다. 그러나 등골이 서늘해지는 한기를 느껴야 했던 이유가 묵진민이 평소와 달라 보이기 때문이라는 것을 알기에는 그리 오랜 시간이 걸리지 않았다.

"우리는 천축으로 갈 필요가 없습니다. 그리고 죽지도 않을 겁니다. 아니, 우리는 영광스럽게 교에 복귀하게 될 겁니다."

전에 볼 수 없었던 차가운 표정. 함철원은 가슴이 두근거리기 시작했다.

"민아, 그 무슨……!"

이제야 봤다. 묵진민의 오른손에 들려 있는 죽통. 소름 끼치는 핏빛으로 번들거리지만 모양은 분명히 죽통이었다. 그 핏빛 죽통은 함철원이 모를 수가 없는 물건이었다.

"미륵홍기(彌勒紅旗)! 그것을 어째서 네가… 서, 설마!"

미륵홍기는 태양선교의 비문통신기(秘文通信機)다. 이름과는 달리 깃발과는 관계없는 물건이지만, 저곳에 담겨 있는 특수 조제한 백린이 공기와 맞닿으면 천 리 밖에서도 환하게 볼 수 있는 홍기 문양을 그려내는 것이다. 오직 태양선교의 집법원(執法園) 홍기대만이 정확한 의미를 알 수 있는…….

마개는 이미 열려 있었다. 미륵홍기의 장점이 바로 이것이다. 폭죽과 효시와는 달리 소음이 전혀 없다는 것.

함철원은 그제야 하늘을 올려다보았다. 역시나 밤하늘은 은은한, 그러나 섬뜩한 핏빛에 감겨 있었다.

당장에 달려가 묵진민의 멱살을 잡아채는 함철원.

"무슨 짓을 한 것이냐!"

비릿하게 웃는 묵진민.

"애초의 계획대로 한 것일 뿐입니다. 당신이 그랬잖습니까? 저 녀석을 잡아서 넘기면 우리는 자유라고… 그래서 내가 우리의 임무를 끝낸 것뿐입니다. 그건 그렇고, 이 손 놓으시죠. 차기 음양대 대주에게 너무 무례한 행동이 아닙니까?"

"무엇이!"

제대로 꼭지가 돌아버린 함철원이 차돌 같은 주먹을 묵진민의 면상에 날려 버리는 순간이었다.

쉐애액!

섬뜩한 소성을 흘리며 날아든 편이 함철원의 팔목을 감아버렸다. 심상치 않음을 느끼고 막 장검을 뽑아 드려는 숙연연의 손도 강하게 쳐버린다.

그제야 느껴지는 암울한, 그러나 익숙하기 짝이 없는 기운. 동시에 어두운 숲 속 여기저기서 선명한 핏빛 무복을 입은 사내들이 흘러나오기 시작했다.

함철원은 그들을 안다. 아니, 정확하게는 그들이 입고 있는 옷을 알고 있었다.

"음, 음양대?!"

경악과 충격에 휩싸여 어쩔 줄 모르는 함철원의 귀에 이해할 수 없는 일갈이 들려왔다.

"음양대는 반역자 함철원을 포박하라!"

"복명!"

순식간에 함철원을 둥그렇게 에워싸는 음양대 무사들. 이윽고 묵진민이 그들을 가르고 함철원의 앞에 섰다.

"이, 이런 쳐죽일 놈!"

창노한 일갈. 그러나 말뿐이다. 어느새 사방에서 날아온 채찍에 함철원은 온몸이 꽁꽁 묶여 버리고 만 것이었다.

함철원에게 다가선 묵진민. 이글이글 타오르는 함철원의 눈을 일별하고 비릿한 웃음을 흘린다.

"신임 대주를 향한 눈빛이 매우 불경하군."

뻐각!

"크악!"

끔찍한 비명을 지르고 기절해 버린 함철원. 묵진민이 함철원의 발목을 걷어차자 발목이 부러짐과 동시에 함철원은 바닥에 무릎을 박고 머리를 조아리는 모양새가 되고 말았다.

"그래, 앞으로는 이런 자세에 익숙해져야 할 거야. 크크크……."

"이 빌어먹을 자식아! 이게 무슨 짓이야!"

역시 붙들려 포박당한 숙연연이 소리쳤다.

쉭!

"컥!"

묵진민이 손을 휘두르는가 싶더니 숙연연의 어깨에서 피가 솟구쳐 올랐고, 그녀 역시 거꾸러졌다. 묵진민은 어깨에 비도가 박힌 채 고통스러워하는 숙연연에게 다가섰다.

"저런, 예쁜 어깨가 박살났군."

묵진민은 깊숙이 박힌 비도를 무자비하게 뽑아내 버렸다.

"까아악!"

다시 한 차례 피가 솟구쳐 올랐고 숙연연은 고통에 찬 비명을 질러댔다.

지독한 고통에 비 맞은 고양이처럼 처량하게 떨고 있는 숙연연의 얼굴에 선혈이 낭자한 비도를 들이대는 묵진민이다.

"멍청한 계집. 지금도 나를 무시하고 싶나?"

"퉤!"

숙연연은 피 섞인 침을 묵진민의 얼굴에 내뱉었다. 그리고는 씨익 웃는다.

"그것도 못 피하는 무능한 자식은 무시해도 돼."

묵진민은 당황한 표정으로 재빨리 침을 닦았고 이내 그의 얼굴은 참담하게 일그러졌다.

퍽!

묵진민의 무자비한 주먹이 숙연연의 안면에 꽂혔다. 피를 뿌리며 저만치 나뒹구는 숙연연. 그녀는 물먹은 짚단처럼 축 처져서 다시는 일어서지 못했다.

묵진민은 아직도 성에 차지 않은 듯 허리춤의 장검을 뽑아 들고 천천히 다가섰다.

"천한 고아 년이라더니, 여기저기 꼬리치고 다니는 꼴이 영락없는 화냥년이더구나."

숙연연의 숨소리는 들려오지 않았다. 가슴의 파동도 사라졌다. 그러나 분노를 넘어 광기마저 드러나 있는 묵진민은 개의치 않았다.

"어떠냐? 후회되지? 그러나 이제 나는 위대한 태양선교의 대주다. 너 같은 여자 정도는 언제든지 취할 수 있단 말이다. 크크크, 네년을 죽이기 전에 무한한 영광을 주마. 신임 음양대주님께서 간택한 첫 여자로 말이다."

검을 숙연연의 앞섶에 대고 위로 쳐올리자 단박에 옷이 잘리며 숙연연의 하얀 속살이 드러났다. 묵진민의 두 눈에 음욕이 번들거렸다.

다시 검으로 허리끈을 잘라내려는 순간,

"충고하는데… 그러지 마라."

음산한 음성이 묵진민의 귓전을 때렸다. 나무에 몸을 기대고 그림처럼 서 있는 사내의 얼굴은 그의 음성보다 더욱 차가웠다.

그 시각, 진은 숲 한가운데 고목처럼 서 있었다.

찬연한 빛을 발하는 귀안. 그 서슬 퍼런 시선이 닿아 있는 십여 장 앞에는 네 발 달린 허연 짐승이 역시나 동상처럼 꼼짝도 하지 않고 서 있었다.

귀랑이다. 귀랑은 눈을 감고 있으므로 둘이서 눈싸움이나 하자는 모양새는 아니다.

극도로 올라가 있는 긴장감. 진의 손에 들린 세영검은 막대한 진기를 머금고 맑은 공명음을 뽑아내고 있었다.

진이 함철원들과 헤어지려 한 것은 사실이었으나 숙연연의 지레짐작처럼 아무런 설명도 없이 도망치려 했던 것은 아니다. 그들에게 미처 신경 쓰지 못한 이유. 바로 귀랑 때문이었다.

귀랑은 상처가 완쾌되자마자 이 산에서 진을 기다리고 있었다. 진역시 둘의 교감으로 그 사실을 이미 알고 있었다.

그런데 백운혜와 작별을 고하고 막 돌아서는 순간 진은 묘한 느낌을 받았다. 귀랑의 존재감이 어느 순간에 흔적도 없이 사라져 버린 것이다. 일전에 귀랑이 위급한 상황에 처해 있을 때와는 사뭇 다른 것이었으므로 진은 마음이 조급해졌다.

그리고 찾아낸 것이 바로 동상처럼 미동조차 없이 서 있는 귀랑이었다.

귀랑은 분명히 살아 있었다. 눈에 뜨이는 어떠한 외상도 없을 뿐만 아니라 숨결도 규칙적이다. 적어도 의학적으로는 살아 있다는 것이 분명했다. 그러나 바로 앞에 두고도 존재감이 느껴지지 않았다. 이런 현상은 진으로서는 처음 겪는 일이었다.

그리고 유난히 눈에 거슬리는 저것. 귀랑의 이마에 붙어 있는 누런 종이 쪼가리였다. 까닭없이 기분이 나빠지는 종이는 언뜻 부적같이도 보였다.

귀랑의 이마에서 부적을 떼어내 버리려고 다가서려는 순간,

갑자기 사방에서 언짢은 기운이 몰려들었다. 위협적이라거나 두려움을 유발시키는 기운은 아니다. 그저 가슴이 콩닥콩닥 뛰고, 뭔가 위험하다는 생각밖에 들지 않는 기괴한 기운이었다.

땡! 땡! 땡!

역시나 언짢은 종소리. 순식간에 가슴이 혼탁해지려 한다. 음공인가? 진은 귀를 막고 음양신공을 더욱 세차게 일으켜 심신을 진정시켰다.

사박… 사박…….

마른 가지를 밟는 발자국 소리. 게다가 보폭도 불규칙적이다. 무공을 익히지 않았거나 무공 따위는 일평생 본 적도 없다는 것을 믿어달라는 움직임이었다. 차츰 다가오는 자들의 움직임에서도 무공의 흔적은 찾을 수 없었다.

그것이 더욱 혼란스럽다. 진은 현재 칼을 뽑아 들고 살기를 쏘아내고 있었다. 입신에 이른 무공을 지닌 자들만 느낄 수 있다는 복잡하고

난해한 살기가 아니라 그냥 살기다. 그러므로 무공을 익히지 않았을 것이라 짐작되는 저들은 저렇듯 평온한 표정이어서는 안 되는 것이다. 역시나 썩 좋지 않은 징조였다.

그러는 사이 사내들이 진을 빙 둘러쌌다. 사내들은 하나같이 대머리들이다. 우연하게도 사내들이 모두 대머리 유전자를 이어받은 불행한 자들이었던 것은 아니다. 그들은 승려인 것이다.

그러나 보통의 승려라고 볼 수도 없었다. 요란한 승복─사실 승복인지도 확실치 않다─도 그렇거니와 하나같이 간단치만은 않게 살아온 흔적이 고스란히 얼굴에 남겨져 있는 험악한 인상들이었다. 심지어 얼굴에 기다란 칼자국까지 그려놓은 자도 보였다. 때문에 스님이라기보다는 조직 폭력배 같은 느낌이 든다. 진은 '스님' 과 '조폭' 의 중간 단계에서 합의를 봤다.

"여기 중놈들은 불도를 이런 식으로 설파하나 보지? 참고로 말해 두는데, 난 절에 다닐 생각이 전혀 없다."

보통의 경우, 진은 뭔가 위험이 감지됐다 싶을 땐 불문곡직 한 녀석부터 족치고 본다.

그러나 이번에는 그럴 수 없었다. 그들이 둘러싼 모양이 도무지 몸을 움직여 볼 틈이 없는 살진(殺陣)이라면 차라리 휘젓고 말겠다. 그러나 그들은 그저 서 있을 뿐이었다. 어쩌다 보니 진을 둘러싼 모양이 되고 말았다는 것처럼…….

진은 자신이 모르고 있는 무언가가 있다는 불안감에 마음이 초조해지기 시작했다. 특히나 저자. 턱 선까지 늘어진 귀와 반쯤 감긴 눈에서 현기가 줄기줄기 흘러나오는 노승(老僧)의 시선은 도무지 마주할 용기가 생기지 않았다.

"마귀여, 참회하라!"

"마귀여, 참회하라!"

노승이 외치자 남은 일곱 명이 복창한다. 진은 그들의 음성을 듣고 다시 가슴이 답답해짐을 느꼈다. 비단 가슴뿐만이 아니다. 지독한 두통. 최근 들어 잦아지고 있는 두통이 그 어느 때보다도 강하게 밀려왔다.

"미륵불이 영생으로 이끄노니!"

"미륵불이 영생으로 이끄노니!"

쨍그렁!

세영검을 놓치고 마는 진. 그러나 진은 무기를 놓쳤다는 것도 인지하지 못했다. 머리 속에서 깨진 유리 파편들이 굴러다니는 느낌.

"크아아아악!"

진은 고통에 찬 비명을 질러댔다. 그사이 자녹의 눈동자는 더욱 짙어졌고 근육은 잔뜩 부풀어 올랐으며, 손톱이 예리한 송곳처럼 길어져 나왔다.

"오움 아밀라이 타이 쿰므스와……."

"오움 아밀라이 타이 쿰므스와……."

갑작스런 진의 변화에 놀랄 만도 하건만 승려들의 동요는 없었다. 그저 뜻 모를 주문을 외워댈 뿐이었다.

"그만! 그만 해! 땡추중 놈들아, 너희들의 사지를 찢고 피를 받아 마시리라! 크와아악!"

목소리마저 변했다. 지옥의 울림 같은 섬뜩한 괴성.

"아니야! 잘못했어. 제가 무조건 잘못했어요. 제발 살려주세요. 살려주시면 당신들은 살려주겠어요. 크으윽… 이 개새끼들! 내 아비를 죽이고, 내 종족을 몰살시킨 놈들은 단 하나도 살려두지 않겠다! 네놈들의 자식을 잡아 눈을 뽑고 살을 발라 소금물에 재워 끼니마다 빼먹을 것이다! 크아아아악!"

횡설수설, 진은 사라지고 괴물만이 포효하고 있었다.

승려들은 더욱 빠르게 주문을 외워댔다. 그들의 승복은 이미 땀 범벅. 얼굴 근육에 경련이 이는 자도 있었다. 그러나 누구도 주문을 외는 것을 멈추지 않았다.

이윽고 그들의 인당에서 일어나는 광채. 한줄기 빛이 뻗어나가는가 싶더니 진의 인장에 모아졌고, 진은 더욱 포악한 괴성을 질러댔다.

그 순간!

"오옴 합!"

노승이 어느새 빼 든 커다란 부적이 날아들어 진의 이마에 철썩 붙었다. 동시에 진의 괴성은 거짓말처럼 멈췄고, 차츰 본모습으로 돌아가기 시작했다. 불같은 정력을 간직하고 있던 눈조차 초점없이 흐리멍덩하기만 했다. 마치 이지를 완전히 상실해 버린 백치처럼.

그렇다. 짐승과 인간이라는 단편적인 정보를 제외한다면, 진은 귀랑과 완전히 같은 상태가 된 것이었다.

진의 몸부림이 잦아들자 몇몇 승려도 풀썩 쓰러지더니 토혈(吐血)을 해대기 시작했다. 노승 역시 파리한 안색으로 휘청거리더니 겨우 나무를 잡고 몸을 가누었다.

"마귀 중의 마귀로다. 오늘 이 요물을 잡지 못했다면 마즈다야스나의 영광에 큰 재앙이 닥칠 뻔하였도다."

이윽고 여기저기서 요란한 복장의 사내들이 모습을 드러내기 시작했다. 하나같이 출중한 기도의 무인들. 그들은 일이 잘못됐을 경우를 대비해 매복해 있던 태양선교의 미륵홍기 무사들이었다. 그중 한 사내가 다급히 뛰어와 노승을 부축했다.

"대승정관님의 옥체는 무고하신지요?"

"나는 괜찮으니 너희들은 이 요물을 수거하거라. 내 본단에 데려가 개화시켜 세상의 거름으로 쓸 것인즉."

"명을 받자옵니다."

미륵홍기 무사들은 진과 귀랑을 들쳐 메고 분분히 몸을 날리기 시작했다. 그 모습을 지켜본 노승의 눈가에 흡족한 미소가 그려졌다.

"드디어 손에 넣었구나. 끌끌끌……."

노승, 그는 무승이 아니었다. 대승정관이라는 직책은 포교를 위한 무공보다는 긴 시간과 높은 술법을 지녀야 오를 수 있는 태양선교의 요직인 것이다.

빌어먹게도 법술은 이교도들의 개종에는 큰 역할을 할 수 있지만 높은 수준의 무인에게는 별무소용이었다. 그래서 분파에 지나지 않은 천년신교에 본단이라 할 수 있는 태양신교가 흡수되는 꼴을 두 눈 멀쩡히 뜨고 지켜봐야 했다. 방대한 조직과 높은 술법사들은 많았지만 절정고수가 없었던 탓이다.

그러나 이제는 달라질 것이다. 파괴의 신, '절대 악'을 손에 넣었다. 더군다나 개처럼 부릴 수 있는 신이다.

"이제 상황은 역전되었다, 비검. 감히 본 교를 농락하고 태양신께 고개를 든 죄악은 네놈의 피로 씻어야 될 것이다. 꺼이, 꺼이, 꺼이……."

슬그머니 부는 봄바람을 타고 대승정관의 웃음이 낮게 퍼져 나갔다.

저 멀리 나무 위에서 오랫동안 나른하게 앉아 있던 한 사내의 귀에도 들어갈 만큼.

사내는 술병을 붉은 입술에 가져갔다. 모용수, 혹은 비검이라고 불리는 남자는 취한 모습마저도 고귀해 보였다.

"글쎄, 영감이 그 녀석을 통제할 수 있을까? 어쨌든 녀석이 더 강해질 필요가 있으니까. 명이 질긴 영감이야, 놈이 완전한 '절대 악'이 될 때까지는 살 수 있을 테니까 말이야. 후후후……."

비검은 다시 술병을 입에 가져갔다.

묵진민은 얼어붙었다.

사내는 여전히 고즈넉한 자세로 나무에 기대 있을 뿐이다.

언뜻 기생오라비 같은 비리비리한 몰골에 병환이 있는 듯 혈색도 창백하지만 전신에서 터져 나오는 기파는 오금을 저리게 하고 있었다. 묵진민은 주춤주춤 물러서기 시작했다.

그리고 나서야 그의 뒤에 있는 음양대원들이 생각났고, 자신의 모습이 결코 보기 좋은 모양새가 아니라는 것도 깨달았다.

"가, 감히 태양선교의 행사를 막겠다는 것이냐!?"

호통을 쳐보지만 묵진민의 음색은 떨리고 있었다.

"태양선교? 태양선교가 포교 방법에 약간의 변화를 준 모양이군. 여자를 묶어놓고 두들겨 패는 것도 모자라 겁간하는 것으로 말이야."

묵진민은 할 말을 잃었다. 사내의 말이 구구절절 옳을 뿐만 아니라 그가 서서히 다가오고 있었기 때문이다.

그러나 사내는 묵진민에게로가 아니라 쓰러져 있는 숙연연을 향해서 다가간 것이었다. 뒤돌아 앉아서 숙연연의 맥을 짚어보는 사내.

'기회다!'

묵진민은 느닷없이 사내의 등을 향해 장검을 뻗어냈다. 군더더기없는 일단세. 교를 이탈한 이후 제대로 된 수련은 하지 못했지만, 대신 수많은 실전을 겪어온 그의 검은 안정되고 날카로웠다.

그러나 묵진민의 검이 사내의 심장을 꿰뚫었다고 생각하는 순간, 사내의 신형은 안개처럼 사라져 버렸다.

그리고 들려오는 싸늘한 음성.

"게다가 대주란 자는 등 뒤에서 칼을 휘두르고 말이야."

목소리는 습기와 함께였다. 사내는 묵진민의 바로 등 뒤에 있었던 것이다. 묵진민은 등줄기를 타고 흐르는 식은땀의 궤적을 느껴야만 했다. 사내는 어느새 묵진민의 목 뒤를 손가락으로 문지르고 있었던 것이다. 슬쩍 찔러 넣기만 하면 비명도 지르지 못하고 저승 구경을 해야 하는 사혈 중의 사혈의 위치였다.

음양대원들은 그때까지도 움직이지 않았다. 그들에게 있어서 묵진민은 결코 달가운 존재가 아니었다. 비록 큰 공적을 세우기는 했지만, 예전에 교를 이탈한 자인 데다가 동료를 배신해서 세운 공적이다. 자신의 목숨은 동료의 것이라 생각할 만큼 끈끈한 유대를 자랑하는 그들에게 묵진민은 단지 배신자일 뿐인 것이다. 게다가 예전의 동료를 겁간하려 하기까지 했으니, 음양대원들은 묵진민에게 혐오감마저 들기 시작했다.

그러나 그 무엇도 교리를 우선하지는 않았다. 묵진민이 비록 협잡꾼에 배신자이긴 하지만 음양대주인 것만은 변하지 않는 사실이었다.

음양대원 중 한 명이 검을 뒤로한 채 앞으로 나섰다.

"천년신교의 흑랑대주가 아니신지요?"

사내, 석양동은 피식 웃었다. 천년신교는 두 개로 갈렸다. 엄밀히 말하자면, 천년신교라는 거대한 조직에서 부스러기가 하나 떨어졌다고 봐야 할 만큼 다른 한 존재는 미미하지만 어쨌든 내분임에는 틀림없는 것이다.

석양동은 둘 중 어느 세력에도 포함되지 않았다. 그에게 있어서 천년신교는 단지 아비와 다름없는 칠적이 몸담았던 단체일 뿐이었다. 더군다나 자신이 손수 키워온 흑랑대의 비도들은 중공산에서 모두 죽었다. 공야숙과 거대한 늑대에게 갈가리 찢겨져 몰살당한 것이다.

그러므로 음양대원이 흑랑대주라고 부르는 것이 석양동으로서는 웃기는 얘기였다. 대원이 한 명도 없는 대주라니…….

"귀 교와 본 교는 이미 끈끈한 형제의 맹세를 하였습니다. 다소 서운한 점이 있으셨다면 후일 본 교를 방문해 따져 주시길 바랍니다. 저희 음양대는 흑랑대주께서 주시는 벌주를 흔쾌히 받아드릴 것입니다. 지금은 본 교의 중차대한 행사가 있는 관계로 저희는 이만 물러갈까 합니다만……."

음양대원의 말이 떨어지기가 무섭게 석양동은 묵진민의 가슴을 슬쩍 밀어냈다. 그러나 묵진민은 바위에라도 받친 듯 저만치 날아가 구겨져 버렸다.

"흑랑대주! 진정 본 교와 악연을 쌓으시렵니까?"

순식간에 험악해지는 분위기. 그러나 석양동은 눈썹 하나 까딱하지 않았다. 대신 느릿하게 손을 들어올려 묵진민을 가리켰다.

"데리고 돌아가라."

묵진민은 엉거주춤 일어서고 있었다. 비록 안색은 창백했지만 다친 곳은 없는 듯 멀쩡해 보였다. 그토록 큰 충격을 받았음에도 어디 한 군데 부러지지도 않은 것이다. 비로소 험악했던 분위기가 가라앉았고 나섰던 음양대원만 머쓱한 표정이 되고 말았다.

"넓은 아량에 감사드리옵니다."

음양대원은 석양동에게 포권지례를 올리더니 숙연연에게 다가갔다.

"너희가 데려갈 수 있는 사람은 오직 네놈들의 두목뿐이다."

숙연연을 끌어내려는 음양대원의 안색이 굳어졌다.

"저희 음양대는 명에 따를 뿐입니다. 그러다 가끔 죽기도 하지만 임무를 포기한 적은 없습니다."

막으면 죽기를 각오하고 싸우겠다는 의미. 석양동은 다시 한 번 웃었다. 그러나 이번에는 다분히 선의의 의미다. 이름도 알지 못하는 음양대원의 기개가 내심 놀라웠던 것이다.

"저런 놈을 대주로 뽑아놓은 걸 보니 대승정관이 슬슬 은퇴하실 때가 되었나 보구나. 너 같은 자를 일개 병사로 부리는 것도 그렇고……."

음양대원은 다시 포권을 취해 보였다.

"과분한 말씀에 소생 몸둘 바를 모르겠으나 저희는 남은 임무가 있사옵니다."

과연 물러서지 않는다. 이렇게 되면 할 수 없는 노릇. 마음에 드는 녀석이지만 죽여야 한다.

그때였다.

"되었다. 그녀는… 죽었다. 쓸모없는 시체 따위를 무엇에 쓰겠느냐. 그만… 돌아가자."

묵진민이다. 비로소 이지를 찾은 눈동자는 벌겋게 달아올라 있었다. 애써 숙연연의 모습을 보지 않으려는 듯 시선은 엉뚱한 곳을 향해 있었다.

후회하는가? 후회한다고 무엇이 달라지는가?

단지… 미웠을 뿐이다. 언제나 곁에서 바라보고 있었지만 그녀는 다른 남자에게만 눈길을 마주쳐 줬다. 이깟 대주 자리 따위는 바라지도 않았다. 대주가 되면… 그녀가 자신을 달리 봐줄 것이라고 생각했을 뿐이다. 이런 결과는 예상하지 못했단 말이다.

그러나 이미 엎질러진 물. 자신의 손으로 평생의 정인을 때려죽이고 겁간할 뻔했다. 넨장할… 넨장할……

묵진민은 음양대원들과 함철원을 데리고 사라졌다.

석양동은 그들의 뒷모습이 완전히 사라질 때까지 시선을 떼지 않았다.

"언제까지 내 뒤를 졸졸 따라다닐 건가?"

그러므로 난데없는 석양동의 질문은 묵진민과 음양대원들에게 한 말이 아니었다. 차츰 여명이 밝아오는 가운데 석야동의 뒤쪽 수풀에서 한 사내가 천천히 걸어 나왔다.

"나도 그것이 궁금하던 참이다."

석양동은 사내에게 돌아섰다. 산발인 머리 사이로 죽어 있는 묵빛 눈동자를 드러낸 남자. 그는 야살귀였다.

"네 녀석의 여자 친구가 좀 극성이어야 말이지."

굳어지는 석양동의 얼굴. 자못 살기마저 일렁인다.

"그녀는… 나와 상관없는 사람이다."

"뭐, 그런 일은 둘이서 차차 결론을 보시고. 그것보다 기왕에 구해낸 여자는 살려야 되지 않겠나?"

본래 석양동이 이곳으로 오게 된 이유는 미륵홍기 때문이었다. 태양 선교의 미륵홍기는 어지간한 일이 아니고서는 오르지 않을뿐더러, 여기는 무림맹이 있는 개봉이 아닌가 말이다.

엊그제는 거대한 붕조─석양동이 보기에는 하늘을 날아다니는 오리 알처럼 보였지만 사람들은 모양과는 상관없이 날아다니는 거대한 물체라 하여 붕조로 일반화시켜 버렸다―가 불꽃을 내뿜는 희한한 일까지 벌어진 터라 여기까지 온 것이었다. 물론 야살귀는 석양동을 따라온 것이고.

석양동은 쓰러져 있는 숙연연을 바라봤다. 어깨에서의 출혈이 심하고 내상까지 입은 듯하다. 숨은 겨우 붙어 있지만 얼마 살지 못할 듯싶다. 상관없다. 여자를 구해준 것은 단지… 그 빌어먹을 놈이 강제로 여자를 욕보이는 꼴을 볼 수가 없었기 때문이다.

"이 여자 역시 나와는 상관없는 여자다. 그것은 네놈에게도 해당되는 말이다. 다음에 얼굴을 마주할 땐 오늘처럼 말을 섞는 일은 없을 것이다."

다시 뒤를 밟으면 가만두지 않겠다는 의미. 그러나 호락호락할 야살귀가 아니었다.

"글쎄, 과연 그럴까?"

석양동은 주저없이 돌아서서 걸음을 옮길 뿐이다.

"이 여자도 궁주와 마찬가지로 너와 무관하지 않다는 것이 내 생각이다."

비로소 멈춰 서는 석양동이다.

"무슨 의미냐?"

"진, 그 친구의 적과 천지밀궁의 적은 같다. 공교롭게도 이 여자는 그 녀석의 동료이고."

본래 말재주도 없고 말수도 적은 야살귀였기에 따로 부연 설명은 하지 않았으나 석양동이 알아듣기는 어렵지 않았다.

적의 적은 친구다. 그들의 적이 누구인지는 관심없지만, 어쨌든 놈은 언젠가는 천지밀궁을 필연적으로 찾아올 수밖에 없다. 숙연연은 놈과의 연대를 수월하게 해줄 도구가 되어줄 것이고, 따라서 숙연연의 목숨은 아직 쓸모가 있는 것이었다.

　석양동이 자신의 인생에서 마지막으로 할 일은 처참하게 죽은 칠적의 눈을 편안하게 감겨주는 것이었다. 그를 죽인 자를 찾아내 나란히 묻어주는 것으로……

　공야숙, 그자는 칠적의 옆에 묻힐 것이다. 공야숙은 사라졌지만 그의 제자가 남아 있다. 놈도 죽인다.

　석양동은 알고 있었다. 중공산에서 입은 상처는 치명적이다. 비장과 간이 다쳤다. 길어야 일, 이 년? 어쩌면 더 짧아질 수도 있다. 그에겐 시간이 그리 많지 않은 것이다. 게다가 치유될 수 없는 내상으로 기력이 자꾸 쇠약해져 갔다. 죽기 전에 무공을 먼저 잃을 가능성이 더 컸다. 아무런 정보도 없이 길바닥을 헤매다가 시간과 기운을 허비할 수 없다는 의미였다.

　"빌어먹을……"

　그가 돌아갈 곳은… 그리고 그를 받아줄 곳은 결국 그녀뿐이었다.

*　　　　*　　　　*

　적수공권(赤手空拳). 그야말로 맨주먹 하나만으로 이 자리에 올랐다.

　어린 시절에는 영호세가의 도움을 받기는 했지만 강호에 던져질 때에는 온전히 혼자였다.

　아무도 모른다.

　푸석한 만두 한 조각을 얻기 위해 만두 가게 여주인의 퍼진 몸을 만족시켜야 했고, 초가 무도관 하나를 얻고자 생면부지의 여인에게 믿지도 않는 사랑을 고백해야 했으며, 장인의 비린 돈을 구걸해야 했다.

하늘은 스스로 돕는 자를 돕는다고 했던가?

미래는 대비하는 자들의 것이다. 권력은 원하는 자의 것이 아니라 능력이 있는 자들에게 준비된 힘인 것이다. 몰락한 가문을 육대세가의 반열에 올려놓았으며, 무림거봉 무림맹주의 자리에도 올라섰다. 나라를 세우면 잘해낼 자신도 있었다. 저 머저리들을 앞세우면 충분히 가능한 이야기며 꿈이다. 오랑캐도, 이교도도 다시는 한족을 해하지 못하는 나라를 세워 칭송받는 황제가 될 준비가 되어 있는 것이다.

그 모든 꿈이 이곳 개봉에 있었다. 한족의 마음속에 자리한 영원한 도읍이며 천 년의 고도. 백만의 인구 속에는 십칠 세부터 마흔에 이르는 장정만도 삼십만이 넘는 곳이다. 이는 곧 군사 삼십만을 의미한다. 여기에 무림의 절정고수들을 적절히 섞어 넣는다면, 단언컨대 우후죽순 생겨나고 있는 오합지졸 따위는 한 손에 넣고 주무를 수 있는 강력한 군대를 만들 수 있을 것이었다.

예상대로 난세는 도래했다. 아무리 강성한 몽골의 기병이라 하더라도 나라는 칼로써만 다스릴 수 없는 법. 원조는 버틸 힘을 잃었다. 오랜 시간 별러놓은 칼을 꺼내 들 시간이 된 것이다.

이제 조금만… 마지막 한 걸음만이 남았을 뿐이었는데…….

하루 반나절 사이에 모든 것이 물거품이 되고 말았다.

이걸 믿어야 하는가? 그 모든 시간과 노력들… 사소한 것 하나까지 모두 내 땀과 피가 섞여 있었단 말이다.

그것들이 이렇게 허무하게 사라져 버렸다는 것이 말이 될 법한 일인가?

그러나 이것은 분명하고도 냉정한 현실이었다.

텅 빈 객청.

때론 진지한 토론의 장이 되기도 했고, 가끔은 이전 투구장이 되기도 했지만 대청엔 언제나 무림인들로 득실거렸다.

그러나 지금은 개미새끼 한 마리 보이지 않는다. 무림인들이 떠나면서 개봉의 인심도 떠나고 말았다.

"크크크……."

일장춘몽(一場春夢)이라 했던가. 아니, 꿈은 애초에 악몽이었을 뿐이다.

쪽빛 여명은 전혀 반갑지가 않다. 이 모든 것이 꿈이 아닌 현실이라는 강변에 지나지 않으므로.

쾅!

태사의 옆에 높여 있던 팔선탁(八仙卓)이 단숨에 부서져 나가며 그 위의 찻잔도 깡그리 박살나 바닥으로 떨어져 내렸다.

이 모든 것이 그놈 때문이다.

현진. 놈이 호들갑을 떨지 않았다면 개봉의 무지렁이들은 하늘의 그것이 무엇인지도 몰랐을 것이다. 태반은 이름 석 자 쓸 줄도 모르는 무식쟁이들이니 종이 쪼가리에 무슨 글자가 써져 있는지도 몰랐을 것이고, 지금처럼 집구석에서 문을 걸어 잠그고 오돌오돌 떨고 있지도 않았을 것이란 말이다.

이 하찮고 겁 많은 날건달 따위가 감히 내 딸을 넘봐?

백비운은 모든 분노를 진에게 몰아갔다. 비행선에는 파편이 없었으므로 결과적으로는 진이 호들갑을 떤 것이 되었지만, 애초에 진에게 관심을 두고 있었던 이는 없었다. 더군다나 파편 대신 하늘에서 쏟아져 내린 종이 쪼가리에 써진 말들을 떠벌리고 다닌 이들은 백비운이 고용한 바람잡이들이었다. 물론 진은 백운혜를 넘본 사실도 없다.

그는 그저 화풀이 상대가 필요했을 뿐이다.

무림맹을 받치고 있던 문파와 세가가 풍비박산났고, 개봉이 통째로 죽어버렸는데 흉수는 오리무중이다.

그래, 놈이 흉수이든 아니든 상관없다.

놈의 운명은 이미 결정되었다. 놈의 목을 칠 것이다. 이 모든 사건의 원흉이라는 죄목이 그의 목 아래 걸려 개봉의 대로에 효수될 것이다. 개봉은 다시 무림맹주의 위엄 아래 하나가 될 것은 자명한 사실이다.

"그래, 아직 끝나지 않았어! 나는 처음부터 맨손으로 시작했다. 다시 시작하면 되는 것이야! 크하하하하!"

우렁우렁, 텅 빈 대청에는 백비운의 웃음소리가 메아리쳐 울렸다.

그때였다.

"맹주 어르신!"

하얗게 질린 얼굴로 허겁지겁 대청으로 뛰어들어 오는 중년인. 무림맹의 총관이자 자신이 비밀리에 양성한 비각당의 당주 이취반이었다.

"새벽부터 웬 호들갑이더냐. 놈은 잡아들였느냐?"

"그자는 이미 맹을 빠져나갔사옵니다. 그것보다……."

임무의 실패를 말하면서도 그것은 실상 별거 아니라는 투다.

잠깐 눈 한 번 깜박거릴 시간을 다시 천 번쯤 쪼개야 할 만큼이나 짧은 시간이었지만 백비운은 분명히 뒤통수를 타고 흐르는 싸늘한 기운을 느껴야 했다. 그러나 그것이 방정맞은 불안이라는 놈의 작품이라는 것을 백비운은 전혀 짐작조차 하지 못하고 있었다.

"그것보다 무엇이 더 중요하단 말이더냐!"

백비운이 다급성을 치자 이취반은 갑자기 이마를 대청마루에 찧어 대기 시작했다.

저건 아닌데… 임무의 실패를 두고 목을 스스로 끊을지언정 저리 수선을 피울 녀석이 아닌데…….

"어르신, 소인을 죽여주십시오! 끄으윽……."

급기야 목놓아 울기까지 한다. 백비운은 비로소 심작의 박동이 빨라지는 것을 느낄 수 있었다.

뭔가… 아주 안 좋은 일이 생겼다!

"네놈은 내 복창이 터지고 나서야 주둥이를 열 놈이로구나!"

"아기씨가… 아기씨가……."

벌떡 일어나는 백비운. 그러나 그의 가슴은 깊은 낭떠러지로 떨어져 내리고 있었다.

"운혜가? 운혜가 어쨌다는 말이냐?"

"꺼으윽…… 소인을 죽여주시옵소서!"

백비운은 더 이상 이취반의 말을 듣지 않고 바람처럼 몸을 날렸다. 더 이상 듣고 싶지 않았던 것이다.

믿을 놈은 하나도 없다. 직접 눈으로 보고 손이 닿아야 안심이 된다. 이번에도 그렇다. 운혜가 조금 다쳤나 보다. 녀석을 워낙에 오냐오냐 키워놨더니 가끔은 이렇게 속을 썩인다.

백비운은 신발도 신지 않고 버선발로 내달리고 있다는 사실을 전혀 인지하지 못하고 있었다.

멀어지는 백비운의 뒷모습을 바라보던 이취반의 노안에서는 눈물이 사라졌다.

아니, 애초에 그는 눈물을 흘리지 않았다. 통곡은 가슴에서 비롯된 것이 아니라 단지 성대의 울림이었을 뿐이다.

그의 주름진 입꼬리가 슬며시 말려 올라갔다.

웅성웅성.

사람들이 많다. 세가의 녀석들도 보이고 아직 자신의 문파로 돌아가지 않은 무림인들도 섞여 있다.

그러나 한결같다. 누구도 백비운과 눈을 마주치려 들지 않았다. 자기네들끼리 숙덕거리다가 백비운의 모습이 보이자 단박에 입을 다문 자도 보이고, 백비운을 보지 못하고 계속 떠벌이고 있는 자는 옆 사람이 옆구리를 찔러댔다.

자신의 꿈이 풍비박산났다는 것을 비웃기라도 하는 것인가?

비웃어라. 나를 비웃는 것이어도 좋으니… 제발 운혜에게 무슨 일이 생겨서 쉬쉬하는 것만은 아니어라. 제발…….

백비운은 멈춰 섰다.

저 멀리 백차성이 보인다. 오늘은 해가 서쪽에서 뜨기라도 했는지 깨끗한 청삼을 차려입었고, 머리도 곱게 빗질해 올렸으며, 술에 취해 있지도 않는 듯하다.

그리고 백차성의 발치에 넓게 퍼져 있는 흰 도포. 무엇인가를 덮어 놓은 듯 불쑥 솟아 있다.

백비운은 다시 천천히 발걸음을 옮겼다. 그러나 채 다섯 걸음을 떼기도 전에 두 사내가 막아선다. 비각당의 무사들이다.

"무슨 짓이냐?"

낮게 깔린 음성과 가시 돋친 기파. 비각 무사들의 묵빛 동공은 변화가 없었지만 그들의 몸은 본능에 움찔거렸다. 그들은 살수다. 죽일 수 있는 상대를 찾고 죽일 수 없는 상대일 경우에는 깨끗하게 물러선 후에 죽일 수 있을 때까지 수련하는 살수들이었다.

삶과 죽음에 대해선 탈속한 이들이지만 냉엄한 먹이사슬에서 강자와 약자를 구분하는 방법을 터득한다는 말이다.

지금의 백비운은 그들의 주인인 백운세가의 가주도 아니고, 지엄하지만 또한 관대한 무림맹주도 아니었다.

단지 새끼의 안위를 걱정하는 성난 사자일 뿐이었다.

그러나 놀랍게도 비각들은 물러서지 않았다. 개가 주인에게 짖고 있는 장면이 연출되고 있는 것이다.

"소가주께서 간곡히 부탁하신 일입니다. 저희들이 생각하기에도……."

생각? 비각당의 살수들에게 허용되지 않은 것 중에 하나가 바로 생각이다. 명에 내려오면 수행하는 것 외에 생각하는 일은 금지된 자들이 바로 비각당이었다.

분명히 비각들의 행동은 백비운의 상식에서 벗어나 있는 것이었으나 지금은 그런 것을 따지고 있을 계제가 아니었다.

"네놈들이 실성을 한 게로구나. 고약한 꼴 보기 전에 비켜서라."

"가주께서 보셔서 좋을 것이……."

퍽!

선명한 장인이 허공에 그려지는가 싶더니 비각 무사 한 명이 끈 떨어진 연처럼 하늘로 날아올랐다.

첫 번째 일장에 얻어맞은 비각 무사가 땅바닥에 떨어지기도 전에 연이은 흉맹한 일장이 또 다른 비각 무사의 안면에 날아드려는 순간,

"고정하십시오, 아버지."

백차성이다. 삼삼오오 모여 숙덕거리고 있던 중인들은 찬물을 끼얹은 마냥 침묵 속에 빠져들었다.

운비장(雲飛掌). 오늘날의 백비운을 있게 한 강호 일절이다. 백비운은 조급증과 불안으로 손속에 사정을 두지 않은 상태. 일장을 얻어맞은 비각 무사는 비명도 지르지 못하고 절명했을 지경이다.

그러므로 두 번째 비각 무사도 같은 운명에 처해졌어야 하는 것이다.

그러나 당연한 수순으로 벌어져야 할 광경이 한줄기 하얀 선이 백비운에게 덮여지는 순간 멈춰져 버렸다.

마치 시간이 정지해 버린 것처럼······.

장내 대부분의 사람은 능력이 미처 따르지 못하여, 백비운은 도저히 제정신일 수가 없는 상황이었기에 백차성이 백비운의 손목을 잡아챈 수법이 공수탈백인의 금나수법이라는 것을 알 수 없었다.

그러나 무슨 수법을 쓴 것인지는 아무도 관심이 없었다. 백차성이 북검제의 운비장을 막아냈다는 사실이 중요할 뿐이었다. 세상에, 호부견자 백차성이······.

"네 녀석이 이놈들을 앞세워 뭘 어쩌려는 것이더냐?"

백비운의 음성은 무거웠으나 마음을 다잡으려 애쓰는 기색이 역력했다. 일장이 막혀 버린 탓에 이성을 찾을 시간이 생긴 것이다.

그렇게 이성이 찾아들자 곧바로 지금의 상황이 매우 이상하다는 것을 깨닫게 되었다.

자신의 아들에게 이만한 무공이 있었다는 것도 그렇거니와 백차성이 제 어미가 죽은 일곱 살 이후 처음으로 자신을 아버지라 부르고 있는 것도 그렇다.

백비운이 의심 서린 눈을 백차성에게 쏘아보내자 백차성은 갑자기 땅바닥에 무릎을 꿇고 머리를 조아리기 시작했다.

"불초자를··· 죽여주시옵소서."

습기 가득한 음성. 내려다보이는 백차성의 어깨가 심하게 요동치고 있었다.

"운혜는… 그 아이는 어디에 있느냐?"

눈에 넣어도 아프지 않을 막내딸의 행적을 물으면서도 백비운의 시선은 풀밭 위에 펼쳐진 흰 도포에서 떼지 못했다.

가슴이 세차게 뛰어온다. 빠르게 흐르는 혈류의 속도가 손의 경련을 이끌어내고 있었다.

저것은… 주위의 풍경과 완벽하게 엇박자를 이루며 덩그러니 박혀 있는 빌어먹을 백포는 아무것도 아니어야 한다. 아무 의미 없이 그저 펼쳐져 있는 백포일 뿐이어야 한다. 백비운에게는 이런 지푸라기라도 잡는 심정뿐이었다.

그러나 백비운의 물음에 대답하는 이는 아무도 없었다. 백차성의 놀라운 무위가 펼쳐진 이후로 계속되는 침묵이 장내를 지배하고 있었다.

백비운은 백포를 향해 걸었다. 아무것도 아니기 위해서는 확인이 필요했다. 저것을 걷어내 버리고 어느 빌어먹을 놈이 이따위 장난을 했느냐며 한바탕 호통을 늘어놓을 것이다.

마침내 걸음을 멈춘 백비운. 백포를 향해 뻗어가던 그의 손이 움찔 멈춰 섰다.

백포 밖으로 삐죽 튀어나온 손가락. 하늘을 향해 힘없이 구부러져 있지만 가늘고 긴 손가락은 참으로 곱기도 곱다.

덜덜덜덜……

백차성의 손은 멀리서도 알아차릴 수 있을 만큼 떨리고 있었다. 가만히 다가와 떨리고 있는 백비운의 손을 잡아주는 또 다른 손 하나. 백차성이었다.

"아버지……."

"이 손 놓거라."

"이 원수는 제 손으로 반드시 갚겠습니다. 흉수는 살아도 산 것이 아니며, 죽어도 죽지 못하는 지옥을 맛보게 될 것입니다. 그러니……."

버럭 고개를 돌리는 백비운. 그의 두 눈은 잠시 찾아들었던 차가운 이성 대신 당장에라도 불길을 내뿜을 듯한 화염이 타오르고 있었다.

"누가 원수란 말이냐! 또한 흉수가 누구란 말이냐! 네놈이 정녕 이 손을 놓지 않겠다면 단매에 쳐죽이고 말리라!"

픽!

벼락같은 일장이 백차성의 가슴에 꽂혔다.

좀 전에 보여준 신기가 무색하게도 백차성은 지금의 일장만은 전혀 피하지 못하고 피를 길게 뿌리며 날아가 구겨졌다. 실로 순식간에 일어난 일. 장내에서는 나직한 탄성이 흘러나왔다.

그러나 널브러졌던 백차성은 꿈틀꿈틀 일어섰다. 입가에는 선혈이 낭자하여 적지 않은 내상을 입었음이 분명함에도 그의 안색은 썩 나쁘지 않았다.

아니, 백차성은 전혀 내상을 입지 않았다. 입가의 선혈도 스스로 입술을 깨물어 흘린 것에 불과했다. 백차성을 유심히 지켜보는 자가 있었더라면 그의 입꼬리가 슬쩍 말려 올라갔다가 내려온 장면을 볼 수 있었을 것이다.

그러나 백차성이 가공할 일장을 얻어맞고도 탈없이 일어나 비릿한 미소를 짓는 장면은 아무도 볼 수 없었다.

그들은 더욱 경악할 장면에 이미 시선을 빼앗겼기 때문이다.

가공할 압력의 일장은 백차성만을 날려 버린 것이 아니었다.

펄럭!

백포가 휘몰아치는 장풍을 이기지 못하고 높게 솟아올랐다.

그리고 백비운은 보았다.

아이는 태어날 때의 모습처럼 실오라기 하나 걸치지 않고 있었다. 그래서인지 더없이 평안해 보인다. 어쩌면 웃고 있는 것 같기도 하다.

푸르스름한 입술마저도 아름답기 짝이 없다. 짙은 음영을 드리우고 있는 긴 속눈썹은 제 어미를 빼다 박았다. 창백하리만치 투명한 피부도 여전하다.

"아가야, 어째서 여기에 누워 있는 것이냐. 찬바람이 여전하거늘……."

백비운의 눈에서 순식간에 흘러나온 눈물이 뺨을 타고 턱에 이르더니 더는 버티지 못하고 백운혜의 얼굴에 떨어져 내렸다.

"자는 것이냐? 이 아비가 왔다. 눈을 떠보거라……."

백운혜는 대답이 없었다. 비수가 심장을 향해 깊숙이 박혀 있는 사람은 대답을 할 수가 없는 것이다.

백비운은 털썩 주저앉았다.

백차성은 자신의 장포를 벗어 백운혜에게 덮어주었다. 그리고 천천히 그녀를 향해 무너졌다.

무림맹주, 무림을 이끌어오던 거인의 뒷모습은 가늘게 떨리고 있었다. 그 파동은 차츰 커지기 시작했고, 드디어 대기를 끓어오르게 하는 무서운 기파가 형상화되기 시작했다.

"성아야……."

장내의 모든 중인들의 살갗을 돋아나게 하는 무서운 기파와 도무지 어울리지 않은 초라한 음성. 입가에 흘린 피를 닦아내고 백차성이 다가선다.

"누구냐?"

백차성은 말없이 푸르스름한 막대기 하나를 건넸다.

"혜아가 손에 꼭 쥐고 있었던 것입니다."

백비운이 그것을 받아 쥐었다. 화려하진 않지만 고아한 빛깔이 흐르는 옥비녀였다. 바로 하화가 진에게 주었던 고려 옥비녀다.

백차성이 말을 이었다.

"개봉 사건에서 흉수로 주목된 현진이라는 자가 품에 지니고 다녔던 물건이라 하옵니다."

"그래… 또 그 녀석이구나……."

흉수를 알았음에도 백비운의 음성은 삶의 의미를 잃어버린 사람의 것처럼 맥이 없다.

그러나 격렬한 분노의 표출보다 섬뜩함이 느껴졌다.

백비운은 백운혜의 가슴에서 비수를 조심스럽게 뽑아냈다. 멈춰 버린 심장은 더 이상 피를 내뱉지 않았지만 검신에 선명한 혈흔을 남겨 놓았다.

한동안 비수를 물끄러미 바라보던 백비운이 갑자기 자신의 의복을 갈기갈기 찢어버리기 시작했다.

"아기가 차가운 대지에 누워 있거늘 아비가 어찌 비단옷을 입으리오."

곧이어 비수로 상투를 잘라내 버리고 비녀와 치장한 노리개들도 집어던져 버린다.

"아기가 초라한 주검이 되었거늘 아비가 어찌 치장을 하리오."

이번에는 비수를 가슴에 대고 난도질을 하는 백비운. 사방에 피와 살점이 튀어 나갔으나 어느 누구도 그를 말리려 들지 않았다.

"아기가 원수의 칼 아래 죽음에 이르는 고통에 떨었거늘, 아비는 편안한 태사의에서 몸을 쉬었을 뿐이로구나."

마침내 백비운은 온전히 혈수(血獸)가 되어 있었다.

거친 숨을 뱉어내는 백비운. 그가 천천히 고개를 들어올렸다.

죽었다. 죽은 눈빛이다. 상투를 잘라 버린 그는 더 이상 무림맹주가 아니며 북검제 백비운이 아니었다.

백운혜를 안아 든 백비운은 천천히 숲 속으로 걸어 들어갔다.

그가 어두운 숲 속으로 완전히 사라질 때까지도 지독한 침묵은 이어지고 있었다.

그들은 엄청난 지각 변동이 일어나 새로운 판이 짜이는 것을 목도하고 있는 것이다. 숱한 이민족의 침략과 내환에도 주춧돌처럼 굳건하게 버티고 있었던 무림은 온전히 끝장이 났다. 힘겹게 마지막 기둥을 버티고 있었던 무림맹과 백운세가가 무너짐으로써 이를 증명하고 있는 것이었다.

백비운이 숲 속으로 완전히 사라져 모습이 보이지 않을 때까지도 시선을 거두지 않고 있던 백차성이 중인들을 향해 돌아섰다.

"오늘 부로 백운세가는 백 년 동안 무림에 관여하지 않을 것이오. 그러나 그 누구라도 현진이라는 본가의 원수에게 도움을 주는 자는 먼저 백운세가의 검을 생각해야 할 것이오!"

웅성웅성… 침묵이 깨졌다.

백운세가의 봉문이다. 이 거대 가문의 모든 역량은 이제 복수를 위해서만 집중될 것이다.

또한 한 명의 마인의 탄생을 알리는 일성이었다.

제3장

피는 물보다 진하지 않다

남궁천상의 두 눈은 왕방울만하게 커져 있었으며, 그 안에는 섬전과도 같은 불길이 한 덩어리나 내뿜어지고 있었다.

전갈을 받아 들고는 정신이 없었다. 가문에 일이 생겼다는 소식을 듣고 자신이 무당에서 봤던 참극이 생각난 것은 어쩌면 당연한 일이었다.

그렇게 정신을 차리고 나서도 이유없이 전을 불편해하던 마초자와 길초삼, 그리고 남궁천상 자신이 번갈아 가며 잠시도 쉬지 않고 사두번차를 몰고 왔다.

뭔가 이상하다는 생각이 든 것은 자신이 떠나왔을 때와 다름없이 비교적 평온한 풍경을 유지하고 있는 안휘 지방에 들어서면서부터였다.

안휘는 대대로 남궁세가의 텃밭이다. 남궁세가가 기침을 하면 안휘는 몸살을 앓는다는 말이 나올 정도로 남궁세가의 입김이 직접적으로 작용하는 곳인 것이다. 이것은 원 조정의 통제력이 약해진 십여 년 전부터의 일이었는데, 항간에는 남궁무연이 남궁가의 나라를 세우려 한다는 풍문이 나돌 정도였다.

당연히 남궁세가의 소가주인 남궁천상의 위상은 대단한 것이었으며, 그의 사두번차가 지나가기라도 하는 날에는 마을 전체가 들썩거리는 일은 비일비재한 일이었다.

보통은 이런 것들이 부담스럽고 불편하여 남궁천상은 사두번차를 이끌고 마을을 지나치거나 가문의 영향력이 닿아 있는 객점에는 들르지 않았다.

그러나 시급을 다투는 전갈을 받은 마당에 이것저것 따질 계제가 아니었으므로 남궁천상은 가장 빠른 길로만 마차를 몰아갔던 것이다.

처음엔 겨를이 없어 보지 못했으나 본가가 있는 합비(合肥)에 가까워질수록 사람들의 반응이 심상치가 않다는 것을 깨달았다. 슬금슬금 눈치를 보며 피하는 이들은 예사고, 어떤 꼬마 녀석은 심지어 돌팔매질까지 해댔던 것이다. 과거 머리를 조아리거나 오체투지를 하며 남궁세가를 연호하던 모습과는 너무나 괴리가 있는 행동들이어서 남궁천상은 마음이 더욱 불안해지고 말았다.

"오라버니, 본가에는 아무 일도 없겠죠? 그렇죠?"

남궁영과 남궁취마저 불안한 마음을 채근한다.

내가 어찌 알겠느냐. 앉아서 천 리 밖을 내다보는 미륵불도 아닌 것을……

남궁천상은 말없이 오운개설에 채찍질을 해댈 뿐이었다.

마침내 도착한 합비의 성문.

남궁천상은 굳어져 버렸다.

스산한 바람과 추적추적 보슬비가 내리는 을씨년스러운 가운데 성문은 온통 피칠이다.

도무지 숫자를 헤아릴 수조차 없다. 높은 창대 위에 꽂혀 있는 수많은 머리들…….

남궁천상은 백여 구의 수급 중 특히 하나의 머리에 시선이 고정되어 있었다.

남궁천일.

죄목… 공금 횡령, 부정 축재, 부녀자 납치 겁간…….

창대 밑으로 적어놓은 글씨들은 비바람에 번져 가고 있었지만 남궁천상은 그런 것 따위는 눈에 들어오지 않았다.

남궁천일과는 전혀 관계가 없는 일이므로…… 비록 성정이 급하고 두 번 생각하는 법이 없는 큰형님이었으나 저런 추잡한 일들을 저지를 만한 위인은 절대로 될 수 없는 호걸이 바로 남궁천일이란 말이다.

"까아악!"

단말마의 비명을 지르고 쓰러지는 남궁취. 남궁영도 토악질을 하며 무너져 내렸다.

부들부들…….

남궁천상은 또 하나의 머리 앞에 서서 비 맞은 강아지마냥 떨어댔다.

팽설약.

죄목… 투기, 간통, 부정 축재…….

하북 팽가. 무가의 여식으로 태어났지만 학문과 그림에만 재능이 있는 온순하고 조신한 여인이었다. 그 미모 또한 출중하여 당시 젊은 후기지수들의 애간장만 태우다가 결국 남궁세가의 둘째 공자에게 시집을 와 세 아들과 딸 둘을 낳아 훌륭하게 키워낸 정숙한 부인이었다.

투기라니… 간통이라니…… 세상에서 이런 것들과 관계없는 단 한 명의 여인을 꼽으라 한다면 바로 팽설약… 어머니란 말이다, 이 개자식들아!

"총사… 지금 당장 동생들을 데리고 떠나시오."

길초삼은 남궁천상의 말을 알아듣지 못했다. 지금 그의 귀는 음성을 식별하여 뇌에 전달할 수 있는 기능을 완전히 상실한 것이다. 길초삼의 망연자실한 눈에서는 소리없이 눈물이 흘러내리고 있었다.

길초삼은 남궁세가와 남궁무연 때문에 이곳에 뼈를 묻기로 한 것이 아니었다. 남궁 성을 쓰는 남매들 때문이었다.

그렇다. 남궁천일, 남궁천명, 남궁천상, 남궁영, 남궁취. 모두 그녀의 피가 섞인, 그녀의 용모를 닮은 아이들인 것이다.

'가모…….'

팽설약은 가모이기 전에 길초삼에게 '그녀'였다. 신분의 차이를 잘 알고 있었던 젊은 길초삼은 오직 팽설약을 모시기 위해 남궁세가에 찾아들었던 것이다. 힘있는 외당의 무각(武閣)의 수장을 고사하고 안살림이나 도맡아 하는 총사 직을 지금껏 맡아온 가장 큰 이유다.

그런데… 그런데 팽설약과 그녀의 아들이 눈도 감지 못한 머리만 남아 창끝에 매달려 있다.

"총사……."

"설마… 설마 이렇게까지 하시리라고는……."

꿈결처럼 되뇌는 말. 남궁천상은 눈에 불길을 간직한 채 버럭 길초삼을 돌아봤다.

"무슨 말이오, 총사?"

"설마… 혈육을 먼저 내치실 줄은… 크으윽……."

"무슨 말인지 묻고 있지 않소!"

털썩.

길초삼은 뻘 밭이 된 길바닥에 주저앉았다.

이어지는 길초삼의 이야기에 남궁천상은 정신이 아득해지고 말았다.

십여 년 전, 팽설약은 손님이 찾아든 남궁무연의 처소에 차를 가지고 갔다가 우연히 그 안에서 흘러나온 몇 가지 이야기들을 듣게 되었다.

자금(資金), 난(亂), 거병(擧兵), 개천(開天).

역모였다.

당시 남궁세가는 이미 원조와 결탁하여 무림맹을 견제하고 그에 따른 혜택으로 사병을 보유했으며, 안휘 일대의 상권을 움켜쥐고 막대한 이윤을 얻고 있었다. 이것은 공공연한 비밀이었기에 외부에서는 물론이고 세가 내부에서도 반대하는 이가 많았다. 그러나 남궁무연이 보는 앞에서 반기할 배포 있는 자는 없었다.

오직 한 명, 남궁무연의 아내인 팽설약뿐이었다. 그녀는 온화하고 기품있는 여인이었으나 그에 못지않게 절개있는 여걸이기도 했다. 그러나 쇠귀에 경 읽기. 오대세가에서도 말석을 차지하던 남궁세가는 어느새 천하제일가가 되었고, 권력의 단맛에 길들여진 남궁무연은 그녀의 말을 귀담아듣지 않았다.

그리고 이제는 역모다. 스스로 황제가 되겠다는 것이다.

남궁씨의 세보(世譜)에는 남궁원청(南宮元淸)이 일세로 되어 있다. 그리고 남궁원청은 고려 성종 때의 대장군이었다. 주(周)나라에서 비롯되었다고는 하나 지금의 남궁세가는 남궁원청의 직계 손인 남궁가득이 안휘에 자리를 잡아 생긴 가문이라는 것은 아는 사람은 다 아는 이야기였다.

남궁세가와 모용세가가 무수한 고수를 배출하였고, 가주가 일세의 초절정고수라 해도 무림에서 인정을 받지 못했던 이유가 바로 이민족이었다는 치명적인 약점이 작용한 탓이다. 특히 남궁세가는 기원이 주나라에 있고 이미 중원에 자리잡은 지 오랜 시간이 지났으므로 정당한 한족의 일원으로 받아들여지기를 원했으나 한족들의 뿌리 깊은 선민사상을 뒤집기에는 역부족이었던 것이다.

물론 상황은 변했다. 모용세가는 깨끗하게 멸문했으며, 남궁세가는 막대한 자금력과 영향력으로 이제는 천하제일가가 되었으므로.

그러나 역모라면 이야기가 달라진다.

한인들은 지난 백여 년 동안 원조에 저항하며 싸워왔다. 이제와 원조가 자멸의 길을 걷고 있는 와중에 우후죽순 나라를 세우겠다며 거병하는 자들이 한결같이 외치고 있는 구호가 무엇이던가?

오랑캐를 몰아내고 한족의 나라를 건설하자!

자칫 남궁세가는 전 중원을 상대로 싸워야 할지도 모르는 일이다. 지금은 자숙하며 비바람이 지나가기를 바라야 할 때. 그런데 그녀의 남편은 엉뚱한 꿈을 꾸고 있는 것이었다.

아무것도 거칠 것이 없었던 남궁무연은 벽을 만났으되 그것이 바로 자신의 부인이 될 것이라고는 상상조차 하지 못했을 것이다.

일면 부부 싸움에 지나지 않을 수도 있으나 문제는 팽설약의 성씨였다. 그녀는 비록 출가외인으로, 아직은 집안 문제에 지나지 않은 다툼을 본가에 알리는 경솔한 여인이 아니었으나 남궁무연은 여간 신경이 쓰이는 대목이 아닐 수 없었다. 자칫 하북 팽가에서 문제를 만들려 한다면 거사는 시도도 해보기 전에 끝장날 수 있는 것이었다.

길초삼이 총사의 신분임에도 사두번차를 끌고 가문을 빠져나온 이유는 물론 남궁취의 안위에 대한 걱정 때문이었지만, 남편과의 불화로 부쩍 수척해진 팽설약을 보고 있기가 안쓰러워 견딜 수 없었던 이유도 적지 않았다.

이럴 줄 알았다면… 남궁무연이 제 야욕을 위해 혈육을 벨 위인이었다면 결코 그녀의 곁을 떠나지 않았을 것을…….

"아버지가… 아버지가 그러실 분이 아니에요! 아니란 말이에요!"

남궁영이 오열했다. 남궁천상은 내버려 두었다. 본인조차도 자신을 수습할 수 없거늘 누구를 위로한단 말인가.

대신 마초자가 그녀의 수혈을 짚어 진정시켰다.

"큰형님은……."

남궁천상의 목소리는 혼란에 싸여 있었다. 어머니와 혈육이 죽었는데 흉수가 아비라 한다. 혼란스럽지 않을 수 없었다.

"큰공자께서는 가모의 유일한 지원자셨습니다."

남궁천상의 고개가 떨어졌다. 소가주다. 그런데 어찌 자신만이 어머니와 아버지의 불화를 모르고 있었단 말인가? 알았더라면 막을 수 있었을 것을… 상잔의 비극만은 막아야 했거늘…….

아니다. 확인된 것은 아무것도 없다. 총사의 지레짐작일 뿐이다. 내 눈으로 확인해야겠다.

"총사, 저는 이 길로 본가에 들 것입니다."

무겁게 고개를 끄덕이며 길초삼이 편책과 장검을 집어 들었다.

"아니, 저 혼자 가렵니다."

"그 무슨……?"

"이것은 남궁가의 문제, 총사께서는 동생들을 보살펴 주시기를."

아니다. 이것은 남궁가의 문제가 아니니라. 이것은… 정인을 잃은 한 남자의 복수가 될 수도 있는 문제이니라.

그러나 길초삼은 아무 말도 하지 못했다. 자신이 중간에 끼게 되면 팽설약이 더러워진다. 연모의 정을 드러내면 고결한 여인이 진흙 구덩이에 빠지게 되는 것이다.

"총사… 아니… 길 삼촌."

길초삼의 눈이 휘둥그레졌다. 길 삼촌이라니…….

"저는 오래전부터 길 삼촌이 저희 어머니에게 각별한 감정을 가지고 있다는 것을 알고 있었습니다. 그럼에도 분란을 일으키지 않고 되레 저희를 지극 정성으로 키워주신 것 또한 잘 알고 있습니다. 그래서 저는 삼촌이라 부릅니다."

길초삼의 얼굴이 벌겋게 달아올랐다. 아니, 시꺼멓게 죽어가고 있었다. 소가주가 알았다니… 그렇다면 남궁무연도 알고 있었을까?

문득 팽설약의 목줄에 걸린 편액이 눈에 들어왔다.

간통… 간음…….

그녀는… 나 때문에 죽은 것인가?

길초삼은 다시 무릎을 꿇고 머리를 땅에 찧어대기 시작했다.

"소가주! 소인을 죽여주십시오!"

급히 길초삼의 어깨를 잡아 들어올리는 남궁천상.

"삼촌은 죽을 이유가 없습니다. 오라비 된 도리로 여동생과 그 아이들을 보살피는 것은 외려 만인의 본보기가 아니더이까?"

이것이던가? 삼촌이라 부르는 이유가…… 현명하고도 영민하구나. 그럼으로 나는 여전히 너의 가신으로 남았으며, 너의 어머니는 고매한 부인으로 남는구나. 잘 커주었다. 훌륭하게 자라주었어…….

"저는 삼촌을 믿고 가문의 문제를 처리하러 가도 되겠습니까?"

길초삼은 마지못해 묵직하게 고개를 끄덕거렸다.

"마초자 어르신께 삼촌과 저희 동생들을 부탁드립니다. 지금 길을 떠나 되도록 멀리 가십시오. 곧 찾아갈 것인즉, 혹여 그 시간이 길어지더라도 동생들은 필부로 살아가야 할 것입니다. 강호에는 절대로 나오지 않게 하셔야 합니다. 제 부탁을 들어주실 수 있으시겠습니까?"

마초자는 급히 고개를 주억거리고는 잠든 남궁영과 남궁취를 다시 사두번차에 태웠다.

그러나 길초삼은 부슬부슬 내리는 합비의 소로를 걸어나가는 남궁천상의 뒷모습이 사라질 때까지 그 자리를 떠나지 못하고 있었다.

합비는 고요하다.

봄을 알리는 보슬비와 쥐 죽은 듯한 적막감. 떠나올 때의 부산함과

활기는 거짓말처럼 사라졌고 인기척이라고는 한 줌도 느껴지지 않는 유령 도시 같았다.

멀리 빗속 뿌옇게 높다란 전각이 눈에 들어왔다. 합비의 관청보다 족히 열 배는 되는 웅장한 규모. 말할 것도 없이 천하제일 남궁세가다.

불현듯 남궁천상이 멈춰 섰다.

멀리 앞에서 한 점이 느껴진다. 무릇 엄청난 기세는 주위를 압도하며 파도와 같이 덮쳐 오는 법인데, 이 기운은 천라망상을 응집이라도 해놓은 듯 한 줌도 벗어나지 않았다. 그리고 남궁천상은 이러한 기운을 경험한 적이 있었다.

무당에서…….

가슴에서 순식간에 일어난 떨림은 어깨를 거쳐 팔을 통해 손끝까지 전해졌다. 뇌룡검을 재차 군게 쥐어보지만 떨림은 좀처럼 사그라지지 않았다.

철컥! 철컥! 철컥!

철갑을 두른 듯 괴이한 쇳소리가 장내를 압도하며 다가온다. 금방이라도 터져 천하를 제압해 버릴 것 같은 압도적인 기세도 가까워져 온다. 철갑 무인, 기세의 주인이리라.

빗속이라 흐릿했으나 거리가 가까워지자 차츰 구체적인 형상이 드러나기 시작했다.

남궁천상은 단 한 번도 본 적이 없는 이국적인 묵빛 전갑(全甲)과 투구, 그리고 얼굴을 온전히 가린 귀면갑(鬼面甲). 흡사 지옥에서 강림한 악마의 형상이었다.

전갑 무인은 천천히 귀면갑을 벗었다. 그리고 이내 투구마저도 벗는다. 마침내 드러난 얼굴.

남궁천상의 눈이 쏟아질 듯 커졌다.

"명이 형……."

전갑 무인은 둘째 형 남궁천명이었다.

아니다. 남궁천상이 알고 있는 남궁천명은 유유하고 부드럽기 짝이 없는 서생이었다. 천성이 강인하지 못해 일찍이 멀리 유학 길을 보내 학문에만 전념토록 배려해 주었고 다시 돌아온 둘째 형은 과연 대학자의 기품이 넘쳐 났다.

결코… 저토록 품에 맞는 무구(武具)와 장검이 어울릴 만한 인물이 아니란 말이다.

빗줄기는 굵어졌다. 빗발에 머리 꼭대기가 따가울 지경이다.

그러나 남궁천상은 눈 한 번 깜빡이지 않고 둘째 형을 노려보았다.

"아버지를 만나보아야겠습니다."

미소 짓는 남궁천명. 역시나 무구와 어울리지 않는, 그러나 저기 서 있는 남자가 남궁천명이 틀림없다는 것을 증명하는 부드럽고 온화한 미소다.

"생각했던 것보다 빨리 돌아왔구나."

딴소리다.

"아버지를 뵈어야 합니다. 비켜주시지요."

"솔직히 나는 네가 돌아오지 않기를 바랐다. 그것은 아버지 역시 마찬가지였을 게다."

아버지를 말하면서 과거형과 추측을 사용한다. 남궁천상은 가슴이 철렁 내려앉는 것을 느껴야 했다.

"무슨 뜻입니까?"

남궁천명은 문득 하늘을 본다. 눈을 감고 입을 벌려 빗물을 입 안 가득 담아 넣더니 행복한 표정까지 지어 보였다.

"나는 비가 좋다."

"형님!"

"역겨운 피 냄새를 말끔히 지워주거든."

남궁천상의 몸에서 수증기가 피어오르기 시작했다. 대창궁무연신공의 발현. 마침내 굵은 빗줄기가 남궁천상의 몸에 닿기도 전에 수증기가 되어 하늘로 쏘아 올랐다.

"무엇이 피가 맺어준 가족보다 중합니까?"

무거운 물음에 비로소 남궁천명의 얼굴에서 살갑던 미소가 사라졌다.

"대의!"

"아버지의 뜻입니까, 아니면……."

"……."

"당신의 뜻입니까?"

"둘 다 아니다."

남궁천상의 안색은 무겁게 침잠되어 갔다.

아버지는… 죽었다, 당신의 둘째 아들의 손에…….

모든 것이 그가 조정한 일이다. 아버지 남궁무연의 웅심을 자극해 충동질해 불화를 만들어냈으며, 그것으로 상잔을 일으켰다.

그럼에도 의문은 남는다.

"무엇보다 제가 걸림돌이 되었을 것 같군요. 그 빌어먹을 대의를 이루기 위해선……."

"솔직히 말하자면 그렇다. 가내에 너를 따르는 종복들이 꽤 많아서 골치가 조금 아프기도 했고… 그러나 이제는 좋은 쪽으로 다 처리했으니 괜찮다."

"그런데도 저만 이렇게 살아 있고요."

"나도 그것이 의외다. 너는 무당에서 죽었어야 했다. 현진이라는 변수를 생각지 못한 나의 불찰이지."

"여기서 그때 끝내지 못한 일을 해야겠군요."

다시금 남궁천명은 나긋한 미소를 지어 보였다. 한 치의 변함 없는 형의 미소였으나 지금은 악마의 관조로 보일 따름.

"그래서다, 네가 돌아오지 않기를 바란 이유는. 형제자매를 모두 때려죽인 황제로 역사에 남기는 싫구나. 지금이라도 돌아가거라. 아무도 모르는 곳에 가서 필부로 살아간다면, 나는 너를 죽일 이유가 없다."

"황제… 황제라…… 그것이 네놈이 말한 대의로구나."

남궁천상은 뇌룡검을 곧추세웠다. 뇌룡검이 음산하게 울어대기 시작했다. 검명보다 더욱 음산한 남궁천상의 목소리가 이어졌다.

"셋을 죽였는데 넷이라고 다를까. 어디 한번 죽여보아라."

무서운 기파가 대기를 작렬했다. 대창궁무연신공은 뇌룡검에 실재하는 뇌전을 드리웠다. 구성에 이르렀을 때나 가능한 현상. 그럼에도 피식 웃는 남궁천명.

"벌써 구성까지 익혔더냐? 아버지는 대창궁무연신공이 극성에 이르면 천지가 울부짖는 뇌성이 터진다고 했다. 그러나 그것은 거짓이다. 아버지는 극성을 익힌 적이 없거든?"

느릿하게 손을 들더니 이내 검지를 세우는 남궁천명. 이내 검지 끝에서 쥐어짠 물방울 같은 것이 흘러나오더니 이내 새하얀 빛을 발하며 손가락 끝에 둥실 떠올랐다.

"대창궁무연신공의 극성은 바로 이것이다."

핑!

남궁천상이 소리를 들은 것은 강낭콩만한 빛덩이가 그의 어깨를 깨끗하게 관통하고 난 후였다. 온몸이 깨져 나갈 듯한 고통은 그리고도 한참이 지난 후에야 찾아들었다.

"크억!"

입에서는 벌컥거리며 내장 조각이 섞인 핏덩어리들이 쏟아져 내렸지만, 신경이 가닥가닥 끊어지는 동통이 폭풍처럼 휩쓸고 지나갔지만 남궁천상은 쓰러지지 않았으며, 뇌룡검을 땅에 굳게 박고 한 발자국도 물러서지 않았다.

철컥철컥.

남궁천명이 다가왔다. 그러나 이미 흐려진 눈에는 뿌연 안개만 어른거릴 뿐이었다.

베어야 하는데… 빌어먹을… 내 가족을 죽인 원수가 또한 내 가족인 것을…….

선공의 기회는 얼마든지 있었다.

'형… 구성이 아니야. 뇌전검법은… 이미 극성을 봤어. 진, 그 친구의 도움이 컸지. 하지만 난… 내 검으로 형을 베고 싶지 않았을 뿐이야.'

참 즐거웠는데… 부모님과 다섯 남매는 서로 사랑으로 가득 찼었는데… 무엇 때문에 이 지경까지 되었는지… 부덕의 소치라 생각하기엔 간단치가 않은 문제로구나.

모기 날갯짓 소리마냥 귀를 간질거리는 전음성이 들려온 것은 한없이 아득해지는 정신의 끝자락을 겨우 붙들고 있을 때였다.

"남궁 공자, 정신을 잃으면 안 됩니다."

그러므로 틀림없이 여인의 것으로 짐작되는 그 목소리가 남궁천상은 환청이라고 생각했다.

"남궁 공자, 당신의 둘째 형님은 이미 피를 나눈 형제가 아닙니다. 모르시겠습니까? 그는 마성에 세뇌당한 당신의 적일 뿐이란 말입니다."

그렇든가? 하나 지금 와서 그런 것들이 무슨 소용인가?

"정녕 당신의 두 여동생도 저 마귀의 손에 남겨둘 것입니까?"

동생들… 영아… 취아… 안 돼! 그것만은……!

"길게 설명할 시간이 없습니다. 내력을 운용할 수 있나요?"

크크크… 지금 장난하쇼?

"어쩔 수 없군요. 길 양옆에 폭약이 심어져 있습니다. 신호를 보내면 쓰러지세요. 최대한 납작하게!"

그 신호… 빨리해야 할 게요. 난 아무래도 지금 쓰러져야겠으니까…….

마침내 남궁천명이 지척에 이르렀다.

"너는 아버지를 참 많이 닮았다. 그분의 마지막도 이랬지. 끝까지 의연하고 굳건하셨어. 그래서 나는 매우 슬프다. 아버지가 주인님의 제의를 받아들이셨다면 이런 비극은 생기지 않았을 텐데 말이다. 그럼… 명예롭게 가거라."

남궁천상은 다시금 남궁천명의 손가락 끝에 뭉쳐지는 빛무리를 보기도 전에 정신을 놓고 말았다.

누군가 자신을 안은 채 달리고 있다는 느낌은 한참 뒤에 들었다. 그전에 폭음이 들렸던 것 같기도 하고.

그러나 남궁천상은 아득히 멀어지는 정신을 붙잡지는 못했다.

*　　　　*　　　　*

　진은 사막 한가운데 서 있었다.

　난데없이 웬 사막인가?

　생각해 보자.

　귀랑의 느낌을 쫓아갔더니 귀랑은 동상처럼 굳어져 있었고, 웬 기분 나쁜 중들이 자신을 에워쌌다. 그들이 중얼거리는 소리에 옴짝달싹할 수 없었는데, 그리고 그 다음이…….

　넨장맞을, 벌써 치매인가? 최근 들어 무슨 까닭에 이리도 기억이 끊어져 나간단 말인가?

　진은 기억하기를 포기했다. 이런 경우 기억 대신 두통만 밀려왔고, 머리뼈가 으스러지는 그 느낌은 결코 되살리고 싶지 않은 그런 종류의 것이었다.

　진은 다시 주위를 유심히 살펴봤다. 사막이란 게 모래가 있고, 간혹 선인장도 보이기 마련이라는 점에서 특별한 것은 눈에 뜨이지 않았다.

　그러다 문득,

　진은 발밑의 감촉이 이상하다는 느낌에 발밑을 쳐다봤다.

　"으헉!"

　뒤로 벌러덩 나자빠져 버린 진. 여간해서는 이런 호들갑을 떨 만큼 간담이 작은 진이 아니다. 그러나 발밑의 모래가… 아니, 모래일 것이라고 생각했던 것이 사람의, 정확히는 기백이 넘어 보이는 갓난아기의 분노한 얼굴이 기형적으로 꿈틀거리는 장면에 기겁하지 않을 수 없었다.

더군다나 분노한 갓난아기의 얼굴이라니…… 험악하게 일그러진 아기의 얼굴이 이토록 간담을 서늘하게 만든다는 사실이 놀라우면서도 또한 이해가 되지 않았다.

"응애, 응애, 응애……."

느닷없이 들려오는 아기 울음소리. 처음엔 하나인가 싶더니 둘이 되고 어느새 대여섯쯤 되는가 싶더니 마침내 수백, 수천의 음성이 한데 섞여 우레와 같이 울려 퍼지기 시작했다. 기괴한 음률이 섞인 아기의 울음소리는 진이 그토록 피하고자 했던 엄청난 두통과 구토증을 유발시켰다.

"크… 크아악!"

울음소리를 피해야겠다는 일념 하에 어디랄 것도 없이 무작정 내달리는 진. 그러나 울음소리는 여전히 귓전을 때리며 가슴을 진탕시킬 따름이었다. 달려서 해결될 일이 아니었다.

진은 달리기를 멈추고 그 자리에서 주저앉았다. 이 빌어먹을 울음소리를 막을 길은 운기행공뿐이라 생각한 것이다.

진은 심호흡을 가다듬고 좌정하여 눈을 감았다. 동공의 경지에 이르렀지만 왠지 이렇게 해야 할 것만 같았다.

"……!"

그러나 아무리 숨을 들이켜도 더운 공기는 차 오르지 않았다. 아니, 숨을 들이키려 해도 도무지 쉴 수가 없다.

숨을 쉴 수 없다는 생각이 들자 갑자기 실제로 숨이 쉬어지지 않았다. 신선한 공기 대신 폐에 가득 차 오르는 것은… 물이다. 뜨겁고 미끈거리며 비린내가 심한 액체인 것도 싶지만, 어찌 되었든 물에서 크게 벗어나는 물질은 아니었다.

물이라니… 습기조차 찾아볼 길이 없는 사막 한가운데 서 있건만 마신 적도 없는 물이 어째서 차 오른단 말인가?

모든 것이 정상은 아니었지만 이것만은 치명적이었다. 모래언덕이 아기의 얼굴로 변하거나 사방에서 천둥처럼 울음소리가 들려온다고 해서 죽지는 않지만, 숨을 쉬지 못하면 죽어야 하니까.

가슴에서 뜨거운 것이 뭉쳐지는가 싶더니 마침내 터져 나가 버릴 듯 심장의 박동이 요동을 쳐댄다.

니기미… 사막 한가운데서 익사했다고 하면 누가 믿어줄까?

누가 날 좀…… 도와줘…….

소요산(逍遙山)은 본래 사람의 왕래가 없는 곳이었다. 산세가 험준하기 이를 데 없고, 물이 적을 뿐 아니라 희귀한 독물이 지천에 널려 있는 곳이라 이곳에 발을 디딘 사람이 하루를 넘기면 장수했다고 할 수 있을 지경이었다.

여기까지가 중원에 알려진 소요산이다.

소요산은 비록 산세가 험준한 것은 맞는 말이나 물이 풍부하고 꽤 넓은 고원 평야가 펼쳐져 있어 목장으로 사용한다면 그야말로 적합한 곳이었다. 따라서 이곳에는 사람들이 많이 살고 있었다.

그러나 소요산에 머무르고 있는 사람들은 외부인들을 달가워하지 않았다. 수맥을 끊어 우물과 샘물이 고이는 것을 막고, 각종 독물을 길러 주요 등산로에 뿌려놓은 이유도 외부인의 접근을 막기 위해서였다. 지난 천 년 동안 소요산이 미답지로 남은 것은 순전히 의도된 것이었다.

그러므로 소요산 중턱에 만일봉과 미륵수봉 사이의 비탈지고 으슥한 곳에 작금 원 조정의 황궁과 맞먹는 규모의 거대한 전각이 지난 천 년 동안 자리하고 있었다는 것을 아는 사람은 극히 적었다.

이 전각의 배면을 돌아 좁고 가파른 길을 통해 천오백 걸음을 가다 보면 만장폭포가 나온다. 실제로 만 장이야 되련마는 폭포는 촌각에 십만 근이 넘는 물을 뱉어내니 그 위용이 실로 대단한 것이었다.

그리고 더욱 대단한 것은 만장폭포의 웅장한 물줄기 뒤의 석벽에 뚫려 있는 거대한 동굴이 실상은 자연 동굴이 아니라는 것이었다.

동굴의 길이는 자그마치 십오 리에 달했고, 마차 한 대가 너끈히 지나갈 수 있을 만큼의 통로가 거미줄처럼 얽혀 있었다.

물론 소요산을 모르고 그 속의 거대한 전각을 모르는 이에게는 말할 필요도 없는 문제일 것이나, 동굴이 있다는 것을 아는 극히 일부분의 사람들은 이를 오양동굴(五陽洞窟)이라고 불렀다.

오양동굴. 과거 태양선교는 은밀하고 음성적인 종교 집단이 아니었다.

그렇게 될 수밖에 없었던 이유는 간단했다.

표면상으로는 태양선교의 교리가 무지몽매한 백성들을 선동한다는 것이었고, 실제로는 유일신 사상을 퍼뜨림으로써 살아 있는 신인 황제의 권위에 정면으로 대치된다는 이유 때문이었다.

당연히 태양선교는 관군의 표적이 되어 결국 오양동굴까지 쫓겨 오고 말았다.

오양동굴의 깊숙한 곳에 위치한 거대한 공동은 일만 교도들이 관군의 눈을 피해 수십 년 동안이나 거주했던 공간이다.

태양선교 중원 본당의 태양신전 부속 오양동굴이라고 하면 알 만한 사람은 다 안다는 이야기다.

　백다섯이나 되는 기관과 암중에 눈을 번뜩이고 있는 이백여 명이나 되는 살수의 시선을 벗어나야 비로소 들어설 수 있는 오양동굴의 가장 깊은 곳.

　이곳에서는 숨조차 쉬기 어려울 정도로 퀴퀴한 냄새가 진동하고 있는 가운데 수백에 이르는 자들이 부산하게 움직이고 있었다.

　아니, 정확하게 말하자면 그자들의 발은 한 치도 움직이지 않고 있으나 상체만은 벼락 맞은 개구리처럼 부산스럽게 휘젓고 있는 것이었다.

　언뜻 보면 춤 같기도 하고, 각자 몽둥이며 커다란 법륜 같은 것들을 부딪치며 소음을 양산하고 있으니 합주(合酒)하고 있는 모양새 같기도 했다.

　그러나 춤이나 합주와 같은 한가하고 여유로운 문화생활이라고 말할 수도 없는 것이, 사내들은 스쳐 봐도 제정신이 아니었던 것이다.

　눈은 뒤집혀 있고 벌어진 입에서는 끈끈한 침이 길게 떨어지고 있으며 악기를 연주하는 격렬한 춤사위는 발광에 가깝다. 무엇보다 정상적인 사람이라면 저렇듯 과격한 연주 동작을 사흘 내내 하고 있을 수는 없는 노릇이었다.

　그러나 이곳에서는 가려승이라 불리고 있는 그들은 하고 있었다. 사흘 동안 자지도 먹지도 않고 저렇게 미친 듯이 연주하고 있는 것이었다.

　마음을 진정시키고 조용히 경청한다 한들 무작정 두드리고 타고 부르는 것에 지나지 않는다.

　그러므로 저것이 인간의 감성을 이롭게 하는 음악이라는 산물을 뽑아내는 연주(演奏)가 맞느냐 묻는다면 난색을 표할 수밖에 없는 노릇이었다. 그만큼 기백의 가려승들이 악기로 만들어낸 음악은 소음 공해에 가까운 것이었다.

그러나 거기에는 분명히 규칙과 일정한 음률이 깃들여져 있었다.

강한 것과 빠른 것이 같이 가고, 약한 것과 느린 것이 같이 간다.

만일 종교와 술법에 관심이 있는 사람이라면 이 기괴한 음악이 타밀교(陀密教)에서 전해오는 대라천심곡(大羅天心曲)이라는 것을 알 수 있을 것이다.

그리고 권선징악(勸善懲惡)에 대한 믿음이 공고한 자라면 대라천심곡은 절대로 세상에 나와서는 안 된다는 것도……

연무장의 복판에는 흡사 거대한 종을 뒤집어놓은 듯한 거대한 크기의 길쭉한 솥이 덩그렇게 놓여 있었으며, 그것은 실제로 종이었다.

짙은 청동빛 종. 이곳에서는 타밀종이라 불리는 종의 주위에는 문양을 알아볼 수 없는 글씨들이 빼곡히 음각되어 있었는데, 흡사 파자의 모양을 하고 있었으나 기실 그것은 아베스타어라는 고대의 언어였다.

놀랍게도 아베스타어는 도무지 음악이라고 할 수 없는 그 소음들에 살아 움직이는 생명체처럼 반응하고 있었다. 음률이 느려지면 문자 하나하나가 은은한 빛을 발하며 또렷해지면서 종이 스스로 음산하게 울어댔고, 음률이 빨라지면 빛이 사그라지며 종소리도 수그러지는 것이었다.

그것은 마치 타밀종과 수백의 악기들이 대결하는 것처럼 보였는데, 기실은 그 반대였다. 타밀종이, 정확히는 타밀종 소리가 장내의 모든 음률을 이끌고 있는 것이었다.

그러기를 한참 후,

지지징!

대애앵! 대애앵!

종의 밑동, 지금은 뒤집어져 있으므로 종의 윗부분에 해당하는 하대와 당좌 부분에 미세한 균열이 이는가 싶더니 종소리가 느닷없이 울려 퍼진 것이었다.

흡사 종 안에 갇힌 누군가가 몸부림치는 와중에 주먹으로 내지른 정도에 지나지 않은 것이었는데, 그 결과는 결코 가소로운 것이 아니었다.

비교적 종과 가까이 있었던 네 명의 가려승이 갑자기 머리를 감싸쥐며 고통스러워하더니 급기야 온몸의 핏줄이 피부 밖으로 뛰쳐나올 듯 붉어졌으며 마침내는 폭죽처럼 터져 버리고 마는 것이었다.

그렇지 않아도 위태롭기 짝이 없었던 불안한 음률이 더욱 난삽하고 혼란스럽게 울리기 시작했음은 네 명의 가려승의 부재가 원인이었음은 두말할 필요가 없는 일이었다.

지지징… 지징… 지지지징…….

미약하게 시작된 종의 금이 급속하게 번져 갔으며, 음산하지만 아름답게 울리던 종소리에도 쇳소리가 섞여들기 시작했다.

이때 피곤죽이 되어 널브러진 가려승들의 악기를 쥐고 미친 듯이 북을 쳐대는 노인이 있었다.

태양선교의 대승정관이었다.

"정신을 흐트러뜨리지 말거라! 마지막 고비니라!"

창노한 음성이 동굴 속 공동을 타고 우렁우렁 울어댔다. 가려승들이 여기에 호응이라도 하는 듯 더욱 가진 악기들을 두드리고 불어대기 시작하자 종의 균열은 멈춰졌다.

"영유(嬰乳)를 보충하라!"

대승정관이 다시금 외치자 역시나 윗도리를 벗어 젖힌 승려들이 끙끙대며 들고 온 커다란 물동이를 사다리를 타고 종 위로 올라가 핏빛 선명한 액체를 부어대기 시작했다.

그사이 새로운 가려승 몇 명이 대승정관을 대신해 악기를 이어 받아 연주했고, 대승정관은 온 기운을 써버린 듯 풀썩 주저앉았다.

"후우… 지독한 마기로다."

대승정관의 온몸은 땀에 절어 있었다. 벌써 사흘째 침식을 거른 채 의식을 진행시키고 있었으며, 그로서도 이런 경우는 처음이었다.

과연 앙그라마이뉴의 선봉장(先鋒將) '절대 악'이다. 하루에도 대라천심곡을 연주하는 가려승들이 대여섯 명씩 죽어나가고, 그것의 두 배 정도가 미쳐 나가며 아무리 신선하고 순결한 영유를 부어도 하루가 되기 전에 말라 버릴 것이라곤 예상하지 못했다. 그럼에도 대법은 아직 별다른 진전을 보이지 않고 있었다.

그러므로 대승정관은 더욱 흥분이 되었다.

과연 얼마나 대단한 물건이 나오려고 이리도 사람을 애태우는가?

이 아비를 얼마나 기쁘게 해주려고 이리도 산고(産苦)를 치르게 하느냔 말이다.

"꺼이, 꺼이, 꺼이……."

대승정관이 건조하게 웃어젖혔다.

"대승정관님!"

가려승 한 명이 소리치며 헐레벌떡 뛰어왔다.

"무슨 일인가?"

"영유가… 부족합니다."

"허허, 낭패로고. 인근 마을을 샅샅이 뒤져 아이들을 잡아들이게. 지금이 가장 중요한 고비야. 일이 틀어진다면 태양신의 노여움이 이만 저만이 아닐 것일세."

영유. 이것은 갓난아이부터 열 살이 되지 않은 아이들의 오염되지 않은 피인 것이다.

"하, 하지만 인근의 마을에는 이제 아이들이 없습니다. 지난 밤 사이 모두 도망을 간 터라……."

태양선교는 교리에 따라 무슨 일이 있어도 거짓을 고하지 않으며, 일을 복잡하게 처리하지 않는다.

온갖 감언이설로 아이의 부모들을 설득하고 꼬드기며 줄다리기하는 등의 귀찮은 일은 하지 않는다는 말이다. 재물로 쓸 것이니 아이를 내 놓으라 당당히 말했고, 당연히 게거품을 무는 부모들은 믿음이 부족한 이교도가 되는 것이니 단칼에 죽여 버렸다.

이 같은 일은 반경 백 리에 있는 모든 마을에서 벌어졌다. 자식이 없 는 이들이라도 이런 곳에서 살고 싶을 리 만무하다. 며칠 밤 사이 근방 에는 아이뿐 아니라 인적이 사라져 버린 것이다.

"불경한자들이로고. 어찌 태양신의 뜻을 거스른단 말인가? 그 불충 한 자들은 이미 거주지를 이탈한 죄와 불경의 죄를 물어 모조리 척살 해야 할 것이네."

실로 무시무시한 집행이었다. 이것이 태양선교의 포교 방식이었으 며 교도들을 관리 통제하는 유일한 수단이었다.

한동안 골똘히 생각하던 대승정관이 무엇인가 생각난 듯 다급성을 쳤다.

"교 내의 동자승(童子僧)에게 시주를 받게. 그것으로 일단 급한 불은

끌 수 있을 것이네. 그리고 포교원의 무승들을 풀어 경내에 머물고 있는 교원들에게도 시주를 받아야 하네."

"아, 알겠습니다."

가려승은 아무래도 극락정토를 구경하기는 틀렸다 생각하고 있었다. 시주라니… 누가 제 몸의 피를 몽땅 빼가는 것을 시주라 생각할 수 있단 말인가? 더군다나 그 조그만 아이들의 피를…….

가려승은 숨이 턱까지 차 올랐지만 극락영생을 바라는 주기도문을 외는 것을 멈추지 않았다.

폐에 물이 차 올라 지금쯤 혈중 이산화탄소의 농도가 급격히 증가하면서 세포에 산소의 공급이 중단되었을 것이다. 먼저 피부가 얇은 귀와 입술이 파랗게 변할 것이며 이러한 청색증이 온몸으로 퍼지면 살아남을 확률은 일 할을 넘기지 못한다.

자신이 죽어가는 과정을 알고 있다는 것은 그리 유쾌한 기분은 아니다. 그래서 진은 폭탄을 몸에 떠안거나 단칼에 목이 잘려 죽기를 바란 적도 있었다.

그러나 그런 행운은 찾아오지 않았다.

온몸이 나른해지는가 싶더니 정신이 아득해져 갔다. 생각했던 것보다 고통스럽지 않은 과정이었다. 진은 지금의 상황을 자신의 힘으로는 어쩌지 못할 것이라는 것을 알았고, 곧 순순히 죽음을 받아들이기로 했다.

아마도 엉망인 가락이 들려온 것은 이때쯤이었을 것이다.

언놈인 줄은 모르겠으나 이 녀석이 음악가로 대성하는 일은 원숭이가 진시(陳試)에 수석으로 합격한 다음에나 가능할 것 같다.

그러나 참으로 듣고 있기가 난감한 가락이 들려온 이후로 진은 숨 쉬기가 거북하지 않았다. 둘 중 하나였다. 죽었거나 기적이 일어났거나.

진은 눈을 떴다. 그리고 절로 나오는 한마디.

"니기미……."

끝없이 깔려 있던 모래사막은 온데간데없었다. 대신 눈앞에 펼쳐진 풍경. 그야말로 '무릉도원'이라는 푯말 하나 꽂아놓으면 그만일 절경이었다. 상상 속의 무릉도원이 으레 그렇듯이 형형색색의 꽃밭이 지평선 끝까지 수놓아져 있고 나비들이 노닐고 산새들이 지저귄다.

만일 극적으로 기도가 뚫려 숨을 쉴 수 있었다면, 진은 여전히 사막에 있어야 했다. 물론 사막 또한 일반적인 사막은 아니었으나 이렇듯 극과 극을 달리는 급작스런 환경 변화가 의미하는 바는 분명했다.

죽었다.

이미 죽었는데 어찌하랴. 삶과 죽음 역시 인간이 어찌할 수 있는 것이 아니질 않던가? 목표를 정하고 숨 가쁘게 뛰어왔지만 결국은 이렇게 됐다. 한진회는 코빼기도 보지 못하고 흠씬 두들겨 맞는 것밖에는 해놓은 일이 없었지만 할 만큼은 한 거다.

"세영아… 선아야… 미안하구나. 나는 무능하기 짝이 없는 가장이었구나."

생각했던 것보단 나쁜 짓을 많이 하지는 않은 모양이다. 숨을 놓은 즉시 지옥의 불구덩이에서 천년만년 삶아질 줄만 알았거늘…….

퍼더버리고 누워 바라본 하늘은 구름 한 점 없이 높기만 하다. 산새 소리도 정겹고 풀잎 내음은 싱그럽기 그지없다.

단지……

쿵쾅쿵쾅! 삐리리리.

빌어먹을 소음만 뺀다면 말이다.

진은 벌떡 일어났다. 이런 지독한 소음을 양산해 내는 녀석에게 너는 도저히 가망이 없으니 그만두라는 충고도 해줘야겠거니와, 도대체 어찌 생긴 녀석인가도 몹시 궁금해졌기 때문이었다.

진은 터덜터덜 음악을 가장한 소음이 들려온 방향을 향해 걸어갔다.

몇 걸음 옮기기도 전에 멀리 통나무집이 눈에 들어왔다. 음악은 그곳에서 흘러나오고 있었다.

통나무집은 소박하고 단출했으나 조악하지는 않았다. 게다가 너무 새집이다. 마치 연속극을 촬영하기 위해 지어놓은 임시 구조물처럼 도무지 사람이 살 것 같은 그런 집 말이다.

"주인장 계시오?"

가락은 뚝 끊겼다. 확실히 누군가 있다는 증거였다. 동시에 발소리가 들려왔다.

진은 아연 긴장하며 내공을 끌어올리려다 피식 웃고 말았다.

죽어 혼백이 되었거늘 긴장할 이유가 있던가? 의심이나 긴장 따위의 것들은 산 사람의 몫이다. 행여나 놈이 불을 뿜어대는 괴물이라 해도 죽기밖에 더 하겠냔 말이다. 이미 죽은 놈에게 죽음은 공포가 될 수 없는 일이었다.

마침내 통나무집의 문이 슬그머니 열렸다. 사바세계에서도 집 짓고 사람 흉내 내며 사는 녀석이 확실히 있기는 하나 보다.

"말씀 좀 묻겠소이다. 여기는 대체 어디……!"

말이 끊어진 것은 진의 의도한 바가 전혀 아니었다. 흔히들 말문이 막힌다고 하는데, 지금이 바로 그 상황이었던 것이다.

처음 얼핏 봤을 땐 녀석의 눈이 뭔가 친숙하다는 것을 느꼈고, 그 이상한 눈이 자녹의 빛을 띠고 있다는 것을 깨달았을 땐 반가움이 앞섰다. 이승에서도 자녹안을 가진 녀석은 커다란 개 한 마리밖에 보지 못했거늘, 저승에서 비슷한 눈을 가진 녀석을 만났으니 당연한 일이었다.

그러다 녀석이 자신과 닮은 것은 비단 눈의 색깔뿐만이 아니라는 것을 깨달았을 때부터 말문이 막혀왔던 것이다.

새까만 머리카락과 허여멀건 피부, 그리고 방금 쥐 한 마리 잡아먹기라도 한 듯 벌건 입술.

문을 열고 나온 이는 바로 진이었던 것이다.

그러니까 여기 서 있는 진 말고 또 다른 진 말이다. 엄밀히 말하자면 대략 십여 년 전의 어렸을 적 모습인 것도 같지만, 어찌 되었든 자신을 멀뚱거리는 커다란 자녹안으로 쳐다보고 있는 녀석은 진 자신이었다.

헷갈린다고? 나도 그렇다. 누가 있어 나보다 더 헷갈릴 수 있겠는가?

"당신은 누구죠?"

누구냐고? 그건 내가 묻고 싶은 말이다. 내가 나에게 너는 누구냐고 묻는, 이 헷갈리는 상황을 어떻게 받아들여야 하냔 말이다.

밤낮 머리채 뜯어가며 혼자서 고민해 봐야 해결될 리 없는 문제다. 그래서 진은 물었다.

"그러는 너는 누구냐?"

"저는 성스러운 마이뉴족의 위대한 족장 울라타이의 아들이며, 마지막 남은 후손인 수칸이라고 해요."

뒤통수가 당겨온다. 이 녀석아, 누가 네 녀석의 그 알 수 없는 족보와 희한한 이름이 궁금하다고 했더냐?

"내 말은… 그러니까 네가 어째서 나의 모습을 하고 있는가 하는 것이다."

갸웃거리는 수칸. 도무지 무슨 얘기인 줄 모르겠다는 표정이었다. 진은 급기야 버럭 짜증이 일기 시작했다.

"네 녀석이 왜 내 흉내를 내느냔 말이다!"

"알 수 없는 말을 하시는군요. 당신이야말로 어째서 남의 몸을 차지하고 있는 거죠? 당신 때문에 사람들은 큰 고통을 받게 될 거예요."

또 모를 소리다. 아아아… 두통이 다시금 밀려온다.

그때였다.

기기기기깅! 툭탁! 깨깨깨갱!

좀 전에 들었던 엉망인 가락과는 비교가 되지 않은 엄청난 소음이 무지막지하게 울려 퍼지기 시작한 것이다.

진은 귀를 움켜잡고 나뒹굴었다. 그만큼 어디서 들려오는 것인지 가늠할 수 없는 굉음의 음파는 살인적이었다. 굉음뿐만이 아니다. 진은 여전히 나뒹굴기 바쁜 몸인지라 보지 못했지만 능선 뒤로 까마득하게 보였던 푸르른 하늘이 점점 핏빛으로 물들어가고 있었다.

수칸은 사색이 되어 진을 부축해 통나무집 안으로 들어갔다. 집 안에 들어섰으나 굉음은 줄어들지 않았다. 수칸은 진을 내려놓고 장구채와 같은 막대기를 잡더니 사방에 걸어진 북과 꽹과리 같은 악기들을 두드려 대기 시작했다. 역시나 형편없는 음률. 진이 쫓아왔던 그 가락이었다.

수칸이 땀을 뻘뻘 흘리며 신들린 듯 악기들을 두드려 대자 하늘이 무너질 듯한 굉음은 서서히 사라져 갔고, 붉게 물들었던 하늘도 원래의 푸른빛을 찾아가기 시작했다.

그때서야 진은 정신을 차릴 수 있었다.

"뭐… 였지? 방금 그건……"

수칸이 땀을 훔치며 말했다.

"누군가 '그'를 깨우려 해요."

아무래도 이 녀석은 대화법을 좀 배워야겠다. 분명히 익히 알고 있는 단어를 나열하고 있음에도 도무지 알아들을 수가 없으니…….

"그가 깨어나면 당신과 저는 사라집니다. 저는 어차피 앙그라마이뉴 님에게 돌아갈 것이나 그가 온전히 저의 몸을 차지하는 날엔 사람들이 많이 죽을 거예요. 그는 자신이 소멸할 때까지 파괴를 멈추지 않을 테니까요."

미쳐 버리겠다.

"내가 모든 것을 알고 있다고 생각하지 말고 조목조목 설명해 줄래? 내가… 바보라 가정하고 말이지."

"가정할 필요 없어요. 당신은 바보가 맞으니까요."

이런 씨앙! 진은 할 수 있는 최대의 인내심을 발휘해야 했다.

"당신은 제가 소멸하도록 내버려 둬야 했어요. 저의 소멸은 곧 그의 소멸. 그랬으면 이런 일은 생기지 않았겠죠."

"도대체 '그'라는 놈이 누군데? 검은 옷에 선글라스 쓰고 어설픈 체조 동작만으로 '요원'들 박살 내기도 하고 총알을 피하며 하늘도 날아다닌다는 '그'를 말하는 것이냐?"

갸웃거리는 수칸이다.

"선글라스? 총알이란 것은 또 뭐죠?"

넨장할…….

"그, 그런 녀석이 있다."

난감해하는 진을 두고 수칸이 반색했다.

"그보다 더욱 강한 사람이 있나 보군요. 적어도 그는 하늘을 날지는 못해요. 당신이 말한 사람이 그를 막아줄 수 있나요?"

"……."

다시금 시무룩해진 수칸.

"그렇군요. 당신이 말한 사람도 우리 편은 아니군요."

"거, 걱정 마라. 네가 말한 그가 누군지는 모르지만 적어도 '그' 라는 녀석과 손잡을 일은 없다."

당연하다. 진이 말한 하늘을 날아다니는 사람은 현실에서는 미국을 대표하는 혼혈 배우일 뿐이고, 그가 한 엄청난 일들은 특수촬영을 통한 영화 속에서만 가능한 일이었으니까.

진은 고개를 절레절레 흔들며 다시 물었다.

"그가 깨어나면 너와 내가 사라진다는 것은 무슨 뜻이지?"

수칸은 한숨을 포옥 내쉬었다.

"그는 당신과 나의 증오입니다."

연신 동문서답이다. 가슴 깊은 곳에서 뜨거운 것이 치밀어 오르기 시작했다. 당장에 엉덩이를 까놓고 두들겨 주고 싶었지만… 저 녀석은 나다. 그러니까 저 녀석의 엉덩이를 두들기면 '자해' 가 되는 것이다. 맞나? 에라, 모르겠다.

"당신은 누군가에 대한 증오를 가지고 있어요. 제가 가지고 있는 것만큼이나 큰 증오를 말이에요."

이제야 알아들을 수 있는 이야기가 나왔다. 누군가에 대한 증오. 말할 것도 없이 한진회를 향한 것이다. 수칸이 말을 이었다.

"지금의 심정을 말해 봐요. 그들을 모두 죽여 가족의 복수를 하고 싶은 마음이 아직도 있나요?"

정색하는 진.

"두말할 것 없다. 내 혈육은 그들의 손에 처참히 살해됐다. 하화 누이도… 사부님들도… 나는 그들의 피와 살을 발라……."

진의 말끝이 흐려졌다. 피와 살을 바르고 고통스럽게 죽어가는 모습을… 보고 싶지가 않다.

한진회는 굴욕과 치욕으로 점철된 못난 역사를 바꾸려는 대의를 가지고, 그것을 향해 매진하고 있다. 수단과 방법이 결코 용납될 수 없는 것이지만 한민족의 무궁한 영광을 위해 이토록 험한 시간 여행을 감내한 것이다. 그들 역시 자신처럼 가족에게 돌아가지 못할 터인데도.

그들은 희생하고 있는 것이다. 기독교에서 말하는 숭고한 '자기 희생'이라고는 하지 못하겠지만, 풍족한 대한민국에서 배부르고 안전한 생활을 모두 포기하고 현대인에게는 재앙이나 다름없는 중세를 찾아왔다. 이 모든 것이 희생이 아니면 무엇이랴.

이러면 안 되는데… 가족이 그들의 손에 죽었는데… 그들의 방식이 결코 옳은 것이 아닌데…….

증오가 생기지 않았다. 한진회를 향한 분노와 증오는 씻은 듯이 사라져 있었다. 자신도 모르는 사이 탈속의 경지에라도 오른 마냥.

"저희 부족은 증오를 키우지 않습니다. 이웃에게 가족을 잃어도 용서해야 합니다. 마음속에서 우러나오는 진심으로요. 증오를 가슴에 담아두면, 설사 스스로 목숨을 끊어버린다 해도 부활하고 맙니다. 세상을 철저하게 부숴 버릴 절대 악으로 말이죠."

수칸의 눈가가 젖어들었다. 그 역시 증오가 담기지 않은 슬프디슬픈 눈이었다.

"저의 증오도 당신 못지않습니다. 저는 나쁜 중들에게 부족과 친구와 아버지를 모두 잃었습니다. 저는 그들을 용서할 수 없었습니다. 그래서 앙그라 부마이로 갔죠. 제 안의 '절대 악'이 부활하는 것을 막기 위해서는 그곳에서 영혼의 안식을 허락받아야 했기에."

알아들을 수 있는 단어가 점점 많아지기 시작했다. 민초빈에게 듣기로 앙그라 부마이란 곳이 중원의 이름으로 석천산이고, 진이 처음 중원에 도착한 곳이 바로 석척산이질 않았던가?

"하지만 저는 소멸되지 않았고, 저의 증오와 당신의 증오를 차지한 '절대 악'은 더욱 강해졌습니다. 가히 재앙이라 할 만큼이나……."

이를테면 '그'라고 불리는 '절대 악'은 진과 수칸의 가슴에 있던 순수한 증오의 응집체라는 것이다.

"그 절대 악이라는 것… 결국 그것 역시 나의 다른 모습 아닌가?"

"그렇기는 하죠. 그러나 당신과 나의 전부는 아닙니다. 오직 증오만으로 이루어진 불완전한 영혼이죠."

머리를 쥐어짜는 듯한 지끈지끈한 두통이 다시금 밀려들었다. 수칸의 말대로라면 지금의 모습은 영혼뿐일 터인데도 빌어먹을 두통은 여전했다. 진은 미간을 미어 잡았다.

그러다 문득 진은 자신의 손을 봤다. 군은살이 촘촘히 박혀 있는 크고 투박한 손을… 지난 십수 년 동안 딱딱한 검을 한시도 떨어뜨리지 않았음에도 계집애처럼 희고 보드랍기만 하던 손이 아니었다.

진은 다급히 얼굴을 더듬어보았다. 무성한 눈썹이 만져지고 굵은 광대뼈와 흔한 남성용 화장품 대신 군용 정글 위장 크림만으로 관리해왔던 거친 피부의 각질이 느껴졌다.

허겁지겁 자신의 어깨를 들춰보는 진. 역시나 있었다. 양만댐에서 관통상을 입었던 커다란 총상의 흔적이…….

돌아온 것이다. 예전의 자신의 모습을 이제야 찾은 것이었다. 진은 기뻐서 비명이라도 지르려 하다가 문득 자신의 처지가 생각났다.

본래의 몸을 찾으면 뭐 하는가? 지금은 영혼뿐이고 육신은 딴 놈에게 뺏길 처지라질 않는가?

다시금 멀리서 기괴한 음률이 아릿하게 들려왔다. 역시나 언덕 너머의 하늘도 서서히 쪽빛으로 물들어가기 시작했다.

수칸이 얼굴을 딱딱하게 굳히며 언덕 너머로 시선을 던졌다. 조급함은 실리지 않았으나 절망이 가득 담긴 시선이었다.

"그동안은 당신이 제 몸에 끌어들인 조화로운 기운과 저의 의지로 '절대 악'을 막아냈지만… 이제는 쉽지 않겠군요."

맥이 풀린 수칸의 말을 조용히 듣고 있던 진은 수칸이 떨어뜨린 장구채를 집어 들었다.

"내가 알고 있기로는 말이다."

다른 장구채를 집어 수칸에게 내미는 진.

"세상에 '절대'라는 것은 없다. 나는 가만히 앉아서 그 빌어먹을 놈에게 몸과 마음을 빼앗기고 있지만은 않을 것이다."

물끄러미 진을 바라보던 수칸. 이내 빙그레 웃었다. 그토록 싫어했던 계집애 같은 미소였지만 이제 보니 꽤나 어울리는 미소이기도 했다.

"당신은 틀렸어요."

"……?"

"몸은 당신 것이 아니라 제 것이거든요."

진도 따라 웃었다.

"맞다. 나 역시 네 몸이 맘에 들지는 않지만 권리가 있는 장기 임대자다. 그러니 나는 내 재산을 지켜야겠다."

진은 수칸이 일러주는 대로 신나게 악기들을 두들겨 댔다.

역시나 지독한 두통이 밀려왔지만 그깟 통증 따위는 이제 아무것도 아니다.

얼굴도 모르는 괴물 녀석에게 지배당할 수는 없단 말이다!

"커억!"

"으아악!"

"크어억!"

또다시 가려승 열 명이 피를 토하며 까무러쳤다.

"어서 자리를 대신하여라! 영유는 어찌 되었느냐!"

대승정관은 이틀 새 부쩍 수척해져 십 년은 더 늙어 보였다.

스스로를 마이뉴족의 후예라 하는 마수족은 자신들이 가진 능력에 비해 너무나 유약한 자들이었다. 미륵보살도 그런 미륵보살이 없는 것이 아무리 회유를 해도 절대로 포교를 위해 자신들의 능력을 사용할 수가 없다고 버티는 것이었다.

하지만 태양선교에서는 그들을, 정확하게는 그들의 능력을 포기할 수 없었다. 하나같이 순음지체의 타고난 무재들. 게다가 위기라 짐작되는 순간에는 괴수의 형상으로 몸을 변형시켜 평소의 몇 배나 되는 위력을 발휘하는 자들이었다.

그런 능력을 위대한 태양신의 복음을 설파하는 일에 쓰지 않고 사냥 따위에나 사용하겠다니… 복창이 안 터지고 배기겠냐는 말이다.

태양선교는 그들을 모두 가둬 버렸다. 의지를 꺾을 수 없으니 강제로라도 중오를 가르치기로 한 것이었다. 그래서 도입한 대법이 대라천심곡이었다. 아주 작은 것이라도 중오를 심어주고 대라천심곡의 대법을 시행하면 '절대 악'의 전사를 이끌어내 개처럼 부릴 수가 있는 것이었다.

물론 수많은 시행착오를 거쳤고, 이 과정에서 수인(獸人)의 과정을 넘어 진짜 짐승이 되어버린 경우도 적지 않았다. 그러니 마수족의 마지막 후예와 같이 잡아온 커다란 늑대도 그저 영물이 아닌, 그가 오래전에 대법을 시행한 마수족 중의 하나인 것이다.

비로소 대라천심곡의 완성을 앞둔 어느 날이었다. 앞서 말했듯이 하나같이 순음지체의 타고난 무골을 가진 그들은 집단으로 탈출을 감행했고, 석천산을 거쳐 남만의 밀림으로 숨어들어 가 버린 것이었다.

포교원의 음양대 무사들을 모두 보냈지만 잡아온 마수족은 현지 원주민들과 마수족들 사이에서 태어난 일종의 교배종들이라 대법이 먹혀들지 않았다. 개중에는 대법에 반응한 녀석들도 있었지만 기대만큼의 위력을 보여주지는 못했다.

슬슬 포기해야 하는 것이 아닌가 하는 생각이 들 무렵, 낭보가 날아들었다.

마수족의 족장과 그 아이들은 순수한 마수족의 혈통이라는 것이었다. 게다가 마수족의 아들은 순음결정지체라는 놀라운 소식도 함께였다.

그런데 놓쳤다. 놓친 정도가 아니라 죽였다. 죽인 것이 아니라 투신자살을 했다고 하지만 결과는 다르지 않았다.

당장에 일을 이 지경으로 만든 놈을 잡아다 껍질을 벗겨 버리려고 했지만 눈치 빠른 음양대주라는 놈은 이미 줄행랑을 친 뒤였다.

교도의 수를 늘리지 못한 교는 날로 쇠약해져 갔고, 마침내 지파에 지나지 않았던 천년신교에 흡수 통합되는 치욕마저 겪어야 했던 것이다.

그런데 이게 웬일인가. 마수족의 마지막 후예가 살아 있다는 소식이 들려온 것이었다.

과연 순수 혈통을 지닌 순음결정지체의 마수족이라.

그동안 숱하게 대법을 실시해 보았지만 이리도 지독한 경우는 처음이었다. 지난 이 주 동안 가려승은 백여 명이나 죽어나갔고 교 내의 동자승도 천여 명이나 소모되었다.

아이들이야 머릿수가 많은 한족들이 있으니 얼마든지 구할 수 있겠으나 대라천심곡을 이해하고 실행할 수 있는 가려승들은 꽤나 긴 시간 동안의 막대한 학습량이 요구된다.

지금과 같은 속도로 가려승들이 소모된다면, 결국 대라천심곡은 실패할 수밖에 없는 노릇이었다.

중앙에 덩그러니 놓여 있던 구릿빛 타밀종은 이제 옅은 회색을 띠고 있었으며, 예전에는 종이었다는 사실을 전혀 짐작하지 못할 만큼 모양도 둥그스름하게 변형되어 있었다.

일단은 느릿하게나마 일이 진행되고 있다는 증거였으나 대승정관은 안절부절못했다. 지금쯤 타밀종은 온전히 거대한 알이 되어 있어야 했다. 아니, 알을 깨고 '절대 악'이 나왔어야 했다.

그러나 저항은 완강했다. 도무지 하나의 영혼이 버티고 있는 것이라고는 믿기지 않을 만큼 완강한 저항이다. 게다가 강도가 더욱 심해지고 있으며, 알이 되기 전에 타밀종이 깨질 위기도 몇 차례나 겪어야 했다.

대승정관은 슬그머니 겁이 나기 시작했다. 혹여 대법에 실패한다면… 그래서 이성을 지닌 채 증오를 간직한 '절대 악'이 태어나기라도 한다면… 태양선교는 천 년 역사상 전무후무한 재앙에 직면하고 말 것이다.

증오는 두렵지 않다. 그러나 맹목적인 증오에 판단을 할 수 있는 이성이 곁들여진다면 통제는 불가능하다.

이성이 있는 절대 악이 어디에다 무시무시한 증오의 화살을 돌릴 것인가? 태양선교는 그의 부족과 아비를 죽였거늘……

결단이 필요한 시점이다.

"가려승을 두 배로 늘린다! 영유도 두 배로!"

부승정관이 경악했다. 대승정관이 말한 것은 지금까지 이론상의 검토만 있었지 단 한 번도 시도된 적이 없는 대대라천심유곡의 대법을 말하는 것이었다.

"그, 그것은 너무 위험합니다. 자칫 어렵게 키워온 가려승들이 모두 미쳐 버릴 수도 있는 일입니다. 재고해 주십시오!"

"시끄럽다! 가려승들을 모두 잃는다고 해도 본 교가 풍비박산나는 것보다는 낫다. 잔말 말고 지금 즉시 대법을 준비하라!"

부승정관의 안색이 파리하게 질려갔다.

제4장

태동胎動

평강부(平江府:소주)는 별천지였다. 각지의
동란과는 딴판으로 상공업과 주변의 토지 소유에 의한 경제적 기반이
비교적 튼실한 부호들이 힘을 모아 낭인들을 불러들였고, 그 수가 물경
오만에 이르렀으니 적어도 치안에 있어서는 대도를 능가하는 도시가
되어가고 있었다.

따라서 당대 저명한 시인인 양기, 고계, 장우, 서분 등의 오중사걸(吳
中四傑)과 같은 묵객 시인은 물론이고 홍건적의 난을 피해 중원을 유랑
하던 자산가들이 정착함으로써 평강부의 전체적인 부(富)는 하루가 다
르게 쌓여만 갔다.

치안이 확보되고 자금이 원활하게 돌아가는 부유한 도시에서는 어
쩌다 보니 정말로 우연찮은 기회에 막대한 돈을 벌어 하루아침에 생겨
난 졸부들도 생기기 마련.

졸부들은 쉽게 번만큼이나 물 쓰듯 돈을 뿌려댔고, 평가부는 제아무리 산더미 같은 은괴를 모은 졸부라 할지라도 석 달 보름이면 깡통을 차게 만들 수 있는 고급 기루들이 즐비했다.

특하나 소양루(素陽樓)와 같은 최고급 기루의 경우에는 작은 술상 하나를 받으려 해도 은자 백 냥이, 여기에 그럭저럭 생기다 만 기생의 평퍼짐한 엉덩이를 옆에 앉혀놓으려면 다시 은자 백 냥을 뿌려야 한다.

그리고 소양루 최고의 기녀인 련련의 발뒤꿈치라도 볼라 치면 은자백 냥짜리 어음 따위는 해우소에서의 뒷일을 처리할 용지 정도로 보아야 할 담량과 재력이 있어야만 하는 일이었다.

그러므로 련련의 처소에 들어 긴긴밤 운우지락(雲雨之樂)이라도 나눌라 치면 보통의 서민들이 들으면 혀를 빼물고 놀라 자빠져야 할 만큼의 은자가 필요하다는 사실은 말할 필요가 없다.

따라서 련련은 시종 한가했다. 소양루의 입장에서 본다면, 그야말로 놀고먹는 인사에 지나지 않을 것이라 생각할 수 있으나 이 생각이야말로 큰 오산이다.

가뭄에 콩 나듯 련련의 처소에 드는 이들이 뿌린 은자가 소양루가 거둬들이는 일 년 매출의 오 할이 넘는다는 사실을 안다면 입을 쩍 벌리고 고개를 끄덕일 수밖에 없는 일인 것이다.

소양루 미화각(美花閣)에는 오늘 청홍유등(靑紅油燈)이 걸려 있었다. 미화각에 청홍유등이 걸린 날은 하늘이 주저앉고 땅이 갈라지지 않는 한 아무도 들어올 수 없는, 소양루 나름의 규칙이 정해져 있었다.

바로 일 년에 두어 번 있을까 말까 한 련련의 영업일인 것이다.

그러나 경국지색의 기녀가 금을 타며 한줄기 미려한 시구를 읊어대거나 이 과정을 건너뛰고 남녀의 알몸이 뒤엉켜 침상을 뒹굴고 있을 것이라는 통상적인 장면과는 너무나 동떨어진 장면이 미화각 안에서 연출되고 있었다.

물론 두 남녀가 발가벗고 서로 부둥켜안고 있기는 하지만 운우지락과는 거리가 먼, 남자는 담담하면서도 날카로운 눈빛을 한곳을 향해 쏘아 보내고 있고 여인은 남자의 품에 안겨 그저 와들와들 떨고만 있을 뿐이었다.

"거지 중에 상거지인 땡추중과 평강제일기(平江第一妓)라… 아주 팔자가 늘어진 중놈이로구나. 게다가 듣던 것과는 달리 돈도 아주 많은 것 같고 말이다."

칠흑 같은 무복을 온몸에 친친 감고 무복보다 더 어두운 음색을 늘어놓는 사내. 드러난 두 눈에서 차가운 살기를 풀풀 날리고 있는 사내에게서는 짙은 죽음의 냄새가 풍겨져 나왔다.

사내의 손에는 도 한 자루가 쥐어져 있었는데, 도신에는 아직 굳지 않은 선혈이 뚝뚝 떨어져 내리고 있었다. 물론 피의 주인들은 미화각 곳곳에 배치되어 있었던 호위 무사들의 것이었다.

흑의사내가 땡추라 부르고 있는 남자.

잘 익은 찐빵같이 펑퍼짐한 머리에는 필경 예전에는 선명했을 계인이 흐릿하게 남아 있었다. 계인을 비롯하여 땡추의 얼굴은 흑의사내가 손에 들고 있는 그림과 정확하게 일치했다.

흑의사내의 시선이 역시나 공포에 절어 차마 눈조차 마주치지 못하고 있는 기녀, 련련에게 향했다. 그러나 탐스러운 여체를 두고도 사내의 눈은 전혀 동요하지 않았다. 아니, 찌푸리기까지 한다.

"평강부 놈들은 죄다 눈이 삐었거나 돈이 썩어나는 모양이군."

악담에 가까우나 한편으로는 냉정한 평가다. 련련은 가히 절색이라

할 만했으나 하룻밤을 위해서 금 일 관을 쓸 정도의 평강제일기라는 극칭이 어울릴 정도는 아니었던 것이다.

그러나 흑의사내의 관심은 련련이 아니라 땡추중이었다. 그의 차가운 눈이 다시 땡추중에게로 돌아갔다.

"지금부터 내가 하는 질문에 사실대로 답변하는 것이 여러모로 좋을 것이다."

비록 지금의 행실은 땡추중에 가까울지나 그는 결코 호들갑스럽지 않았다. 발가벗은 여인이 그의 품에 있지 않았다면 탈속의 경지에 이른 성승과도 같은 잔잔함을 간직하고 있었던 것이다.

그런 모습에 흑의사내는 내심 감복했으나 주어진 임무를 망각할 만큼은 아니었다. 흑의사내는 자신이 들고 있던 그림을 땡추중에게 던졌다. 자신의 얼굴을 너무나 섬세하게 표현한 그림을 보며 땡추중은 잠시 놀라운 표정을 지어 보였다.

"이름 주원장. 천력 원년 구월 십팔일에 종리현(鐘離縣)의 고장촌(孤蔣村)에서 부(父) 주세진과 모(母) 진씨(陳氏) 사이에 육 남매 중 다섯째로 태어났다. 십육 세에 한발에 의한 기근과 역병으로 양친과 큰형을 잃었으며, 후일 황각사에 들어가 승려가 되었으나 탁발의 길을 떠난 것이 삼 년 전의 일. 이곳 평강부에 들어선 지는 오늘로 정확히 보름 하고 두 시진이 지났다. 내가 한 말 중에 틀린 것이 있느냐?"

땡추중, 주원장은 빈농의 자식으로 태어나 천하를 떠도는 거지에 불과한 자신의 일대기를 이토록 정확히 알고 있는 사람이 있다는 것이 몹시 궁금할 법도 하건만 그저 조용히 고개를 끄덕일 따름이었다.

"네놈이 말한 것은 틀림없이 내가 맞느니라."

여전히 선혈을 머금고 있는 흑의사내의 도를 보노라면 자신의 운명을 충분히 가늠할 수 있으련만 주원장의 음성은 동요가 없었다. 득도한 승려라기보다는 차라리 살기를 오래전에 포기한 낙오자의 모습으로 비치는 것은 왜 일까?

흑의사내의 눈이 순간 슬그머니 작아졌다가 다시금 본 모양으로 돌아왔다. 필경 뭔가 께름칙하다는 기색이었으나 달리 의심할 구석이 없었으니 이내 의심을 지운 것이었다.

흑의사내가 주원장에게 다가섰다.

"어린 녀석이 꽤나 성승의 흉내를 내려 하는구나. 그것도 기녀를 품에 안겨 있는 땡추 놈이 말이다."

주원장은 여전히 잔잔한 호수와 같을 뿐이었다. 본래 흑의사내는 살행 중에 이렇듯 말이 많지 않았다.

이런 녀석은 처음 본 탓이다.

보통은 손이 발이 되도록 빌거나 눈물을 쏙 빼가며 애걸하다가 종국에는 최후의 발악이라는 것을 한다.

그러나 주원장이라는 별 볼일 없는 거지 중이 이렇듯 죽음에 대해 초탈하니 내심 찜찜한 구석이 있어 자꾸 말을 걸어보는 것이었다.

"인간 백정 주제에 감히 불도의 제자를 능멸하는가? 나는 세상에 미련이 없는 사람이니 죽이든 살리든 네 마음대로 하여라."

역시나 죽으려고 작정한 놈이거나 해탈에 이른 고승이 맞다.

그저 명에 따를 뿐이지만 이런 별 볼일 없는 중놈을 죽이라는 것이 못내 궁금했던 흑의사내였다. 그러나 그 이유를 알아내려 노력하거나 하는 따위의 짓은 결코 하지 않을 것이다. 그는 노련한 살수였다. 지금은 돈 대신 주인을 위해서 일하지만 명령에 대한 이유는 전혀 궁금해 할 필요가 없는 일이었다.

"네놈은 운이 좋다. 나는 너 같은 종류의 인간을 오래 보고 싶지가 않거든."

주원장은 눈을 똑바로 떴다, 흑의사내의 도가 그려내는 궤적을 똑바로 보면서.

고통은 없다.

몸뚱이에서 머리가 생으로 잘려 나가고 있거늘 고통이 아니 느껴질 리 없지만, 고통을 느끼기에는 혼백이 흩어지는 시간이 너무 빨랐던 모양이다.

"끼아악!"

련련이 주원장의 피를 흠뻑 뒤집어쓰고 비명을 질러댔다.

"쉬이잇……."

나직한 숨소리. 흑의사내가 검지를 입쯤으로 보이는 곳에 대고 있었다. 조건반사적인 비명이었음에 공포라는 조건을 여전히 가지고 있는 사내의 칼이 자신의 얼굴에 겨누어지자 련련은 입을 틀어막았다.

"솔직히 조금 기대를 했는데… 실망이 이만저만이 아니다."

사내는 그대로 뒤돌아섰다. 뒤돌아섰다 싶은 순간 그야말로 눈 깜짝할 사이에 안개처럼 사라져 버린 흑의사내. 그 뒤로 련련은 서서히 무너져 내렸다.

"아미타불……."

개미가 통과할 만큼도 되지 않는 틈새 사이로 겨우 사물을 분간할 만큼의 빛이 들이치는 어둠 속에서 나직한 불호가 들려왔다.

"쉬잇."

섬섬옥수. 어둠 속임에도 윤기가 숨겨지지 않은 작고 아름다운 손이 중의 입을 틀어막았다.

출가한 승려의 신분임에 가장 멀리해야 할 여인의 신체가 자신의 입에 닿자 그만 흠칫 놀라고 마는 중이었다. 만일 섬섬옥수와는 하늘과 땅 차이인 완강하기 짝이 없는 네 개의 투박한 손이 그를 붙들지 않았다면 중은 질겁했을 것이고, 그렇게 되었다면 필경 절정고수이자 살수로 짐작되는 흑의사내가 돌아올지도 모를 일이었다.

그렇게 일각여의 시간이 지난 후 극도로 절제된 나직한 음성이 위에서 들려왔다.

"상황 종료."

그러나 어둠 속의 인물들은 대꾸하지 않았다.

이윽고 다시 들려오는 목소리.

"이런, 니미럴… 거 대충하지. 뭐였더라…… 맞다! 화랑."

비로소 어둠에서 들려오는 묵직한 사내의 음성.

"담배."

목이 잘린 주원장의 시체와 기절해 축 늘어져 있는 련련의 몸이 들썩거리는가 싶더니 좌우로 굴려졌다. 이내 바닥의 고급스런 양탄자가 슬그머니 솟아올랐고, 바닥과 양탄자 사이에 시린 예광을 발하는 눈동자 한 쌍이 드러났다.

그때다.

펄럭!

대충 눈으로 때려잡아도 팔 척은 될 듯한 거한이 천장에서 떨어지더니 다짜고짜 양탄자를 확 걷어내 버리는 것이었다.

파바박!

순식간에 엄청난 살기와 새하얀 검신이 바닥에서 솟구쳐 올랐다.

"어이쿠! 넨장할! 나란 말이다!"

거한, 임명진은 뒤로 벌렁 나자빠지고 말았다. 동시에 양탄자로 가려놓았던 구멍을 통해 비조처럼 솟아나는 네 명의 남녀.

"뒤지고 싶으면 뭔 짓을 못해!"

박경진은 씩씩거렸다. 그는 무시무시한 살기를 줄기줄기 흘려대던 흑의사내가 되돌아온 줄 알고 간이 떨어지는 줄 알았던 것이다.

흑의사내는 그들 모두가 힘을 합쳐도 백 초 안에 제압할 수 있을까 하는 의문이 들 정도의 고수였고, 설사 쉽게 제압할 수 있었다고 해도 이번 작전은 적의 눈을 속여 자신의 임무를 완수했다고 착각하게끔 만드는 것이지 싸워 이기는 것이 목적이 아니었다.

툭탁거리는 박경진과 임명진을 보며 가슴을 쓸어내리던 임근홍은 자신이 보호하고 있던 두 남녀를 쳐다보았다.

하얗게 질린 중 한 명과 보기만 해도 심장이 멎어버릴 듯한 미색의 여인이었다. 임근홍은 순식간에 벌건 홍조를 가득 머금고 더듬더듬 말을 붙였다.

"려, 련 소저께서는 오, 옥체 무고하신지요?"

그렇다. 지금 기절해 있는 기녀는 가짜. 지금 서 있는 백의미녀야말로 소양루의 상징인 련련이었던 것이다.

그리고 그녀의 또 다른 이름은 아비. 한때 천하제일루에서 자신의 처지를 비관하여 스스로 망가져 갔으나 진을 통해 삶의 활력을 얻게 되었던 바로 그 아비인 것이다.

그리고 아비는 진이 수년 전 만났던 아비와는 또 다른 면모를 지니고 있었다. 주독에 빠져 망가졌던 얼굴이 다시금 활짝 피어올랐음은 물론이요, 현재 하오문의 평강부 지단주이자 소양루의 주인이었으며 실종된 계조앙문주의 독단에 반대하는 세력의 핵심 인물이 되어 있었던 것이다.

런런은 활짝 웃었다. 그야말로 방 안이 환해지는 느낌. 임근홍의 얼굴은 숫제 달궈진 숯덩이가 되고 말았다.

"임 장군이 염려해 주신 덕에 저는 괜찮습니다. 그것보다 운수(雲水) 대사께서⋯⋯."

"장군이라니요. 저는 일개 만호에 불과⋯⋯."

"대사라니요. 런 소저께서는 빈승을 그저 주가라 불러⋯⋯."

깜짝 놀란 두 사내가 동시에 소리치다 동시에 말을 멈추었다. 자신들이 생각해도 목소리가 너무 컸던 것이다.

아닌 것이 아니라 티격태격하던 임명진과 박경진도 깜짝 놀라 푸닥거리를 잊을 정도였다.

운수 역시 얼굴이 벌겋게 되었다가 바닥에 나뒹굴고 있는 시신을 보고는 다시금 사색이 되고 말았다. 자신과 지독히 닮아 있는 인물. 런런과 마찬가지로 시신이 된 남자는 운수를 대신해 죽은 것이었다.

"아미타불. 빈승이 무어건대 무고한 사람을 대신 희생케 할 수 있단 말이오⋯⋯."

런런의 표정 역시 밝지는 않았다.

"희생이라면 희생일 것이나 이 사람은 반위가 이미 간과 폐에 번져 이 달을 넘기지 못했을 것입니다. 대신 이 사람의 가족은 평생을 호의호식하게 되었으니 가장으로서 의무를 다한 셈이지요. 그러니 운수 대사께서는 불도를 이루시어 만생을 평안케 해주시는 것으로 그 은혜를 갚으시면 되는 일입니다."

"아니면 천하를 통일하든가."

임근홍이었다. 그의 얼굴은 잔뜩 굳어져 있었고 운수를 바라보는 눈길은 적의로 가득 차 있었다. 길 잘 가던 사람 붙잡아다가 구해준답시고 어두운 방 안에 가두어놓더니, 이제는 죽이기라도 할 듯이 노려보니 운수는 도무지 갈피를 잡을 수가 없었다.

"운수라… 운수행각(雲水行脚)했다 하여 스스로 붙인 불호라지?"

박경진까지.

"생긴 걸로 봐선 개고기나 뜯게 생겼구만… 젠장! 우리가 대체 왜 저 녀석을 구해야 하지?"

임명진마저도 나오는 말이 곱지가 않다.

그들의 막말에 련련은 놀라 커다란 눈만 뎅그렇게 뜨고 있을 뿐이었다. 임근홍의 싸늘한 음성이 이어졌다.

"황각사로 돌아가 당분간 나오지 마쇼. 혹시나 당신이 살아 있다는 것을 놈들이 알기라도 한다면… 무엇보다 내 눈에 당신 면상이 다시 눈에 뜨인다면 그때도 멀쩡하게 돌려보낼 자신이 없소. 가시오!"

운수, 주원장은 임근홍이 하는 말이 당최 무슨 이야기인지 알 길이 없었으나 워낙에 분위기가 험악하여 그들 말을 따를 수밖에 없었다.

련련이 챙겨준 얼마간의 은자와 노새 한 마리를 타고 사라지는 주원장의 뒷모습을 물끄러미 바라보던 임명진이 투덜거렸다.

"지금이라도 뒤따라가서 모가지를 확 비틀어 버릴까? 앞으로 중원을 통일하고 대고려국에 창을 들이댄다는 후레자식을 어째서 그냥 보내야 하지?"

"아서라. 당분간이라고 하지만 대장군께서는 궁주의 명에 따르기로 약조를 하였다. 이제 우리의 마지막 남은 희망은 천지밀궁뿐. 더군다나 궁주의 말을 들어서 아직까지 잘못된 일이 없어. 엿 같지만… 명은 명이다."

"그렇다고 해도… 이거, 영 찜찜하군."

세 사내의 목소리는 영 맥이 없었다.

"궁주도 미래를 읽나요?"

갑자기 들려오는 나긋한 음성에 세 사내는 화들짝 놀라고 말았다.

련련이었다.

"미래는 언제든지 바뀔 수 있는 것 아닐까요? 술주정뱅이 아기 엄마가 평강제일기(平江第一妓) 련련이 된 것처럼 말이에요."

"수, 술주정뱅이……?"

"아, 아기 엄마……?"

입을 쩍 벌리고 있는 세 사내에게 련련은 예의 화사한 미소를 지어 보이곤 말을 계속 이어나갔다.

"제가 천하제일루라는 작은 기루에 있을 적에 어느 날 한 친구가 제게 찾아와 이런 말을 했죠. 아직 젊으니 할 일을 찾아보면 많을 것이라고. 그 말이 맞아요. 우린 아직 젊고 할 수 있는 것들이 많잖아요? 힘들 내자구요!"

련련은 세 사내의 등을 짝 소리 나게 한 번씩 치고는 호방하게 웃어 젖혔다.

단아하고 섬세하기만 했던 련련의 또 다른 면모를 본 임명진과 박경진은 잠시 어안이 벙벙해 있다가 같이 웃어젖히기 시작했고, 여전히 임근홍은 잘 익은 홍시마냥 터질 듯 붉은 얼굴을 숨기기에 바빴다.

*　　　*　　　*

"우린 너무 늙었고, 자네들을 위해 할 수 있는 일도 별로 없네. 또한 나이가 들면 고집만 세지기 마련이지. 이런 짓을 한다고 해서 달라질 것은 없어."

영호성의 음성은 내용이 전하는 삭막함과는 달리 맥이 없고 흐릿했다.

그러나 지난 보름 동안 영호성의 몸에 빼곡히 대침을 박아 넣고 있는, 장포를 머리까지 뒤집어쓰고 있는 자는 지금껏 그래 왔듯이 아무 말이 없었다.

영호성은 장포인의 호흡이 매우 특이함을 알았다. 마치 운기행공이라도 하는 듯 굉장히 긴 호흡이었는데, 심지어 일각 동안 숨을 내뱉는 경우도 있었던 것이다. 이런 토납법은 극도의 집중력이 필요하고 섬세한 작업을 하는 자들에게서 흔히 행해지는데, 대개는 의원들이었다.

여기에는 특별하거나 놀라운 사실이 없었다. 장포인은 지금 시침을 하고 있는 것이었고 시침은 의원들이 하는 일이니까.

문제는 영호성이 전혀 아픈 곳이 없다는 사실이었다. 설사 아프다고 해도 이렇게 많은 시침이 필요한 경우란 듣도 보도 못한 경우였다.

장포인은 주요 요혈은 물론이고 딱히 효용이 있다고 알려진 바 없는 고혈에도 다양한 크기와 형태의 침을 찔러 넣었다.

어떤 곳은 화끈거렸으며 어떤 곳은 지독한 냉기가 흘렀고, 한곳이 지독하게 아파온다 싶으면 금세 괜찮아지곤 했다. 이런 일을 보름 동안이나 당하고 보니 정신이 혼미해지기에 이르렀고, 혀가 빳빳하게 굳어져 입도 쉽사리 떼어지지 않았다.

"날 고슴도치로 만들 셈인가? 고슴도치로 만든 요리가 뭐였더라… 생각이 안 나는군. 여하간 지독히도 맛없는 고기였어. 어쩌면 형편없는 숙수를 만나서 그런지도 모르지……."

실없는 소리를 늘어놓는다.

정신을 놓지 않기 위해서였다. 처음엔 기력이 쇠한 데다 잠을 자지 못해 그런 줄로만 알았다.

그러나 몸에 꽂히는 침의 개수가 늘어남에 따라 차츰 기류와 심장의 박동수가 느려지면서 정신이 꿈결처럼 아득해져만 갔고, 그것은 결코 영호성 자신이 의도한 바가 아니었다. 필경 시침을 통해 무언가 수작이 걸어오는 것이겠지만 영호성은 자신을 추스르기도 벅찼다.

"후우우~"

긴 한숨을 뽑아내는 장포인.

나른하게 누워 있던 영호성의 눈이 번쩍 커졌다.

냄새다.

그동안 장포인의 호흡이 너무 길고 조심스러웠기에 알 수 없었지만 참았던 호흡을 뱉어내니 단박에 체취가 느껴진 것이었다.

"달콤하군. 끈적끈적하고 점도가 높아……."

눈이 흐려진 데다 빛까지 들이치지 않는 곳. 더군다나 헐렁한 장포를 머리까지 뒤집어쓰고 있는지라 표정은 보이지 않지만 장포인은 미세하나마 당황하고 있었다.

"왕년에 계집질 좀 하고 다녔던 친구가 있었는데 말이야… 그 친구에게 여자 냄새 맡는 방법을 배웠거든?"

이제는 파동마저 느껴진다. 가볍지만 분명히 살기였다.

"더 이상 말하는 것은 좋지 않습니다."

남녀노소를 구분하기 힘든 거북한 쇳소리였다. 말하면 죽이겠다는 것인지, 건강상 문제가 생길 수 있다는 것인지 모를 애매한 말이었지만 영호성에게는 두 가지 모두 문제될 것이 없었다.

"변성술까지⋯ 보통의 사내들은 변성술을 익히기가 쉽지 않지. 차라리 계집이라고 광고를 하고 다니지 그러나?"

격장이다. 그럼에도 옅은 살기마저 사라졌다.

"마지막 시침은 내일 있을 것입니다."

그러나 변성술을 풀지는 않는다. 뭔가 숨기고 싶은 것이 많은 모양이었다. 여기까지, 이렇게까지 되었는데 무엇을 더 숨기고 말고 하려는가?

장포가 일으킨 바람이 느껴졌다. 장포인은 뒤돌아서 나가려는 것이다.

"초빈은⋯ 어떻게 되었는가? 그녀는 살아 있는가?"

장포 끌리는 소리가 끊겼다. 장포인이 나가려다 만 것이리라.

"곧 만나게 될 것입니다."

잠시의 침묵.

"더 궁금하신 것이 없다면 저는 이만⋯⋯."

"이것. 유체대침술이 맞는가?"

영호성은 삼천 개가량의 침이 몸에 박히는 것까지 세다가 그만두었다. 그건 잘한 일이었다. 다시 그만큼의 침이 이 회에 걸쳐 박혔으니 대략 만 개에 가까운 침이었고, 틀림없이 중간에 세는 것을 잃어버렸을 것이다.

비록 의술에 대해서는 문외한이나 만 개가 넘는 침을 박는 시침술은 유체대침술밖에 없다는 것 정도는 알고 있었다.

장포인은 말이 없었다. 긍정이다.

"의가당의 사람은 멸문한 걸로 아는데⋯ 아니었든가?"

"몇몇이 살아남았습니다."

거짓이다. 노회한 영호성이 아니었다면 모를 정도였지만 목소리에 떨림이 섞여 있었다. 거짓이 서툰 자였다.

"다 늙어빠진 중늙은이를 천년만년 살려두려는 이유가 무엇인가?"

"생명을 연장시키는 데에는 유체소침술로도 충분합니다."

더는 말하지 않는 장포인이다. 이윽고 다시 장포 끌리는 소리가 들렸고 둔중한 문이 여닫는 소리와 함께 더 이상의 기척은 느껴지지 않았다.

유체대침술… 필경 공야숙에게도 이 시술이 행해졌다. 그 지경이 되고도 아직 살아 있는 것은 그것으로밖에 설명되지 않는다. 그리고 장삼봉에게도 같은 일이 벌어지고 있을 것이다. 장포인이 영호성에게 들를 때엔 언제나 조금 지친 상태였으니 그전에 장삼봉을 시침한 것이리라.

영호성은 후회하지 않을 수 없었다. 기회가 있었을 때 숨을 끊었어야 했다. 뭔가 큰일이 벌어지고 있음이 분명했고, 그것은 영호성 자신과 장삼봉, 그리고 공야숙을 통해 더욱 걷잡을 수 없이 커질 것만 같았다.

하지만 이제는 어쩔 수 없는 일이었다. 시체처럼 누워 눈만 멀뚱멀뚱 뜨고 있는 것밖에는 아무것도 할 수 없었다. 혀라도 깨물고 죽으려 했지만 턱 근육이 움직여 주질 않았다.

그야말로 죽지도 살지도 못하는 처량한 신세가 된 것이다. 이렇게 되면 정신을 차리고 있는 수밖에 없는 일이었다.

내일이면 그것조차 장담할 수 없을 테지만…….

거대한 건축물은 그 규모만으로도 시선을 압도했다.

도무지 수를 헤아릴 엄두가 나지 않는 아름드리 돌기둥이 줄지어 솟아나 있고, 그 위에는 거대한 돌 지붕이 얹어져 하늘을 가리고 있었다.

흡사 고대 로마의 신전(神殿)의 분위기였다.

그리고 이곳은 실제로 신전이었다. 다른 점이 있다면 일반적인 신전은 신에게 제사를 지내기 위해 지어지지만 이 신전은 신의 거주를 위해 지어졌다는 점이다.

전지전능하고 영적인 존재인 신이 거주할 공간이 필요하다는 것은 매우 어색한 일이므로, 이곳에 살고 있는 신들은 아주 특별한 신이라 할 수 있다.

장포인은 어두운 신전 안을 걷고 있었다.

그렇게 천 보를 걸었을까? 드디어 끝이 보였으되 그것은 족히 스무 자(약 육 미터)는 넘을 듯한 거대한 철문이 드러났다.

장포인은 걸음을 멈췄다.

장내에 은은하게 깔려 있는 날카로운 기운. 살기다.

"원로들을 뵈러 왔다."

장포인의 무쇠 주걱으로 쇠 솥바닥을 긁는 듯한 거북한 목소리가 대전에서 메아리쳤다.

지루하게 느껴질 만큼의 시간이 지난 후,

"오늘은 뵙지 않겠다 하십니다. 괜찮으시다면 저희에게 전갈을 남겨주시길 바랍니다."

고저가 없어 감정이라고는 한 방울도 섞이지 않은 음성. 겸양은 담겨 있으나 다분히 도전적인 어조였다.

"꼭 뵙고 드릴 말씀이 있느니라. 잔말 말고 문을 열어라."

"이곳은 두 번 말씀드리는 곳이 아닙니다. 회주께서는 다음에 다시 들러주시는 것이 좋을 듯합니다만."

겸양마저 사라졌다. 살기 또한 증폭되어 더욱 노골적이었다.

"괘씸한! 나는 회주다. 너희들은 대체 누구의 명을 따르는 것이더냐! 당장 이 문을 열지 못할꼬!"

장포인, 한진회주의 장포가 부풀어 오르는가 싶더니 날카로운 예기가 사방으로 쏟아져 나갔다. 그 순간 아름드리 기둥에서 그림자 하나가 흘러나왔다.

마치 종이로 접어서 만들어놓은 듯한 무표정한 얼굴을 하고 몸에 착 달라붙은 무복으로 전신을 감고 있는 사내였다. 바로 원로원의 개, 비영육수(秘影六手)의 일인이었다.

"이곳은 신성한 곳입니다. 회주께서는 이러시면 정말 곤란합니다."

"고얀!"

한진회주의 신형이 흩어지는가 싶더니 넓은 대전을 몽땅 메워 버릴 듯한 선명한 장영이 소리없이 창궐했다.

그렇다. 완벽한 묵음(默音)이다. 소매가 바닥에 끌릴 정도로 펑퍼짐한 장포를 둘렀음에도 한진회주는 무수한 장풍을 소리없이 사내를 향해 쏘아대고 있었다.

팡! 팡! 팡!

가죽 북이 터지는 소리와 함께 비영육수는 대여섯 걸음이나 물러나 무릎을 꿇고 말았다. 비영육수로 말하자면, 이덕패나 영호정 정도의 고수라도 삼백 초 안에는 승부를 볼 수 없는 정도의 실력자들이었다.

그런 비영육수가 한진회주에게 일방적으로 밀리고 있는 것이었다. 한진회주는 우장에 기운을 크게 실어 아직 일어서지 못하고 있는 비영육수의 머리를 향해 뻗어냈다.

한진회주가 등줄기를 서늘하게 하는 예기가 정수리로 떨어져 내림을 직감한 것은 그때였다. 정수리뿐만이 아니다. 사방 육괘에서 그물

막처럼 엄밀하고 송곳처럼 위험한 살기가 쏟아져 오기 시작했다.

그대로 진행하면 필경 비영육수의 머리는 곤죽이 될 터이나 결코 한진회주 자신도 무사하지는 못할 것이었다.

한진회주는 별수없이 손을 거두고 몸을 뒤로 빼야 했다.

스스스!

기둥 뒤에서 안개처럼 흘러나온 사내들.

똑같다. 처음 비영육수의 생김새와 신체, 심지어 탁한 진회색 눈빛마저도 지독히 닮았다. 이들이야말로 원로원의 비밀스러운 그림자, 비영육수인 것이다.

"회주께서는 원로원에 대항할 셈이오!"

한진회주가 머리를 덮고 있던 장포를 벗자 탐스럽고 긴 머리가 쏟아져 내렸다. 영호성의 짐작대로 그는 여인이었던 것이다.

그러나 얼굴은… 눈은 녹아 흘러내렸고 볼살은 한 움큼이나 떨어져 나갔으며, 코도 무너져 내렸다. 죽어 썩어가는 시체라 해도 어색하지 않을 지경인 흉측한 몰골. 장포를 깊게 뒤집어쓰고 좀처럼 벗지 않은 이유가 짐작이 가는 대목이었다.

그 얼굴이 꿈틀거렸다. 일견 화를 내는 것 같기도 하고 웃는 것 같기도 했지만 어느 쪽이든 의사를 전달하기에는 그녀의 얼굴은 너무나 망가져 있었다.

"나는 원로원에 대항할 생각이 없다. 그러나 오늘 너희들의 그 못된 버르장머리는 확실히 고쳐 줄 생각이다."

말이 끝나기가 무섭게 부풀어 오르는 장포. 시종 표정이 없던 비영육수의 안색마저도 일변하게 하는 가공할 기세가 터져 나오기 시작했다.

그때였다.

"무엄하도다. 회주께 이 무슨 짓거리들이냐!"

창노한, 그러나 어딘가 기운이 느껴지지 않는 마른 음성이 어딘지 모를 곳에서 흘러나왔다. 이 음성이 들리자마자 비영육수들은 안개처럼 흩어지더니 기둥의 그림자로 숨어들어 가버렸다.

"콜록! 콜록! 회주… 내 몸이 불편해 잠이 든 것을 녀석들이 지레짐작하고 회주께 불경을 저지른 모양이오. 노여움 푸시고 어서 들어오시오."

'여우 같은 늙은이들.'

비영육수는 명이 있기 전에는 지붕이 무너져도 움직이지 않는 자들이다. 그들의 구차한 변명은 그야말로 눈 가리고 아웅 하는 격인 개수작에 지나지 않은 것이다.

육중한 문이 열리자 한진회주가 들어섰다.

바깥 풍경과 그리 다를 바가 없는 방 안의 풍경. 다른 것이 있다면 천장에 뚫린 구멍을 통해 들어온 굵은 빛줄기가 중앙으로 쏟아져 내려 음침한 분위기만은 아니라는 것이었다.

한진회주가 걸어가 빛줄기의 한가운데 섰다. 밝은 곳에 서자 한진회주의 추악한 용모가 더욱 두드러져 소름이 돋아날 지경이었다.

"허허허… 회주께서는 이 늙은이들을 놀래켜 죽일 작정이외까? 그런 흉측한 장난감을 여기서까지 쓰고 계실 필요가 있겠소이까."

노쇠한 음성이 흘러나오는 곳. 한진회주가 마주 보는 방향에 세 개의 거대한 돌 의자가 있었고 돌 의자에는 당장 죽는다 해도 하등 이상할 것 없는 노인 세 명이 나란히 앉아 있었다. 이들이 바로 한진회주와 더불어 한진회를 이끌고 있는 삼 원로인 것이다.

"이제 습관이 돼서… 벗겨내기도 쉽지 않구요."

비로소 시체 같은 얼굴이 설명이 된다. 한진회주는 인피면구를 착용하고 있는 것이었다.

"그래, 이 늦은 시간에 우리를 보자고 한 이유는 무엇이오?"

"보고는 받으셨습니까?"

"무슨 보고 말이오. 상장군이 '검은 군대'를 이끌고 드디어 출진했고, 주원장을 제거했다는 보고라면 이미 받았소만."

"남궁세가도 접수되었습니다."

"그 보고는 어제 이미 받았소이다."

"그, 그랬군요."

더듬거리는 한진회주를 유심한 시선으로 바라보는 삼 원로.

"회주께선 보고나 하자고 오신 것이 아닌 듯하오이다."

잠시 주춤거리던 한진회주가 뭔가 결심이라도 한 듯이 입술을 질끈 깨물었다.

"지하 뇌옥의 세 죄수는 이미 원기를 상당히 소진하였습니다. 그들을 처형하고 새로운 숙주를 찾아보는 것이……."

"회주."

한진회주의 말을 끊는 삼 원로의 음성에는 날이 서 있었다.

"우리 원로회는 최근 회주의 믿음에 변화가 생긴 것이 아닌가 하는 우려를 하고 있소이다."

"그, 그럴 리가……!"

"유체대침술의 진행이 너무 느리다고 생각지 않으시오? 회주의 능력이라면 이미 열흘 전에 끝냈어야 하지 않소이까?"

"그, 그거야 말씀드린 대로 숙주들의 원기가 크게 상하여……."

"회주, 혹여 그들에게 동정심이 생긴 것이오?"

"아닙니다. 절대로 그런 일은 없습니다."

한진회주는 단호했다, 지나치다 싶을 만큼.

"그렇다면 다행이오. 우리의 조상은… 국사 책에서 만큼 똑똑하지 못했소. 아니, 너무나 약해빠졌지. 저들 중국인들이 앞으로 칠백 년 동안 조국의 국토를 유린하고 민족을 짓밟게 되오. 저들로 인해 거의 성사되었던 조국통일의 꿈은 일장춘몽이 될 것이며, 조국과 민족은 성장 동력을 상실한 채 변방의 소국으로 전락하고 맙니다. 이것을 막아보겠다는 우리의 욕심이 과한 것이오?"

"그렇지 않습니다."

"새로운 가치와 강성한 국력을 키워 외세에 흔들리지 않을 확고부동한 나라를 세우는 데 우리가 예상한 시간은 앞으로 백오십 년. 그때까지는 우리가 살아 있어야 하오. 그래서 막대한 원기를 지니고 있는 그자들과 유체대침술을 확보한 것이고. 그렇지 않소?"

"……."

"시류와 돈과 힘은 우리에게로 이미 기울었소. 그러나 시간만큼은 우리 편이 아니오. 절대로 아니지. 회주는 유체대침술을 완성하시오."

천장에서 쏟아지던 빛은 사라졌다.

돌아선 한진회주의 걸음은 어딘지 힘이 없어 보였다.

*   *   *

구루는 자신의 근무 위치인 망루에서 세상이 빙글빙글 돌아가는 신기한 경험을 하고 있었다.

목동의 아들로 태어나 말단 병사로 군영에 투신한 후 몽고병이라면 누구나 바라 마지않은 기병이 되었고, 홍건적의 소탕에 큰 공을 세운 후로는 대안성(大安城)으로 배치되어 십부장(十夫長)에 해당하는 망부장 직을 수행하고 있었다.

이곳 대안성은 몽고제국의 핵심 군사 도시인 쿠룬(울란바토르의 옛 지명)과도 멀지 않았고, 말썽의 근원이 되는 한족들도 극히 드물었다. 따라서 홍건군(紅巾軍)이라는 거창한 이름을 내걸었지만 기실 오합지졸 도적 떼에 지나지 않는 자들도 대안성에서만큼은 코빼기도 보이지 않았다.

따라서 대안성은 말이 좋아 성이지 견고하게 축조된 성은 아니었다. 거주민도 떠도는 유목민들이 대부분이라 수년에 걸쳐 성을 축조하더라도 성안에 살 만한 사람들이 없는 것이다.

군영도 마찬가지. 목책을 둘러 경계를 표시하긴 했지만 방비와는 거리가 멀고 군영의 대부분도 여전히 몽고의 전통적인 가옥인 게르(파오:包) 수십 동이 전부였으며, 망루라는 것도 열 자 높이의 목책 위에 세워놓은 초소에 불과했다. 이 모두가 근방에는 강성한 몽고 군에 대항할 정도의 적이 없다는 의미이기도 했다.

일 년의 절반이 넘어가는 지랄 같은 겨울만 아니라면, 작년 가을 이후 도무지 소식이 없는 보급 문제만 없다면 이곳이 지상 천국이라 할 수 있는 것이었다.

그러므로 구루가 고된 업무 탓에 심신이 심히 지쳤다거나 잘 먹고 잘 마셔서 근무에 태만한 것은 아니었다.

구루는 조금 전만 해도 두 눈 시퍼렇게 뜨고 어두워진 주위를 사정없이 째려보고 있었다. 나름대로 천부장(千夫長), 혹은 만인대(萬人隊)의 수장까지를 넘보고 있는 구루에게 있어서 근무 태만이란 있을 수 없는 일인 것이다.

구루는 소리를 내지르려고 했다.

적이다! 적이란 말이다, 젠장할!

그러나 기분 나쁜 뱀 혓바닥 내미는 소리처럼 쉭쉭거리는 바람 소리만 새어 나올 뿐이었다.

몸을 움직이려 해도 마음처럼 되지 않았다. 어둠 속을 날아온 화살은 구루의 가슴에 박힌 후 백오십 근에 달하는 구루의 몸을 끌고 가 망루의 기둥에 깊숙이 박혀 버린 것이었다.

화살은 아래에서 위로, 간과 폐를 뚫고 등 뒤로 튀어나왔다. 사방은 드넓은 초원. 분명히 아무것도 없었는데… 대체 어디서 어떤 녀석이 쐈을까?

"쿨럭!"

구루의 입에서 본격적으로 선혈이 쏟아져 내렸다. 화살을 뽑아내 버리면 곧바로 죽는다는 것을 알지만 그럼에도 뽑아내 버리고 싶다.

너무… 아프다.

그러나 어떻게 생겨먹은 화살이 겨우 손가락 일곱 마디밖에 되지 않아 날개마저 가슴속에 쏙 들어가 버렸다. 마음대로 죽지도 못하는 것이다.

구루는 화살을 뽑아내기를 포기하고 고개를 들어 반대쪽 망루를 쳐다봤다. 반대쪽 망루에는 오르혼과 미르가 있다. 특히 오르혼은 어리지만 눈치 빠르고 영민한 녀석인데… 녀석이라면 이 사단을 모르지 않을 터인데…….

반대쪽 망루에서도 봉화는 올라오지 않았다.

고향에서 오매불망 기다리고 있을 아내와 두 아이의 영상이 스쳐 간다.

그도 잠시, 더 이상 구루의 눈에는 아무것도 보이지 않았다.

달빛은 옅은 구름 뒤로 숨었다.

넓은 초원을 덮고 있는 검은 융단. 천하를 뒤덮을 듯한 막대한 군기(軍氣)는 그곳에서부터 흘러나오고 있었다.

선봉에 선 기마.

어둠에 완벽하게 융화되어 있는 '검은 군대' 의 선봉장의 눈이 멀리 능선으로 향했다.

하늘과 땅이 맞닿은 얕은 둔덕에 올라온 홍기.

적의 눈은 멀었다.

그의 투구 안에 있는 하나뿐인 눈에 기광이 서렸다. 검은 융단처럼 펼쳐진 팔백 기의 기마를 향해 돌아서는 붉은 귀면갑의 기병. 전신을 휘감은 무시무시한 투기는 실로 전신(戰神)의 그것을 방불케 했다.

그의 이름은 이덕패. 녹림천하문의 문주이자 대한성국의 기갑기마대인 '검은 군대' 의 총사령관이었다.

이덕패는 폭풍 전야처럼 고요한 자신의 군대를 보고 쓴웃음을 지었다. 아직 있지도 않은 나라의 군대에 고작 팔백 기의 기병대를 둔 사령관이라니… 웃음이 아니 나올 수 없는 일이었다.

그러나 곧 이덕패는 웃음을 지우고 묵직한 일갈을 내뱉었다.

"우리의 여정은 언제 끝이 날지 아무도 모른다. 그 긴 기간 동안 우리에겐 보급도 없을 것이며 병력의 충원도 없을 것이다. 이곳에 있는 대부분은 여정을 마치지 못하고 죽을 것이며 다친 자는 초원에 버려질 것이다."

이덕패의 옆을 지키던 편가이는 놀라 자신의 주인을 돌아봤다. 그가 생각하기엔 큰 싸움을 앞둔 군사를 두고 결코 할 말이 아니었던 것이다. 그러나 이덕패는 개의치 않고 말을 이어나갔다.

"죽은 자에게 돌아갈 것이라곤 만져 보지도 못할 금 일 관과 개국공신이라 적힌 휴지 쪼가리가 주어질 뿐이다. 이것 역시… 죽은 놈에게는 아무짝에도 쓸모없는 것들이다."

도를 넘어섰다. 편가이는 움찔거렸다. 말려야 하는가?

편가이가 안절부절못하자 누군가 그의 어깨를 지그시 눌러 내렸다. 돌아보니 이번 원정길에 참모로 나선 환운양이라는 고려인이었다. 환운양은 겨우 알아차릴 정도로 미세하게 고개를 끄덕였다. 믿어보자는 의미였다.

"조국은… 우리를 철저하게 버릴 것이다. 지금이라도 삶에 미련이 남는 자는 돌아가라. 막지 않을 것이며 누구도 비난치 않으리라."

대답은 없다. 일말의 동요도, 미동조차 없었다. 그들의 거대한 목각인형처럼 고요하며 굳건했다.

그들을 둘러본 이덕패의 입가에 미소가 걸렸다.

"그대들이 자랑스럽도다. 조국은 우리를 버릴 것이나 우리는 조국을 버리지 않는다. 너희는 누구의 군대인가?"

"대한성국!"

"틀렸다. 너희는 누구의 군대인가?"

"천상(天上)!"

"틀렸다. 너희는 누구의 군대인가?"

"지옥(地獄)!"

"그렇다. 우리는 지옥의 군대다! 가자! 적에게 지옥을 선사하자!"

"와아아아아!"

야율초는 벌떡 일어났다.

지난밤에 마신 마유주가 지독한 숙취를 일으키며 머리를 묵직하게 눌러댔지만 난데없는 함성 소리와 어지러운 말발굽 소리가 진영 내에서 들려오는 마당에 마냥 누워 있을 수만은 없었다.

"여봐라! 이 무슨 소란이더냐?"

게르 밖은 떠들썩했지만 누구 하나 대답하는 이가 없다.

이런 일은 흔하지 않았다. 야율초는 만인대장이다. 물론 그의 병사들은 불과 삼천이 조금 넘는 수준이지만 확실히 천 명은 넘는다고 말할 수 있으니 천부장의 직책은 넘어선 것이다. 그리고 대안성에 주둔하는 군대는 야율초의 군대뿐이었다. 백성이라고는 여름에는 있다가 겨울에는 사라지는 유목민들뿐이지만 어찌 되었든 대안성에서만큼은 절대 권력을 지니고 있다는 의미가 되기도 했다.

그러므로 그의 게르 앞에는 언제나 초병과 근위 병력이 있어야 했다.

"이 자식들이 미쳤나! 왜 대답이 없어?"

초병들의 응징을 다짐했던 야율초는 신경질적으로 게르를 열고 나섰다.

"뭐……?"

막사에 나서자마자 품에 안겨 버리는 근위병. 야율초는 엉겁결에 그를 받아 들었다.

"이, 이것이 대체 무슨 일이냐?"

그제야 야율초는 근위병의 등에 깊숙이 박혀 있는 화살을 보았다.

"내, 내습입니……."

채 말을 마치지 못한 근위병의 고개가 풀썩 꺾였다.

근위병의 말을 듣고서야 주위를 돌아보던 야율초의 눈이 찢어질 듯 커졌다.

곳곳에서 솟아오르는 불길. 어지러운 말발굽 소리와 난무하는 피. 난장판 속을 우왕좌왕하는 병사들.

그러나 적이라 생각되는 물체는 어디에도 보이지 않았다.

"반란!"

분명히 이런 소요를 만들어낸 장본인이 있겠지만 적은 보이지 않는다. 외부의 적이 내습을 하기 위해서는 삼중의 목책을 넘어야 하고 열한 개의 망루 초소를 지나야 한다. 설사 적이 모든 것을 통과하더라도 그전에 본영에서 내습을 준비할 시간이 생기는 것이다.

비록 술에 취해 자고 있었지만 적의 내습을 보고하지 않았을 리는 없는 일. 야율초는 내부의 반란이라고 결론을 내리려 했다.

그때 야율초는 근위병의 등에 박혀 있는 화살대를 보았다.

"응?"

깃대 날개만 겨우 보일 정도로 깊숙이 박혀 있는 화살. 야율초가 근위병을 뒤집자 가슴 앞으로 빠끔히 머리를 내밀고 있는 화살촉이 보였다. 그렇다면 화살은 길어야 한 자 정도. 수많은 전장을 경험했던 야율초는 이런 종류의 화살을 본 적이 있었다.

"고려전······!"

야율초는 다시 머리 속이 복잡해졌다. 고려전은 말 그대로 고려에서 사용한다는 화살이다. 고려를 함락시키고 군사 기밀로 보호하고 있었던 고려전의 제조 방법과 쏘는 방법을 빼앗았으나 다루기가 어렵고 숙달 기간이 오래 걸려 몽고군에서는 채택하지 않은 병기였다.

만 리도 더 떨어진 고려에서만 사용하는 고려전이 이곳 대안성의 근위병 등에 꽂혀 있는 것이다.

'반란이 아니다. 내습이야! 고려 놈들이 미쳤구나!'

그러나 일개 병사들은 야율초가 알아낸 범위까지 생각이 미칠 수는 없었다. 그들이 본 것은 그저 바람이 찢어지는 소리와 함께 동료가 쓰러지는 장면이 전부였던 것이다.

최소한의 초병을 제외하고는 모두들 깊은 잠에 빠져 있었을 삼경이 넘은 시각. 아무런 경호성 없이 갑자기 불길이 치솟고 전우들이 죽어 자빠지고 있으니 병사들은 완전히 혼란에 빠지고 말았다.

"이, 이봐! 크억!"

"뭐야! 도대체 누가 우릴 죽이고 있는 거야!"

상잔이다. 병사들은 서로를 죽이고 있었다. 곁에 있는 동료가 전우인지 적인지 판단하지 못하고 서로를 찔러 죽이고 있었다.

"멈추어라! 적은 외부에 있다! 전우에게 등을 맡기고 원형진을 형성하라! 방패수는 화살을 막아라! 아무도, 절대로 움직여서는 안 되니라!"

과연 만인대장의 풍모. 야율초의 판단은 침착하고 빨랐다.

야율초가 상급 지휘관을 찾아 정비를 지시하고 상급 지휘관이 병사들을 지휘하자 상잔은 금세 멈춰졌다.

원형진(圓形陣)을 형성하고 한 발자국도 움직이지 않는 병사들. 지금부터 움직이는 물체는 모두 적이 되는 것이었다.

그때였다.

두두두두두!

원형진을 이루고 있는 병사의 머리 위로 날아오르는 거대한 괴물.

푸아악!

네 발 달린 검은 괴물이 착지도 하기 전에 세 명의 병사가 가슴과 머리가 갈라지며 나뒹굴었다. 그리고 그것은 시작에 불과할 뿐이었다. 은빛 광채가 번뜩일 때마다 쓰러지는 것은 몽고군뿐이었다.

같은 일이 동시다발적으로 일어나고 있었다. 말발굽 소리가 들려오는가 싶더니 사방에서 솟아오르는 검은색 괴물들은 원형진의 한가운데로 뛰어들어 몽고 병사들을 도륙하는 것이었다.

야율초는 분기에 눈이 벌겋게 달아올랐다.

"어느 놈이 감히!"

그 순간 야율초는 뒤통수에서 서늘한 한기가 느껴졌다. 그것이 그저 차가운 기운 자체가 아닌 예기를 풍기는 살기라는 느낌도 곧바로 찾아왔고, 그것을 피하는 방법은 오직 바닥을 뒹구는 길뿐이라는 것을 알았다.

야율초가 몸을 누이자마자 머리끝에서 한줄기 경풍이 스쳐 갔다. 자신은 몽고인이 아니었지만 몽고의 관습대로 가운데 머리를 몽땅 밀어 버리지 않았다면, 아마도 머리 한 움큼 정도는 잘려 나갔을 정도로 간발의 차이였다.

꼴사납게 바닥을 뒹굴던 야율초는 양장을 지면에 뿌리며 용수철처럼 튀어 올랐다. 군대 밥 많이 먹었다고 만인대장을 단 것이 아니다. 야율초는 강호무림에는 발가락 하나 들여놓은 적 없지만 어디에다 내놔도 절정고수 대접을 받을 정도의 일신무공을 지니고 있었던 것이다.

다시 한 번을 튕겨 몸을 뺀 후에서야 야율초는 등 뒤에서 암습을 날려온 흉수를 볼 수 있었다.

표면이 거친 흑색 전갑은 주위를 밝히고 있는 옅은 달빛과 곳곳에서 치솟고 있는 화염의 빛을 흡수해 버리고 있었다. 역시나 검은 투구와 얼굴을 온전히 가린 귀신 탈.

귀면 탈이 얼굴을 온전히 가렸으니 표정을 볼 수는 없었지만, 자신의 일검을 피해낸 야율초가 의외라는 기색이 역력했다.

푸르륵!

이제 보니 거대한 괴물이라고 믿었던 것은 기마였다. 체구가 몽고마의 두 배는 됨 직하고 힘도 좋아 보이기는 하지만, 기마에 마저 투구를 씌우고 마갑(馬甲)으로 온통 둘러쳐 놓다니……

야율초는 비릿하게 웃었다.

원제국이 서남의 호라즈무와 서하를 비롯해 북방의 노서아(露西亞)까지 무릎 꿇리고 얻은 이 방대한 영토를 지배하게 된 원동력이 무엇이던가?

바로 몽고기병이다. 기병의 생명은 다름 아닌 기동력. 저렇듯 마갑을 덕지덕지 붙여놓으면 기마를 보호할 수 있을지는 모르겠지만 가장 큰 장점인 기동력을 상실하게 되는 것이다.

"원형진을 풀고 요구창병은 말을 놀려라! 놈들의 동작은 둔하다! 궁전수(弓箭手)들은 방전하여 기병을 떨어뜨려라!"

야율초는 수하들을 믿었다. 비록 절반 이상이 신병으로 채워졌지만 남은 절반은 그와 함께 전장을 떠돌았던 백전의 용사들이었다.

과연 야율초의 명령이 채 끝나기 전에 화살이 진영을 어지럽게 날아다니고 있었다.

이제는 적장으로 판단되는 눈앞의 적만 상대하면 되는 일이었다.

야율초는 자신감을 얻고는 발치에 떨어져 있는 창을 발등으로 차올려 잡아 흑갑기병에게 겨누었다.

"대원제국의 천군에 대항하는 자여! 참으로 어리석은 그대들은 누구인가!?"

묵묵부답. 대신 흑갑기병은 천천히 기마에서 내렸다. 야율초의 미소는 한층 짙어졌다.

기병이 스스로 기마에서 내리는 경우는 두 가지뿐이다.

항복한다는 의사 표시이거나 전투에 승리하고 개선했을 때. 물론 놈은 두 경우 모두 아니다. 등 뒤의 급습을 가볍게 피해낸 자신을 보며 호승심이라도 생긴 것이리라.

놈은 강하지만 전투는 모른다.

'후후… 그 결정이 네놈의 최대 실수이자 마지막 실수가 될 것이다.'

"차앗!"

몸을 뽑아내며 동시에 벼락같이 창을 뻗어내는 야율초.

한줄기 백선이 번뜩이는가 싶더니 어느새 백선은 흑갑기병의 목에 이르러 있었다. 일섬일첨(一閃一尖)의 일초. 눈 한 번 깜빡일 시간에 일어난 일이었고, 내일 해가 서쪽에서 뜬다 해도 창날이 목을 관통하고 나가는 것을 막을 수는 없을 정도의 쾌공이었다.

'걸렸어!'

그러나 야율초의 미소는 떠오르기도 전에 사라져 버렸다.

창이 막혔다. 육중한 철문을 찌른 것처럼 흑갑기병이 기괴한 술수를 부려 창을 흘려냈다거나 손으로 막았다면… 그래도 야율초는 기급을 했을 것이나 지금의 상황은 더욱 좋지 않은 것이었다.

흑갑기병이 한 일은 몸을 약간 비틀어 목 대신 흉갑(胸甲)으로 창을 받아낸 것뿐이었다. 반탄력이 느껴졌거나 창이 들러붙는 일은 생기지 않았으므로 외가기공도 아니다.

순수하게 흉갑 자체의 억지력으로 일초를 받아낸 것이었다.

진신진력을 다했다고 볼 수는 없지만 회심의 한 수였다. 그러므로 흑갑이 제아무리 철제라 해도 당연히 뚫려야 하는 일이었다.

'이럴 수가… 설마 백련정강이라도 된단 말인가?'

말이 안 된다. 전갑은 말 그대로 전신에 착용하는 갑옷이다. 어차피 전갑을 기동성을 요하는 기병이 입고 있다는 것도 말이 안 되긴 하지만 입었다 해도 최대한 가벼워야 하기 때문에 보통은 가죽 갑옷을 입는다.

이런 맥락에서 본다면, 백련정강으로 갑옷을 만들어 입은 녀석은 제정신이 아닐 것이다. 그 놀라운 강성만큼이나 같은 부피의 철보다 세 배는 무거운 백련정강이란 말이다.

우연이다. 참으로 우연히도 중요 요혈을 보호하고 있는 손바닥만한 백련정강을 찌른 게다.

다시 야율초의 창이 어지럽게 흔들거리며 쏘아져 나갔다.

티디디디팅!

한 음으로 길게 이어지는 맑은 쇳소리. 실제로는 엄청난 쾌공을 실은 야율초의 창이 흑갑기병의 전신을 난타하는 소리였다.

야율초의 얼굴이 잿빛으로 흐려졌다.

우연이 아니다. 가슴과 대퇴부, 팔, 심지어 투구마저… 어디를 찔러도 뚫리지 않는다. 흑갑기병은 최소한의 동작으로 몸을 비틀어 갑주와 갑주가 연결된 틈새를 비집고 오는 창을 막아내고 있었다. 따라서 흑갑기병의 무위도 우연이 아닌 것이었다.

그러나 흑갑기병은 반격하지 않았다. 철갑을 두른 괴물처럼 야율초의 맹공에 조금씩, 그러나 체계적으로 물러서고 있을 뿐이었다. 이 역시 결코 흔하게 볼 수 없는 고수의 보법이었다.

저런 무공을 지녔으면서 왜 반격하지 않는가?

비로소 뭔가를 깨닫는 야율초.

'시험하고 있다. 갑주의 성능을 시험하고 있는 것이야.'

야율초는 분노했다. 대원제국의 만인대장이다. 네놈들의 빌어먹을 갑주의 성능이나 시험해 주려고 이 자리까지 올라온 것이 아니란 말이다!

"으아악!"

한 호흡에 뽑아낸 일갈. 전신공력을 이끌어낸 야율초는 반경 오 장 내를 그의 창이 만들어낸 그물로 가두어 버렸다.

이번만큼은 여유를 부릴 수가 없었는지 움찔하며 허리춤의 칼을 뽑아 드는 흑갑기병.

챙!

그 결과는 놀라웠고 허무했다.

단 일 초였다. 흑갑기병이 발검과 동시에 허공에 가득했던 창의 그물이 말끔히 거두어져 버렸고, 깨끗하게 잘려 나간 창끝은 허공에 빙글빙글 돌더니 땅에 박혀 버렸다.

야율초는 한동안 멍하게 서 있을 수밖에 없었다.

"대관절… 당신들은 누구요……?"

느릿하게 칼을 다시 집어넣는 흑갑기병.

"편할 대로 생각하여라."

비로소 들려온 흑갑기병의 음성. 야율초의 예상과는 달리 유창한 한어였으며, 또한 전장에서의 흥분이 느껴지지 않은 낮고 차분한 목소리였다.

흑갑기병의 나직한 음성을 들은 야율초는 오한이 파고드는 것을 느껴야 했다.

살육과 파괴가 난무하는 전장. 전우들이 쓰러지고 적이 피가 솟구치는 난장판에서 이 정도의 차가운 냉정을 유지하는 것은 백전의 장수인 야율초도 경험치 못한 일이었다.

이자들은… 전장의 살인귀들이다.

야율초는 혼이 빠져나간 듯 주위를 천천히 둘러보았다. 군영의 소란은 잠잠해져 있었다. 전투는 야율초와 흑갑기병이 다투고 있는 그 짧은 시간에 완전히 정리되어 있었다.

자신의 창이 뚫지 못한 전갑이었다. 화살은 흠집조차 내지 못했을 것이다. 예상대로 곳곳에 널브러진 시신들은 모조리 몽고 병사의 복색이었다.

"사, 살려주… 크억!"

모골이 송연할 지경인 외마디 비명이 조용한 군영을 갈랐다. 비명이 들린 방향을 향해 버럭 고개를 돌아보았던 야율초의 두 눈이 찢어질 듯 커졌다.

흑갑기병들이 천천히 돌아다니며 기다란 기창으로 확인 사살을 하고 있는 광경. 몇몇의 흑갑기병들이 숨이 채 끊어지지 않은 병사 세 명을 꼬치 꿰어 들어올리며 통쾌하게 웃어젖히는 장면. 몸에 불이 붙어 나뒹구는 병사를 발로 툭툭 쳐 굴리면서 역시나 웃고 있는 흑갑기병.

이건 전투가 아니다. 일방적인 살육에 지나지 않는다.

전장에서 뼈대가 굵은 야율초였지만 끔찍한 도살의 장면들을 차마 볼 수가 없어 눈을 질끈 감아버렸다.

"충! 상장군을 뵈옵니다."

"이자인가?"

"그러하옵니다."

야율초는 맥이 풀려 버렸다. 나름대로 일신에 지닌 무공에 자신이 있었다. 크고 작은 수많은 전투를 치러오면서 병법에 대한 이해도 여느 장수 못지않다고 생각했다. 아니, 대원제국에 자신만한 장수는 없을 것이라 자부했고 이런 한직에 자신을 썩히고 있는 군문이 원망스럽기 짝이 없었다.

그랬건만…….

이것만은 일신의 능력으로 도저히 어쩔 수가 없다는 처절한 절망을 안겨준 녀석이… 적장이 아니었던 것이다.

차츰 다가오는 굉장한 기파.

'그래, 이 정도라면 저런 자라도 일개 병사로 만족해야 하겠구나.'

야율초는 천천히 눈을 떴다.

역시나 마갑으로 둘러싸인 거대한 기마 위에 오른 자. 여느 흑갑기병들과 다른 점이 있다면, 그의 귀면갑은 핏빛 선명한 붉은색을 바탕으로 하얀 십자 문양이 그려져 있다는 것뿐이었다.

붉은 귀면갑의 장수, 이덕패가 물었다.

"야율초, 맞나?"

감히 눈도 마주할 엄두가 나지 않는다. 눈을 뜬 순간부터 시작된 떨림은 멈추어지지가 않았다. 빌어먹을…….

야율초는 입술을 질끈 깨물고 두 다리에 힘을 주었다. 그것으로도 이미 걷잡을 수 없는 떨림은 가시지 않았으나 적어도 기어들어 가기만 하던 목소리는 새어 나왔다.

"그, 그렇소."

한참 동안 물끄러미 야율초를 내려다보던 이덕패.

"꽤나 인상적인 지휘였다."

"……?"

"그래서 묻는 것인데… 너는 몽고의 개로 남겠는가, 위대한 성제국의 일원이 되겠는가?"

성제국? 다녀보지 않은 전쟁터가 없었던 야율초로서도 맹세코 처음 들어본 나라였다. 하나 어디에 붙어 있는 나라인가가 무엇이 중요하던가? 목숨은 결코 두 개가 아니며, 적장은 살 수 있는 기회를 주고 있는 것이었다.

야율초가 마음을 정하고 막 대답을 하려는 순간,

"고민하지 마라. 괜히 한번 물어본 거다."

"……!"

주위에서 키득거리는 웃음소리가 들려왔다. 농락이다. 적장이라도 장수에 대한 예우는 해주는 법이거늘 이자들은 대체…….

이덕패가 고삐를 당겨 말을 돌리자 흑갑기병 한 명이 다가섰다. 처음 다투었던 자, 편가이였다. 편가이의 귀면갑 밑으로 슬그머니 비틀린 미소가 걸렸다.

"즐거운 실험이었어."

"이런 개자……!"

욕지거리를 마저 내뱉기도 전에 야율초는 온통 허옇게 번지는 빛을 보았다. 빛이 사라지자 흑갑기병의 손에 들린 환도의 궤적이 눈에 들어왔고, 이상하게도 도는 시작되는 지점이 아니라 끝나는 지점에서 멈춰져 있었다.

목 부위에서 바늘로 찌르는 듯한 통증이 시작된 것은 그러고도 한참이나 지난 후였다.

야율초는 느닷없이 쏟아지기 시작하는 수마를 이겨낼 수가 없었다.

*　　　　*　　　　*

"크아악!"

진은 한참이나 허공에 떠오르더니 이내 땅바닥에 내동댕이쳐져 우악스럽게 나동그라졌다.

"쿨럭!"

각혈이 덩어리째 벌컥거리며 쏟아져 내렸다. 몸은 이미 만신창이. 억센 무엇인가에 잡아 뜯긴 것마냥 너덜너덜해진 왼쪽 팔을 움켜잡고 진은 다시 비실비실 일어섰다.

그러나 무섭게 치켜뜬 두 눈만은 아직 기세가 죽지 않았다.

"빌어먹을… 고양이 새끼……."

"크르륵……."

진의 팔을 한 수 만에 잡아 뜯어버린 괴물.

엄밀히 말하자면, 흔히들 '야옹이'로 대변되는 고양이의 새끼는 아니었다. 고양이보다는 호랑이에 가까웠으며, 또한 호랑이가 네 발 짐승임을 감안한다면 직립보행을 하는 사람에 더욱 가까운 모습이었다. 그러니까 늑대와 사람을 적당히 버무려 놓은 늑대인간처럼 '절대 악'은 '호랑이 인간'의 형상을 하고 있었던 것이다.

그리고 그런 '절대 악'의 모습은 진에게 의외였다. 절대 악. 벌써 이름부터가 무시무시하지 않은가 말이다. 그런데 날카로운 발톱… 아니, 손톱을 휘둘러 순식간에 불구로 만들어 버린 녀석이 왠지 낯설지가 않다. 그리고 어째서 저런 괴물이 낯설지 않은가 하는 점을 깨닫는 데에는 많은 시간이 필요치 않았다.

괴물은 자신의 모습이었던 것이다. 정확히는 중원에 오면서부터 임대해서 쓰고 있던 수칸의 모습이었다. 물론 열 살 남짓한 소년의 체구인 현재 모습과는 차이가 있지만… 키를 구 척까지 키우고 근육을 이백 근 정도 붙여야 할 것이며 긴 손톱과 발톱, 그리고 날카로운 송곳니를 달아야 하겠지만, 자녹의 광선을 머금은 귀안과 얼굴의 형태는 틀림없는 수칸의 모습이라 할 수 있는 것이었다.

"아저씨!"

수칸 역시 온전치 않았다. 진처럼 신체 한 부위가 뜯겨져 나가지는 않았지만 본래 입고 있었던 백의(白衣)는 어디에선가 흘러내린 피로 온통 적의(赤衣)가 되어 있었다.

절대 악은 짐승처럼 거친 숨소리를 내뱉으며 진과 수칸을 향해 느릿하면서도 당당한 걸음으로 다가오고 있었다.

"이얏!"

수칸이 어디서 주웠는지 짤따란 막대기로 절대 악을 후려쳐 나갔다. 당연히 어림도 없는 공격이다. 그러나 절대 악은 그마저도 그냥 맞아 줄 수 없다 생각한 모양이었다.

스스슥!

좌우로 찢기며 몇 개의 환영을 그려내는가 싶더니 사라져 버린 절대악. 무공이라기보다 마술 같은 신묘한 움직임이었다.

"아악!"

다음 장면은 마치 조(爪)처럼 한 자나 뻗어 나온 손톱에 가슴을 꿰뚫린 수칸의 모습이었다.

"안 돼!"

진이 몸을 날렸다. 그러나 본래의 몸으로 돌아가 버린 몸에는 진기라는 것이 한 줌도 없었으므로 머리로만 기억되어 있는, 흉내에 불과한 몸짓은 절대 악이 휘두르는 발길질에 단박에 나가떨어져 버렸다.

진은 다시 한 번 형편없는 모양새로 패대기쳐졌다.

아마도 갈비뼈 몇 대가 으스러진 모양이었다. 남은 한 팔로 몸을 일으켜 보려 했지만 몸은 도무지 말을 듣지 않는다. 몇 번을 더 꿈틀거리다 끝내 풀썩 누워버리는 진이었다.

그리고 도무지 이해가 안 가는 어설픈 기합성은 그때 들려왔다.

"이얏! 이얏!"

꼬치처럼 꿰어 허공에서 버둥거리면서도 수칸은 손에 쥔 막대기로 절대 악을 연신 두드리고 있었던 것이다.

그렇다. 수칸은 죽지 않았다. 죽지 않았을 뿐 아니라 마치 고통을 전혀 느끼지 못하기라도 하는 듯 전력을 다해 절대 악을 공격하고 있었다. 비록 모기가 공룡을 때려눕혀 보겠다고 달려드는 것처럼 아무런 의미가 없을 터이지만······.

그러고 보니······

'저 녀석··· 다리를 잃지 않았던가······?'

분명하다. 진이 날카로운 손톱에 팔이 뜯겨져 나갔을 때 수칸은 절대 악에게 밟혀 두 다리가 뭉개졌다. 분명히 그랬는데··· 괜찮다. 괜찮은 정도가 아니라 아주 멀쩡하다. 수칸의 두 다리는 도마뱀의 꼬리처럼 완벽하게 재생되어 있었다.

"악! 이얏!"

절대 악은 다른 손의 손톱으로 수칸을 난자했다.

날카로운 손톱이 지나갈 때마다 분명히 수칸의 얼굴의 피부가 벌어지며 피가 튀어올랐고 수칸은 비명을 질러댔지만, 어느 순간 벌어진 상처는 살이 차 오르고 제 모습을 찾는 것이었다.

'이놈이나 저놈이나… 몽땅 괴물이군.'

진은 둘의 말도 안 되는 싸움을 보며 정신을 놓아버렸다.

다시 눈을 떴을 때엔 주위가 어두워져 있었다.

밤이 된 것인가? 이제는 여기가 확실히 극락정토가 아니라는 것쯤은 알겠다. 그러나 해가 떠오르고 짐에 따라 주야가 존재할 만큼 현실적인 곳도 아니었다. 그래서 주위의 어둠은 확실히 어색한 부분이 있었다.

그러다 이 비현실적인 곳에 주야가 있다는 사실보다 괴물이 보이지 않는다는 점이 더욱 이상하게 생각되었고, 자신이 아직까지 살아 있다는 것도 이해가 되질 않았다.

"크으윽……."

절로 새어 나오는 신음. 몸을 일으키려 하자 극통이 전신을 두드렸다.

"당신은 왜 스스로 고통을 만들죠?"

수칸이다. 녀석은 역시나 멀쩡하다. 피에 절어 적의가 되었던 옷도 다시 하얗다.

"이건 무슨 귀신 놀음도 아니고……."

수칸은 분명히 괴물의 손톱에 난자당했다. 목숨이 백 개라 해도 부족할 만큼 처참하게 당했다. 그럼에도 수칸은 갓 목욕을 하고 나온 마냥 뽀송뽀송하기까지 했다. 어이가 없을 수밖에 없는 노릇이었다.

그러나 되레 수칸이 고개를 갸웃거렸다.

"여기는 내가 만들어낸 의식 세계예요."

대충 짐작은 했다. 그래서 뭐?

"그런데 왜 스스로에게 제약을 두나요?"

또 시작한다. 저 녀석이 말주변이 없는 건지, 내 머리가 나빠진 건지……

진은 한숨을 포옥 내쉬었지만 수칸은 개의치 않았다.

"당신의 육신은 없어요. 따라서 잘려 나갈 팔도, 고통받을 육신도 존재하지 않죠. 그것들은 모두 당신의 상상일 뿐이에요."

뭔가 번쩍 하는 것이 뇌리를 스치고 갔다. 진은 벌떡 일어났다.

"뭐?"

"제가 아주 아팠을 때가 있었는데, 아버지도 사냥에 가고 집엔 아무도 없었죠. 도저히 일어설 수가 없는 데다 목도 마른데 물 잔은 저 멀리 있어서 결국 마시지 못했죠. 너무 속상했어요."

잘 나가다가 또 흰소리다. 분명히 뭔가 감을 잡긴 했는데…

씽긋 웃는 수칸.

"그런데 여기서는 일어나지 않고도 물 잔을 잡을 수가 있어요. 이렇게요."

그 순간 믿을 수 없는 일이 일어났다. 수칸의 손이 쭉 늘어나는가 싶더니 십 장이나 뻗어나가 돌멩이를 하나 집고서는 다시 줄어드는 것이 아닌가? 더욱 놀라운 사실은 수칸의 손에 쥐어진 돌멩이가 고무처럼 흐물거리더니 수칸의 팔이 제자리를 찾았을 때엔 완벽한 물 잔이 되어 있는 것이었다.

어안이 벙벙해 있는 진을 두고 수칸이 말을 이었다.

"이곳은 제가 창조한 세계. 제가 원하는 일은 다 할 수 있죠. 그건 당신도 마찬가지예요."

이제야 확실히 감이 잡혔다. 이곳은 의식의 속이다. 이를테면 상상의 공간이라는 것이다. 저기 저 나무도, 잿빛 하늘도, 흐르는 개울도 모두 의식이 만들어낸 허상일 뿐인 것이다.

진은 자신의 팔을 내려다봤다. 너덜너덜 찢어놓은 걸레 같다. 확실히 현실의 세계였다면 목숨을 보존하지 못할 정도의 중상이었다. 그러나 팔이 뜯겨져 나간 이후로 특별한 통증이 느껴지지 않았다.

그럴 만한 겨를이 없었다. 절대 악인가 하는 녀석에게 정신없이 두들겨 맞았으니까. 하나 통증이 의식하지 못한다고 느껴지지 않은 것인가?

이제야 이해가 된다. 녀석의 날카로운 손톱과 완강한 힘에 잡아 뜯겼으니 당연히 팔이 잘려 나갈 것이라 생각했고, 팔이 잘렸으니 당연히 아프다고 생각했다.

이것들도 단지 상상에 지나지 않은 것이다.

'팔은 잘리지 않았다. 내 팔은 멀쩡해.'

잘린 팔의 끝이 꿈틀거린다. 꿈틀거리는가 싶더니 차츰 길어져 나오고 종국에는 멀쩡한 팔 하나가 자라나 있었다.

그렇다. 수칸이 절대 악의 손톱에 꼬치가 꿰어서도 멀쩡했던 이유는 그 모든 것이 상상에 지나지 않음을 미리 알고 있었기 때문이다.

이런 것이라면 진즉에 좀 가르쳐 줄 것이지.

그때다.

쿵! 쿵!

어디서 울린 것이지도 모를, 아니, 천지가 뒤집어질 듯한 진동이 울려 퍼지기 시작했다.

"뭐, 뭐지?"

먼 하늘을 바라보던 수칸의 얼굴이 빠르게 굳어졌다. 음울한 잿빛 하늘이 멀리서부터 붉게 물들어가고 있었다.

"놈은 점점 강해지고 있어요. 곧 이 영역도 잠식할 겁니다."

진이 새로 생긴(?) 팔을 붕붕 돌리며 자신감 넘치는 어조로 말했다.

"우리의 의식이라며. 그러면 놈도 우리의 상상에 불과할 것 아냐. 놈을 야옹이로 만들어놓고 실컷 가지고 놀자. 어때?"

물끄러미 진을 바라보는 수칸. 한심하다는 표정도 함께였다.

"아니군, 놈은 우리가 만든 상상의 산물이……."

"당연하죠. 말했잖아요. 절대 악은 우리처럼 허상이 아니에요."

"그렇다면 이 영역이라는 것이……."

"저의 마지막 남은 의식의 영역이에요. 이곳을 절대 악에게 빼앗기면 저는 완전히 소멸됩니다."

"싸워서 이길 가능성은?"

"없어요."

수칸의 음성은 확정적이고 단호했다, 마치 다른 사람의 이야기를 하는 것처럼. 이내 침울해지는 수칸.

"아이들의 증오가 느껴져요. 정말… 나쁜 사람들이에요. 아이들의 증오와 피로 절대 악의 힘을 키워주고 있어요. 아주 나쁜 사람들이에요. 하지만 저에겐 힘이 없군요. 우리는 소멸하고 말 겁니다."

그때 수칸의 어깨에 투박한 손이 올라왔다.

"죽더라도 최소한 한 놈은 같이 간다."

진을 올려다본 수칸의 눈이 뎅그렇다.

"이것이 내 신조다. 지금의 경우엔 그 고양이 새끼를 말하는 것이지."

수칸은 구릿빛 피부에 걸린 환한 웃음이 어색하기 짝이 없다고 생각했다. 아니, 무섭다. 그래서 수칸도 어색하게 따라 웃었다.

은은한 쪽빛 안개를 헤치고 멀리서 천천히 걸어 나오는 그림자. 비틀비틀 어깨를 축 늘어뜨리며 다리를 질질 끌고 오는 모양새가 흡사 좀비나 강시 같다.

진은 진기를 끌어올렸다.

진기, 본래의 몸에는 한 줌도 없었던 기운이다. 그러나 있다고 생각하자 그동안 침식을 거르고 숱한 싸움을 거쳐 착실히 쌓아온 진기가 몸속에 휘몰아쳤다.

역시 있다고 생각하자 세영검이 손에서 불쑥 솟아오른다. 지금의 품에는 맞지 않았지만 오랫동안 지녀온 검이니 한결 자신감이 차 올랐다.

"응?"

마침내 안개를 벗어나 확연히 모습을 드러내는 절대 악.

절대 악의 모습은 변해 있었다. 족히 십 척은 되어 보이던 거대한 몸집은 더할 나위 없이 초라해졌고 긴 손톱과 송곳니도 보이지 않았다. 변하지 않은 것은 형형한 빛을 발하는 귀안뿐이었다.

오히려 그 점이 진에게는 당황스러웠다.

"니기미……."

저건… 진이었다.

여전히 헷갈리는 부분이지만 정확히 표현하자면 성장한 수칸의 모습이었으며, 진이 단련시켜 온 자신의 몸이기도 했던 것이다.

"크르륵… 죽인다……."

탁하게 갈라져 나온 음성.

"어라? 이제 말도 하네?"

"자아를 갖기 시작했어요. 우리가 완전히 소멸되면 놈은 완전한 자아를 가지고 성체(成體)로 태어나게 됩니다."

수칸의 말이 끝나기도 전,

스스슥!

절대 악이 안개처럼 꺼졌다.

'어디?'

확실히 작동되는 음양진기가 경호성을 발했다.

위다.

촤아악!

공기를 가르는 솟성과 함께 분천십이단검이 하늘로 솟아올랐다.

피슉!

'걸렸어!'

재차 쏟아내는 사류검과 파산파벽의 연환세가 가공할 경기를 머금고 쏘아졌다.

칼끝에 전해져 오는 짜릿한 전율.

놈은 하나도 피하지 못했다.

진이 검을 거두고 지면에 가볍게 착지하자 수칸이 놀란 눈을 뎅그렇게 뜨고 쳐다보고 있었다.

"절대 악은 무슨. 별것도 아니구먼."

으쓱해진 진이 흰소리를 뱉어놓는다. 그러나 여전히 수칸은 놀랍다는 표정이었다.

"놀라기는, 이 정도는 아무것도……."

"그, 그게 아니라… 저기……."

수칸이 손가락을 들어 가리키는 곳.

갈기갈기 찢겨진 절대 악은 순식간에 제 모습을 찾아가고 있었다.

"크르륵… 죽인다……."

"환장… 하겠네."

진의 신형이 다시금 무서운 속도로 쏘아져 나갔다.

*   *   *

"술 더 가져와!"

벌써 다섯 호리병이나 먹어치운 묵진민은 몸을 가누지 못할 정도로 취해 있었지만 아직 부족한 모양이었다.

"많이 취하셨습니다. 오늘은 이만 하심이……."

빡! 우당탕탕!

묵진민의 주먹에 안면을 강타당한 사내는 탁자를 부수며 나뒹굴었다.

사내로 말하자면 묵진민이 낙하산 인사로 꿰어찬 음양대의 전 대주인 노백이란 자로, 일신무공만 두고 보자면 묵진민은 그의 한살검(寒殺劍)에 백여 초를 감당하지 못할 실력의 소유자였다. 그러므로 노백이 묵진민의 휘청거리는 주먹에 안면을 허용한 것은 순전히 지엄한 서열의 내규에 복종하는 한 방법이었을 뿐이다.

묵진민이 이를 모를 수가 없었다. 그리고 바로 이 점이 묵진민을 더욱 초라하게 만들었으며, 또한 분노케 만들었다.

급기야 아무렇게나 던져 놓은 장검을 뽑아 들고 겨우 몸을 가누며 일어서고 있는 노백의 목을 겨누는 묵진민이다.

"네놈도 내가 우습게 보이더냐?!"

"속하 추호도 그런 생각을 한 적이 없습니다."

노백은 슬쩍만 밀어 넣으면 목에 입이 하나 더 생기는 위급한 순간에서도 흔들림이 없었다.

"거짓말! 본좌는 네놈들이 뒤에서 수군거리는 것을 모두 알고 있다. 십수 년 동안 생사고락을 같이한 동료를 단칼에 배신한 야비한 놈이라고… 구명지은을 원수로 갚고… 정인을 겁간하고 죽이려 한 파렴치한이라고… 크으윽……."

"……."

묵진민은 힘없이 장검을 떨어뜨리더니 흐느끼기 시작했다. 몸은 휘청거렸으나 그의 눈빛에서는 취기 대신 깊은 후회만이 가득했다. 취하지 않는 것을… 아무리 마셔대도 취해지지가 않았던 것이다.

노백은 건조한 눈으로 그 모습을 그저 바라보더니 밖에다 대고 외쳤다.

"여기 술상 새로 봐오너라!"

금세 술상이 새로 차려지고 묵진민과 노백이 마주 앉았다.

"한 잔 받으시겠습니까?"

노백이 술병을 내밀었음에도 묵진민은 한동안 노백을 쳐다보기만 할 따름.

묵진민이 음양대주를 꿰차면서 누구보다 불만스러운 이는 노백이었을 것이다. 노백은 십여 년 전에도 묵진민보다 서열이 높은 자였다. 함철원과 묵진민 등이 교를 이탈하면서 음양대 전체가 고초를 당해야 했고, 그 와중에도 순전히 본인의 힘과 노력으로 음양대주의 자리에 오르기까지 했다. 노백으로서는 그야말로 한순간에 자신이 이룩한 모든 것을 묵진민에게 빼앗긴 것이었다.

그러나 노백은 불편한 기색 없이 순순히 자리를 양보했다. 말하지 않아도 진심은 느껴지는 법. 노백은 묵진민이 되도록 빨리 음양대를 접수할 수 있도록 물심양면으로 도와주려고까지 했다.

볼수록 자신을 초라하게 만드는 자다. 묵진민은 술맛이 떨어져 버렸다.

"나는 되었네."

"저는 한잔해야겠습니다."

노백은 자신의 잔에 술이 가득 넘치게 한 잔을 따르고는 단박에 들이켰다. 잔을 내려놓기가 무섭게 다시 술잔을 채우고 두 잔, 석 잔, 넉 잔마저 아무 말도 없이 들이키는 노백이었다.

마침내 다섯 잔마저 비운 노백. 독한 화주를 연거푸 들이켰음에 취할 만도 하건만 노백은 아무 일도 없었다는 마냥 흔들림이 없다.

묵진민은 노백이 드디어 속내를 드러내는 것이 아닌가 하여 내심 긴장하지 않을 수 없었다.

그가 다시 입을 뗀 것은 다시 다섯 잔을 비우고 나서였다.

"저에겐 여섯 살 난 딸아이가 하나 있습니다."

난데없이 가족 사항을 언급한다. 그러나 평소 건조하고 무심한 노백의 눈이 젖어드는 것을 보고 뭔가 심상치 않음을 짐작한 묵진민은 묵묵히 듣기로 했다.

"아시겠지만 이 직업은 가장의 역할에 충실하기가 어렵지요. 마누라가 아기를 낳다가 죽은 지 엿새가 지나서야 빈소를 찾을 수 있을 만큼… 그런데도 제 딸아이는 건강하게 자라주었습니다."

놀라운 일이다. 그럼마냥 언제 봐도 똑같은 무표정으로 일관했던 노백의 얼굴에 따뜻한 미소가 걸려 있었다.

"딸아이가 처음 입을 요렇게 오므리면서 '아뿌아' 할 적에는… 저는 평생 그날의 감동을 잊지 못할 겁니다."

이 자식이 지금 염장을 지르나?

묵진민은 가뜩이나 심란한 판국에 생긴 것과는 달리 팔불출인 노백의 말을 계속 듣고 있어야 할지를 고민했다. 그러나 고민은 잠시, 노백에게서 슬프고도 암울한 기운이 감싸 도는 것을 느끼고 묵진민은 노백의 딸에게 문제가 생겼음을 직감했다.

"딸아이는 어젯밤 태양신의 품에 안겼습니다. 제가 잠시 자리를 비운 사이 가려승들이 데려가 한창 진행 중인 제사에 봉했다고 하더군요. 저에게는 한마디 상의도 없었고, 딸아이는 울며불며 저를 찾았다고 하더군요."

"……!"

"제가 쫓아갔을 때엔 이미 늦었습니다. 시신조차 내주질 않더군요. 어쩌면 그 짧은 생이 그 아이의 운명이었을지도…… 비록… 제 어미의 품도 느껴보지 못하고 무능한 아비의 보호도 받지 못했지만…… 저는 제 딸아이가… 위대한 태양신의 영도를 받아 아후라 마즈다님의 품에 안겼을 것이라 믿어 의심치 않습니다. 만일 그렇지 못했다면……."

슬프게 가라앉아 있던 노백의 눈빛이 변했다. 극한의 분노가 묵진민에게도 전해졌다.

"저는… 죽일 겁니다. 그것이 설사 신(神)이라고 해도……."

"노백!"

빠지직!

손에 쥔 술잔이 박살났다. 파르르 떨리고 있는 주먹의 틈새에서 흐르는 붉은 선혈이 탁자 위로 줄기차게 흘러내렸다. 그럼에도 노백의 음성은 어느새 진정되어 있었다.

"저는 술이 약합니다. 그래서 동료들도 저에게 술을 억지로 먹이지 않습니다."

"……?"

"그런 놈이 연거푸 다섯 잔이나 마셨으니 저는 곧 취기를 이기지 못하고 곯아떨어질 것입니다. 그래서 대전당 십삼문 뇌옥으로 들어가 과거 교를 배신한 죄인의 문초도 하지 못할 것이며, 미리봉에서 북쪽 소로를 타고 빠른 걸음으로 천사백 보를 가면 보이는 만장폭포에도 가보지 못할 것이며, 그 주위로 오첨진(五尖陣)의 진형을 구성하고 매복해 있는 동료들과의 교대도 하지 못할 것입니다."

"……!"

노백은 그의 말과는 달리 앞으로 화주 열 동이를 더 마신다고 해도 전혀 취하지 않을 사람이었다. 묵진민이 아무리 멍청한들 그가 한 말의 진의를 모르지 않을 수 없었다.

"노백… 그렇게 되면 당신도 무사하지 못해."

"대주, 저는 후회할 일을 참으로 많이 했습니다. 그중에서 가장 후회하는 일이 무엇인 줄 아십니까?"

"……."

"신은 완전하지만 신을 모시는 사람은 결코 완전할 수 없다는 사실을… 이제야 알게 된 것입니다."

위험한 발언이다. 결코 편히 죽지도 못할 배교적 사상이다. 그러나 노백의 두 눈은 아무것도 개의치 않는다는 결심을 담고 있었다.

"대주, 후회는 아무리 빨라도 늦습니다. 돌이킬 수 있을 때 되돌리십시오."

묵진민은 벌떡 일어섰다.

"고맙소, 노백."

"저라면 서두르겠습니다. 만장폭포에 있는 당신의 친구가 곧 절대악이 된다는 소문이 들리더군요."

노백이 말을 마치기도 전에 묵진민의 신형은 밤공기를 가르고 있었다.

노백은 다시 술잔을 기울였다.

십삼문 뇌옥은 말 그대로 열세 개의 문이 있는 감옥이다.

굳이 열세 개의 문을 만든 이유는 태양선교의 교리와 관계가 있는 것으로, 태양선교는 인간의 죄악이 십삼지옥(十三地獄)을 거쳐야만 정화될 수 있다고 믿는 까닭이었다.

다시 말해 열세 가지의 과정을 이겨낸 죄인은 몸과 마음이 정화되었다고 믿은 것이며, 이전의 모든 죄과는 청산되는 것이다.

약간의 문제가 있다면, 십삼문 뇌옥이 설치된 오백 년 이래로 단 한 사람도 열세 개의 문을 통과한 이가 없다는 것이었다.

열세 개의 문도 필요없었다. 다섯 번째 과정을 넘어선 자도 없었으니까. 그래서 태양선교에 몸담은 자라면 십삼문 뇌옥이라는 말이 나오면 입에 게거품을 물 수밖에 없는 일이었다.

이런 까닭에 십삼문 뇌옥은 교의 성지로 취급되면서도 관리는 허술했다. 근 백 년 동안 십삼문 뇌옥에 들어가 살아 있는 사람은 없었기 때문이다.

그렇다. 살아 있는 사람이 들어간 경우는 없었으나 태양선교의 교도 중에 죽은 사람은 반드시 십삼문 뇌옥을 거쳐야 했다.

시신들이 그 안에 들어가 어찌 되는 것인지 아는 사람은 드물었다.

십삼문 뇌옥에 사람의 시신만을 먹는 괴물이 산다고 말하는 자는 그야말로 태양선교에 대해서는 쥐뿔도 모르면서 밥술이나 뜨자고 드나드는 사람일 것이고, 뇌옥 깊은 곳에 있는 가마에서 시신을 화장한다고 믿는 사람은 비교적 진실에 가까운 사실을 알고 있으면서도 순진한 부류라고 말할 수 있었다.

어찌 되었든 함철원의 경우는 특별하다 말할 수 있었다. 그는 참으로 오랜만에 숨이 붙은 상태로 십삼문 뇌옥에 들어간 사람인 것이다.

그가 숨이 붙은 채로 십삼문 뇌옥에 들어간 가장 큰 이유는 최근 백년 이래 교를 배신한 첫 번째 사례라는 점이었다.

함철원은 본보기가 될 것이다. 신과 교를 배신한 대가가 얼마나 참혹한 결말을 맺게 되는지 모두에게 선례를 남겨두려는 것이었다.

노백에게 듣던 대로 뇌옥의 외부 보안 벽을 통과하기는 쉬웠다.

백 년에 한 번 쓸까 말까 한 시설이었기에 방비하는 인원도 교의 최하급 무사들로만 채워져 있었고, 그들에게 있어서 음양대주라는 직함은 감히 눈길도 마주칠 수 없는 고위급 인사에 해당하는 것이었다.

그러나 뒤통수가 따갑다. 제딴에는 숨죽여 속삭이는 것이겠지만 묵진민 정도의 무인이라면 충분히 들을 수 있는 비아냥거림도 들려왔다.

"저 자식이 여긴 웬일이지?"

"쳇! 재수없는 새끼. 동료를 배신한 것도 모자라 또 한 번 짓이겨 놓으려는 것이 아니겠는가?"

"보고해야 하지 않을까?"

"뭐 하러? 저 안에 갇혀 있는 배신자가 저놈에게 맞아 죽는다고 해도 아무도 신경 쓰지 않을걸? 지금 윗분들이 신경이 온통 만장폭포로 쏠려 있다는 소문도 못 들었는가?"

"맞아! 거기서 뭘 만든다지? 무슨… 절대 악이라든가?"

"쉿! 이런 경솔한 인사를 보게나! 세 치 혀를 잘못 놀렸다가는 경을 칠 것이야."

묵진민은 멈칫했다. 동시에 간수들도 움찔하며 슬그머니 자리를 피했다. 그러나 묵진민니 멈춰 선 이유는 뒷공론을 일삼는 그들을 응징하기 위해서가 아니었다.

절대 악… 절대 악이 뭐였더라…….

아아, 키울 능력 없으면 낳지나 말고 기왕에 낳았으면 돌 머리로나 낳지 말지.

묵진민은 머리채를 쥐어뜯고 싶었다. 절대 악. 좀 전에 흘려들은 노백도 분명히 진이 절대 악이 된다고 했다. 어디선가 들어본 기억이 있는데… 분명히 좋은 쪽은 아닌데…….

결국 묵진민은 기억하기를 포기했다. 더군다나 지금은 함철원을 구해내는 일이 우선이었다.

외벽의 간수들이 시야에서 사라지자 묵진민은 번쩍 몸을 날려 나무 그늘 속으로 스며들었다.

여기서부터가 진짜였다.

통상은 당연히 비어 있겠지만 지금은 함철원이 갇혀 있으므로 분명히 제사장들이 지키고 있을 것이다.

그리고 제사장들은 결코 제사상을 앞에 두고 망자의 혼이나 달래주는 사람들이 아니었다.

십삼문 뇌옥이라 하여 실제로 비부에서 지옥을 끌어다가 놓은 것은 물론 아니다. 그 지옥을 만들어주는 자들이 바로 제사장들인 것이다.

문제는 이 제사장들에 대해서 노백은 물론이고 묵진민도 아는 것이 그리 많지 않다는 사실이었다. 대강 몇 가지 짐작되는 점만 있을 뿐이었다.

지옥을 선사한다고 하니 틀림없이 고문의 기술자일 것이다. 그들이 고문해야 할 죄인 중에는 한가락한다는 놈도 적지 않을 것이니 일신에 어느 정도의 무공은 지니고 있어야 할 것이고, 병기는 멀리서 찾지 않은 법이니 고문 도구를 쓸 가능성이 많다.

절정무공과 기병. 이것만 해도 정면으로 부딪친다면 묵진민에게 승산은 그리 많지 않았다.

지금 이 순간 함철원이 있다면 무언가 방편을 마련할 수 있으련만… 생산성없는 푸념이다. 지금 구하려는 사람이 바로 함철원이 아니던가?

"가만⋯⋯."

번뜩 떠오르는 기억.

"네놈은 별다른 노력을 기울이지 않아도 잠행(潛行)의 능력을 타고 난 것이니, 그것도 매력이라면 매력이다."

금와전장에서 자신을 흘리고 간 것을 위로해 준답시고 함철원이 했던 말이다. 게다가 잠행은 음양대원이라면 누구나 익혀야 하는 비술이 아니던가?

어차피 정면 돌파해서는 함철원을 데리고 교단을 빠져나갈 수 없을 터.

한번 해보는 거다.

나무가 만들어낸 습진 그늘 속으로 묵진민은 은밀하게 몸을 움직였다.

"이, 이런… 개새끼들이……."

묵진민은 함철원을 다시 만나게 되면 무슨 말을 어떻게 해야 하냐를 두고 한참을 고민했다.

먼저 차돌 같은 주먹이 날라올 것이다. 어쩌면 단숨에 목숨을 노리는 살수를 펼쳐 올지도 모른다. 묵진민은 그것을 모두 받아줄 생각이었다.

함철원의 손에 죽는다면 그것도 썩 나쁘지 않을 것이다. 그리 살고 싶은 생각도 없으니까.

당연히 있으리라고 생각했던 간수들이나 제사장은 오는 길 내내 눈에 띄지 않았다. 이곳에 정말 함철원이 갇혀 있는 것인가도 의심스러울 만큼 뇌옥에는 사람의 기척이 느껴지지 않았던 것이다.

그러나 그런 생각은 기우에 불과했다.

처음엔 천장에 대롱대롱 걸려 있는 그것들이 무엇인 줄 몰랐다. 토악질이 치밀어 오르고 눈까지 따가워지는 지독한 냄새도…….

만일 그것들에게 본래 달려 있던 것들이 그대로 달려 있었다면 단박에 알아봤을지도 모른다.

아니, 처음부터 묵진민은 그것들이 무엇인지 알고 있었다. 단지 도무지 믿을 수가 없었던 것뿐이었다.

소, 돼지를 도축해도 이렇게는 하지 않는다.

애, 어른을 구분할 것도 없다. 팔다리가 잘려 나간 시체는 그래도 봐 줄 만하다.

갈비뼈가 벌어져 내장이 흘러나온 자. 피부가 걸레처럼 벗겨져 허연 고래 힘줄 같은 신경을 늘어뜨리고 있는 자. 심지어 정수리에서부터 가랑이까지 정확히 선을 그어 한쪽은 온전하지만 다른 한쪽은 살을 모두 발라내고 뼈만 앙상한 시신도 있었다.

연습을 한 게다. 사람에게 가장 고통을 줄 수 있는 고문 방법을 찾기 위해 시신들을 해체하고 실험을 한 것이다.

"우웩!"

묵진민은 결국 참지 못하고 토사물을 쏟아냈다. 한 번 시작된 토악질은 한참 동안 이어졌고, 결국 누런 신물이 올라올 때서야 겨우 멈추었다.

참혹한 시신들을 보고 비위가 상한 것이 아니었다. 이 정도는 아니었지만 처참하게 죽은 시신들을 심심찮게 봐온 묵진민이었다.

푸줏간에 걸린 고깃덩어리처럼 매달려 있는 시신 중에 함철원이 있을지도 몰랐다.

묵진민은 다리에 힘이 풀려 털썩 무릎 꿇고 말았다.

이런 것을 원했던 것은 아니었는데…….

"미안해… 대주… 정말… 미안해……."

기어이 울음보를 터뜨리고 마는 묵진민이었다.

그때였다.

"뭘 잘했다고 울고 지랄이더냐!"

갑자기 울리는 쩌렁쩌렁한 음성에 놀라 두리번거리는 묵진민. 곧 하나의 그림자가 뭔가를 질질 끌면서 고깃덩어리들을 젖히고 다가오는 것이 보였다.

처음엔 누구인지 잘 몰라 묵진민의 두 눈이 뱁새처럼 야릿해지더니
이내 덴그렇게 커졌다.

"대, 대주……?"

불빛으로 나온 그림자의 모습은 확연했다. 함철원이었다.

묵진민은 당장에 달려가 껴안고 폴짝폴짝 뛰고 싶을 정도로 기뻤으
나 무섭게 두 눈을 치켜뜨고 자신을 노려보고 있는 함철원을 보고 포
기해야 했다.

"이놈! 네가 무슨 낯짝으로 이곳에 온 것이냐?! 내가 이 빌어먹을 놈
에게 고깃덩어리로 저며져 이곳에 걸려 있는 것을 네 눈으로 확인이라
도 할 셈이었더냐!"

비로소 묵진민은 함철원이 끌고 온 것이 사람이라는 것을 알 수 있
었다. 얼마나 두들겨 패났는지 천장의 갈고리에 매달려 있는 다른 고
깃덩어리보다 하등 나을 것이 없는 모습이었다.

엉망으로 터지고 부어오른 사람의 형상은 다름 아닌 제사장이었다.
누차 강조했다시피 함철원은 누구보다 상황 판단이 빠르고 결정 또한
빨랐다.

그는 묵진민의 배신이 확인되는 순간 그 자리에서 벗어날 수 없음을
직감했고, 당장에 처죽이지 않는다면 어디로 끌려가게 될 것이라는 것
도 예측했다.

함철원은 곧바로 기맥을 끊고 숨을 정리하여 실신을 가장했다.

만일 묵진민이 당시에 평상심을 가졌더라면 그깟 발목에 충격을 한
번 받았다고 해서 함철원이 기절한 것에 한 번쯤은 의심을 해봤을 것
이다.

함철원이 실신 상태를 언제 풀어야 할 것인지 알기는 어렵지 않았다. 이곳 제사장은 함철원이 대주로 있을 당시에도 반쯤은 미친 자였다. 시신을 해부하며 신경 다발을 솎아낸다거나 어떤 순서로 신체의 일부분을 떼어내야 오래 살려둘 수 있는가 하는 것만을 종일 생각하는 녀석이 제정신일 수는 없는 노릇이었다.

　다시 기맥을 되돌리고 눈을 뜰 때에는 제사장이 섬뜩하게 생긴 갈고리 창으로 막 함철원의 신경 다발을 솎아내려고 하는, 이른바 제일지옥(第一地獄)이 펼쳐지려는 시점이었다.

　제아무리 정상과는 상당한 거리가 있는 제상장일지라도 거의 시체처럼 누워 있다가 갑자기 눈을 뜨고 벌떡 일어나 암혼장(暗魂掌)의 일격을 내지르는 함철원을 보고 당황하지 않을 수 없었다.

　물론 이 모든 것은 함철원이 치밀하게 구성해 놓은 각본이었다. 제사장은 미치기는 했지만 일신의 무공만큼은 결코 무시할 만한 수준이 아니었다. 누구보다 인체에 대해서 잘 알고 있었고, 이 음침한 곳에서 할 일이라곤 시체 해부와 무공을 익히는 일밖에는 없으니 당연한 노릇이었다.

　기습의 묘를 살리지 못했다면, 함철원이 제사장을 이리도 곤죽을 만들 일은 죽었다 다시 깨어나도 일어날 수 없는 일이었을 것이다.

　"대주……."

　묵진민의 목소리는 기어들어 갔다. 그러나 함철원의 서릿발 같은 냉대는 수그러지지 않았다.

　"홍! 여기에는 분명 대주가 한 명이 있으되 그것이 나는 아니다. 아니더냐?!"

　꿀 먹은 벙어리다. 입이 열 개라도 할 말이 있을 수가 없었다.

　"내 네놈이 한 짓을 생각하면 단매에 쳐죽여도 시원찮을 것이나…

그간의 정리를 생각하여 오늘만큼은 너를 못 본 것으로 하겠다. 하나 만일 앞으로 내 눈앞에 뜨인다면 그때엔 아량 따위는 기대하지 않는 것이 좋을 것이다."

함철원은 제사장을 저만치 집어 던져 버리는 것으로 화풀이를 하며 찬바람 나게 돌아섰다.

묵진민은 함철원의 뒷모습을 한동안 멍청하게 쳐다볼 뿐이었다. 그러나 이내 결심이라도 한 듯 입술을 깨물더니 앞서 달려가 함철원을 가로막았다. 당장에 함철원의 눈에 노기가 피어올랐다.

"네놈이 정녕 내 손에 죽고 싶은 게로구나!"

"때려 죽여도 저는 할 말이 없습니다. 칼 물고 엎어져 죽으라면 그리하겠습니다. 그러나 썩은 동태눈은… 그 친구가 곧 '절대 악'이 된다 하였습니다."

함철원의 눈이 번쩍 뜨이는가 싶더니 달려와 묵진민이 멱살을 움켜잡았다.

"다시 말해 보거라! 무엇이 된다고!?"

"절대 악… 분명히 저는 그렇게 들었습니다."

멱살을 잡은 함철원의 손이 느슨하게 풀어져 버렸다. 그리고 꿈결처럼 내뱉는 한마디.

"맙소사……."

제5장

고난 속에 길이 있으니

어디에서 비롯된 것인지도 모를 한줄기 선혈이 손등을 타고 검을 쥔 손 안에 끈끈하게 달라붙었다.

아무리 힘주어 잡아도 팔 끝에서 전해지는 떨림에 검은 미친년 널뛰는 마냥 떨어댈 뿐이다.

"니기미……."

머리에서 흘러내린 피가 눈앞을 자꾸 가리지만 진은 한시도 눈을 뗄 여력이 없었다. 공야숙이나 이덕패도 이 정도는 아니었다. 이렇게 절망의 나락까지 몰고 갈 정도는…….

"아저씨……."

저만치 널브러진 수칸이 기어들어 가는 목소리로 진을 한 번 부르더니 고개가 풀썩 꺾이고는 더는 움직이지 않았다.

쓰러진 수칸은 처참한 몰골이었다. 망치로 얻어맞은 마냥 움푹 패인

가슴, 한쪽 팔도 망치로 두드린 마냥 흐물흐물하다. 그동안 놀라운 재생력을 보여줬음에 그것은 진정 의외의 모습인 것이다.

진 역시 온전하지는 않다. 아니, 단지 온전하지 못하다 하기에는 언뜻 봐도 치명적인 부상이 전신을 뒤덮고 있었다. 그중에 무언가에 쥐어 뜯겨 크게 벌어져 그 사이로 내장이 흘러내릴 정도의 상처는 그가 두 다리로 버티고 서 있다는 사실이 경이로울 지경이었다.

진 또한 재생력이 더 이상 발휘되지 않는 것이었다. 상상에 지나지 않는다고 속으로 쉼없이 외쳐 보았지만 변화는 없었다. 더 이상 의식 속의 상상이 아닌 현실이 된 것이다.

온통 핏빛이다. 푸르렀던 하늘도, 녹음이 가득했던 울창한 숲도 모조리 옅은 붉은색으로 물들어 있었다.

의식의 세계는 온전히 절대 악이 소유가 된 것이었다. 절대 악이 원하는 대로의 결과가 바로 지금의 몰골이었다.

"크륵… 죽인다……."

감정이 느껴지지 않는 음성은 음률이 없어 마치 기계음 같다. 말은 멍청하기 짝이 없이 어눌하지만 더 이상 좀비나 강시 같은 멍청한 모습은 아니었다.

빌어먹게도 진이 가진 것과 동일한 세영검까지 들고 있었다. 놈의 자아라는 것이 결국 남의 것을 뺏고 흡수하는 것에 지나지 않는 모양이었다.

굉장히 기분 나쁘다.

진은 부들거리는 팔로 세영검을 들어올렸다.

"할 수 있으면… 해봐라. 존만한……!"

걸쭉한 욕설이 채 뱉어지기도 전에 절대 악의 신형이 흩어졌다. 흩어졌나 싶더니 부드러운 바람이 스치고 지나갔고, 가슴에서 극통이 밀려든 것은 미풍의 끝자락이 채 지나가기도 전이었다. 그때까지도 쥐고 있던 세영검은 까딱도 하지 못했다.

스걱!

묘하게도 피륙이 갈라지는 소리가 들려온 것은 그러고도 한참 후였다. 이 모든 것은 눈 한 번 깜짝할 사이를 백 번쯤 쪼갠 시간에 일어난 일이었지만 진은 그 과정이 너무나 느리게 느껴졌다.

눈앞에서 솟아오르는 피분수도 마치 남의 일인 양 현실감이 없었다.

넨장할… 현실일 리가 없잖나, 이 모든 것이…….

털썩!

진이 스르르 무너지며 무릎을 땅에 박았다. 놓치지는 않았으나 세영검도 바닥에 나란히 누웠다. 그러나 몸을 누이는 추태는 보이지 않았다.

혼신의 힘을 다해 떨어진 고개를 들어올리는 진.

어느새 절대 악은 멍청한 표정으로 바로 눈앞에 서 있었다.

"죽인다……."

더 이상 절대 악의 음성에는 짐승의 거친 호흡이 섞여 있지 않았다. 극도의 분노를 담은 감정마저 느껴진다. 자아의 완성이다.

"크크큭……."

진은 웃기 시작했다. 그것만은 진정 의외였는지 절대 악이 고개를 갸웃거린다.

"크하하하하!"

아랑곳하지 않고 미친 듯이 웃어젖히는 진. 그러기를 한참 후, 갑자기 웃음이 뚝 끊겼다.

"이것이 바로… 발악이라는 것이다."

절대 악의 양다리 사이에 있었던 세영검이 섬전을 머금고 하늘로 치켜 올라갔다.

"크아악!"

가랑이부터 정수리까지 정확하게 이 등분된 절대 악. 좌우로 쫘악 갈라지더니 반쪽 난 몸이 바닥에서 널브러져 꿈틀거렸다.

회심의 일격이었지만 진은 그 이상의 결과를 기대하지는 않았다. 현실 세계에서의 생명체라면 절대로 할 수 없는 일. 동강난 몸이 서로 나머지 부분을 찾으려는 듯 손발을 휘적거리고 있었다. 저러다가 멀쩡하게 다시 붙어서 그 멍청한 표정을 지어 보일 것이다.

진은 풀썩 쓰러지더니 수칸에게 기어나갔다.

말본새는 형편없는 녀석이지만 여러모로 정이 가지 않을 수 없는 녀석. 적지 않은 시간 동안 녀석의 모습을 하고 있었던 탓인지 똑 닮게 낳아놓은 아들 같은 녀석이었다.

수칸도 꿈틀꿈틀 몸을 비틀어 진에게 다가오려고 했다.

"아저씨……."

고통스럽게 입을 떼는 수칸.

"…말을 아껴라……."

다 되어간다. 굳이 입을 여는 수고로움을 더해 고통을 배가시킬 필요는 없을 것이다.

수칸은 슬쩍 미소 지으며 미세하게 고개를 가로저었다.

"아저씨… 저는 이제 소멸해요."

말하지 않아도 안다. 아무리 의식과 관념의 세계라도 돌이킬 수 없는 중상이다. 진은 가슴이 시큰하게 미어지며 흐르는 눈물을 막지 못했다.

"하지만… 아저씨의 영역은 아직 건재해요. 저 녀석은 아직 그것을 몰라요… 놈이… 사람들을 해치는 것을… 막아줘요… 꼭……."

"……!"

이건 또 무슨 소린가? 진은 수칸에게 더 자세한 내용을 듣고 싶었으나 수칸은 마지막 숨을 내뱉고 스르르 눈을 감아버렸다.

"수칸! 무슨 뜻이야!"

"크아악!"

뒤쪽에서 들려오는 포효. 완전히 재생된 절대 악의 성난 외침이었다.

우둑우둑, 고개를 좌우로 꺾어보는 절대 악.

이내 바람 소리 나게 고개를 돌려 진에게 다가섰다.

"죽인다……."

푸아악!

하늘이 쪼개질 듯 몰아치는 한줄기 경풍. 절대 악이 쥔 세영검이 핏빛 서리를 머금고 진의 정수리로 떨어져 내렸다.

"큽!"

짧은 숨 넘김. 만장폭포에서 떨어지는 폭포수의 포효에 가려 흩어져버리고 만다.

두 개의 그림자는 마혈이 제압당한 사내를 조용히 내려놓고 다시 느리게 움직였다.

오첨진은 위에서 내려다보자면 별 모양이 된다고 해서 달리 오성진(五星陣)이라고 부르기도 한다.

정확히는 다섯 명이 비교적 눈에 잘 뜨이는 곳에서 경계를 하고 있지만 그들 뒤에는 보이지 않은 열 명의 검수가 매복하는 형태다. 이를테면 드러난 한 명이 미끼 역할을 하고 근처 어딘가에는 반드시 두 명 이상이 매복하며 먹이가 미끼를 물기를 기다리는 호위진(護衛陣)인 것이다.

따라서 그 의미처럼 다섯 명으로 이루어진 진형이 아닌 것이다. 군이 그대로의 뜻을 담자면 십오첨진이 될 것이나 실상 인원에 관계없이 언제든지 펼칠 수 있는 유동성이 높고 실용적인 진법이었다.

몸을 드러내 놓고 경계하는 자들만 얼추 오십여 명. 다시 말해 만장폭포와 오양동굴을 중심으로 적어도 백오십 명 이상이 배치되어 있다는 의미였다.

이 정도라면 음양대뿐만 아니라 포교원에서 동원 가능한 전 인원이 깔렸다고 봐야 한다.

숫자도 숫자지만 오첨진이 위력적인 이유는 따로 있었다.

오첨진은 서로를 완벽하게 믿는 신뢰가 없이는 제 위력을 발휘할 수 없는 진법인 것이다. 미끼가 되는 이는 자신도 모르는 어딘가에 숨어 있는 동료에게 목숨을 스스럼없이 맡겨야 하기에 그렇다.

다른 시각에서 보자면 바로 이 부분에서 오첨진의 맹점이 부각된다. 행여 진형의 원리를 미리 이해하거나 달통한 자가 진을 공격한다면 속수무책으로 당할 수밖에 없는 것이다.

원리는 간단하다. 미끼는 내버려 두고 주위에 숨어 있는 낚시꾼을 먼저 친다. 절정고수 몇 명이 은밀하게 처리할 수 있다면 절반 가까이를 무력화시킬 수 있고, 지금처럼 만장폭포의 우레와 같은 소음이 움직이면서 필연적으로 생산되는 인기척을 숨겨준다면 전멸까지도 노려볼 수 있었다.

이런 면에서 두 그림자, 함철원과 묵진민에게는 하나의 기회와 하나의 위험이 주어져 있었다. 함철원은 한때 무리의 수장으로서 음양대주에게만 비전으로 전해지는 절진인 오첨진의 묘리를 정확하게 알고 있었다. 쉽게 말하자면, 뒤통수를 제대로 칠 수가 있는 것이 하나의 기회가 된다.

위험이라면 함철원과 묵진민의 일신무공이 절정고수의 수준은 아니라는 점이었다. 뒤통수를 치려면 최소한 적보다 강하거나 비등한 수준이 되어야 함은 물론이다.

혹여 목표가 된 매복 검수가 접근하는 것을 미리 눈치채고 되레 반격을 해온다면 함철원과 묵진민은 이곳 만장폭포에서 귀신이 될 수밖에 없는 일이었다.

함철원과 묵진민이 바닥에 붙어 느릿하게 기어가다가 다시금 눈빛을 교환했다.

나무 위다.

쉭!

묵진민이 솟구치며 전개한 소리없는 일검이 나무의 그늘로 뻗어나갔다. 갑작스런 습격에 숨어 있던 사내는 기겁하며 검을 쳐내려 하지만 사내는 이미 등 뒤에서부터 근육이 마비되는 현상을 느끼며 깊은 수마에 빠져들었다. 함철원이 등 뒤로 접근해 암격한 것이다.

이번에도 운이 좋았다. 사내는 함철원의 수준에 이른 무인이었지만 지나치게 방심한 탓에 쉽게 제압이 가능했던 것이다.

사내가 눈을 뒤집어 까고 나무에서 떨어져 내렸다.

"이크."

묵진민이 온몸으로 사내를 받아내며 거꾸러졌다.

오첨진이 뚫리고 있다는 사실을 알아차리고 진형을 바꾸어 버리거나 아예 진형을 포기하고 떼로 덤비는 날엔 아무리 오첨진의 원리를 꿰어차고 있는 함철원이 있다 한들 꽤나 골치가 아프게 되는 것이다.

다행히 묵진민의 몸이 양탄자 역할을 해 우려했던 소음은 발생하지 않았다.

함철원과 묵진민의 시선이 다시 얽혔다.

길이 뚫렸다.

두 사내는 다시 무성한 소나무 숲이 만들어낸 그림자 속으로 스며들어 은밀하게 움직였다. 길은 뚫렸지만 아직 오양동굴 안에 무엇이 있는지는 알 수 없었다.

'제발 늦지 않았기를…….'

함철원은 부쩍 서두르며 어둠을 갈랐다.

"되었다!"

대승정관의 어조에는 흥분과 기쁨이 넘쳐흘렀다.

가려승 백여 명 가까이가 희생되었고 태양선교 내에 있는 동자승들과 경 내의 관사에 머물고 있던 교도들의 아이들이 무더기로 재물로 바쳐졌지만, 대승정관은 오로지 대법의 성공만이 기꺼울 뿐이었다.

타밀종은 본래의 모양을 전혀 가늠할 수 없을 만큼 변형되어 있었다.

그것은 흡사 거대하고 속이 비치는 투명한 알과 같은 모습이었는데, 중심에서부터 차츰 탁한 빛이 번지면서 굳어지기 시작하더니 이내 짙은 암갈색을 띠기 시작했다.

저렇듯 완전하게 껍질이 굳어지고 나서 이른바 우화(羽化)의 과정을 거치면 비로소 '절대 악'이 모습을 드러내는 것이었다.

가려승 한 명이 기꺼운 표정으로 대승정관을 향해 합장을 올렸다.

"경하드리옵니다."

"꺼이꺼이… 이것이 모두 위대한 태양신의 공은(公恩)이 아니겠는가? 하나, 이제부터 시작일세. 자네는 가려승들을 모두 데리고 오양동굴을 빠져나가시게. 지금부터는 자칫 나의 법력에 자네들의 심중이 흔들릴 수도 있는 일이네."

"명을 받자옵니다."

마침내 가려승들이 모두 빠져나가자 그것을 확인한 대승정관의 얼굴이 묘하게 비틀렸다.

그것은 마치 속내에서는 기뻐 비명이라도 지르고 싶은데 차마 드러낼 수가 없어서 참다 보니 필연적으로 생기는 표정과 같은 것이었다.

그랬다. 대승정관은 몸이 허락해 준다면 폴짝폴짝 뛰며 박수라도 치고 싶은 심정이었다.

"크크크… 비검, 천년신교를 국교로 삼을 나라를 세운다고 했더냐? 미련하고도 미련하도다. 일인지하 만인지상의 자리인 황제가 되거늘 태양신이 다 무어더냐? 황제가 곧 신이며 하늘인 것이다. 무지한 백성에게 두 명의 신을 섬기라 하는 것은 참으로 멍청한 선택이니라. 그래서 네놈은 황제가 될 자격이 없노라. 바로 나, 이 대승정관이 바로 신이 될 것이다. 황제가 될 것이다. 오직 나의 명을 좇는 나의 충실한 종복이 그것을 이루게 할 것이다! 꺼이꺼이……."

대승정관은 커다란 붓을 양동이에 담긴 핏빛 영유에 적셨다.

이어 일필휘지로 타밀종의 주위에 법어를 써넣기 시작했다. 틈도 없이 빼곡히 법어를 써넣은 대승정관은 자리를 깔고 앉아 독경을 외우기 시작했다.

매우 음산하고 마음을 혼탁하게 하는 어지러운 독경음이 동굴 구석 구석에 낮게 깔려 퍼졌다.

가려승들을 모두 내보낸 것은 이를 위함이었다.

이교도들의 개화를 위한 독경과 법어. 장차 알을 깨고 나올 절대 악은 대승정관에게 절대 복종하게 할 법술인 것이다.

함철원과 묵진민은 거지 중에서도 상거지가 되어 있었다.

불과 일각 전, 오첨진을 뚫고 오양동굴의 입구에 들어설 때만 해도 묵진민은 신임 음양대주라는 직위에 맞는 비단 장삼을 걸치고 있었고, 함철원 역시 제사장의 비단옷을 벗겨 입었으므로 비교적 신색은 번드르르했다.

그나마 비단옷 곳곳에 구멍이 뚫리고 녹아내려 있는 정도에서 무사한 이유는 순전히 함철원의 남다른 직관력 때문이었다.

오양동굴에 한 발을 들이자마자 그들을 맞아준 것은 은빛 찬란한 비도 한 무더기였다. 이를 피하기 위해 납작 엎드리자마자 나타난 것은 오색찬란하면서도 징그럽게 커다란 독거미였고, 독거미에 놀라 펄쩍 튀어 오르자 천장에서 창날이 튀어나오기 시작했다.

언놈이 기관을 설계했는지는 몰라도 세상에 한이 참으로 많은 녀석인 모양이었다. 불과 십여 장을 통과하는 동안 기관 암기를 다섯 번이나 피해야 했고, 생전 보도 듣도 못한 종류의 독물을 세 가지나 봐야 했다.

"넨장할⋯⋯."

아직도 동굴의 끝은 보이지도 않고 이제 와서 돌아 나갈 수도 없게 되었다. 빌어먹게도 돌아서 나가는 길에는 환영진(幻影陣)이라도 설치해 놓은 모양인지 입구가 보여야 함에도 끝없이 이어진 동굴의 갈래길이 펼쳐져 있는 것이었다.

"대, 대주……."

묵진민의 음성은 심하게 떨리고 있었다.

"부르지 말라고 했지 않느냐! 네놈의 낯짝은 물론이고 그 빌어먹을 목소리도 나는 듣기 싫다."

"그, 그게 아니라… 제가 뭘 건드린 것 같아서……."

"뭐!"

그 순간 주위를 밝히고 있던 횃불이 급격히 흔들리기 시작했다.

함철원의 눈이 가늘어졌다. 저 멀리 동굴의 끝이 어두워지고 있었고, 어둠은 빠르게 함철원이 있는 곳과 가까워지고 있었다.

부우우웅!

마치 벌의 날갯짓 같은, 그러나 절대로 벌의 날갯짓일 리가 없는 엄청난 굉음도 함께 가까워져 온다.

함철원의 눈이 화등잔만하게 커지는가 싶더니 다급히 외쳤다.

"귀식대법! 몸에 있는 구멍은 다 막아! 빨리!"

묵진민은 영문을 몰랐지만 언제나 그랬듯이 함철원을 믿고 시키는 대로 귀와 콧구멍을 막고 급히 귀식대법을 전개했다.

귀식대법은 음양대원이라면 누구나 절정의 경지에 이른 잠복술. 순식간에 호흡과 심장의 박동이 끊길 듯 느려져 그야말로 산송장이 되어 있었다.

부우우웅…….

귀식대법이라지만 최소한의 감각과 시력을 남겨놓는 것은 당연한 일. 때문에 묵진민은 검은 안개처럼 시커멓게 몰려오는 물체의 정체를 알아보고는 기겁하지 않을 수 없었다.

몸통은 여느 벌과 다름없이 노랑과 검정 줄무늬를 띠고 있으나 머리는 선혈을 머금은 듯 붉다 하여 이른바 혈두봉(血頭蜂)이라 이르는 커다란 말벌이었다.

혈두봉은 꽃의 수분에 도움을 주고 꿀을 만드는 일반적인 꿀벌과는 상당한 거리가 있는, 꿀벌의 꿀과 애벌레를 훔쳐 먹고 사는 말벌과 비교해도 터무니없는 녀석이었다.

혈두봉은 육식을 한다. 죽은 것은 쳐다보지도 않고 살아 숨 쉬는 생명체만 공격하여 잡아먹는 것이다. 묵진민은 언젠가 이 녀석이 커다란 물소를 공격하여 잡아먹는 모습을 본 적이 있었는데, 순식간에 새까맣게 달라붙더니 물소가 맥없이 넘어졌고 숨 몇 번 들이쉬기도 전에 허연 뼈만 남는 장면이었다.

물론 혈두봉의 턱 구조는 다른 벌들과 다를 바가 없는 집게 모양이므로 살을 뜯어 먹지는 못한다.

그래서 더 문제다. 혈두봉은 턱의 분비샘에서 극독을 내뿜어 살과 피를 흐물흐물하게 녹인 후에 빨아먹는 것이다.

묵진민은 눈을 질끈 감았다.

귀식대법을 전개해 일각에 심장이 한 번씩 뛰는 상황임에도 묵진민은 가슴이 콩닥거릴 수 있다는 사실이 놀라웠다.

과연 귀식대법에 놈들이 속아줄 것인가? 듣던 것과는 달리 생명체뿐만 아니라 시신까지 먹어치우는 녀석들이라면 귀식대법이고 뭐고 말짱 소용없는 짓이 아니던가? 차라리 이대로 몸을 돌려 달아나는 것이 현명한 선택이 아닐까?

온갖 상념과 갈등이 순식간에 묵진민의 머리를 스치고 지나갔다.

"뭐 하냐?"

천상의 울림처럼 아련히 들려오는 목소리. 느낄 사이도 없이 벌써 혈두봉에 당하고 말았다는 생각이 떠오르기도 전, 묵진민은 뒤통수에서 묵직한 타격음과 함께 굉장한 통증이 밀려오는 것을 느껴야 했다.

"아주 꼴값을 해라."

뒤통수에 전해지는 충격만큼 무척이나 현실감이 느껴지는 비아냥거림이었다.

묵진민은 천천히 눈을 떴다.

함철원이 한심하다는 표정으로 묵진민을 내려다보고 있었다.

"때려죽여도 할 말이 없다더니 혈두봉에게 죽는 것은 싫었나 보지?"

유구무언일 수밖에 없는 노릇.

함철원은 또다시 찬바람 나게 돌아섰고, 묵진민은 어깨가 축 처져 비실비실 일어섰다.

그리고 저만치 앞서 가는 함철원의 뒤를 따르려 막 한 발을 내딛는 순간,

기기기깅! 철컥 철컥! 기기깅!

온 사방에서 울려 퍼지는 소란스러운 기계음.

함철원이 깜짝 놀란 표정으로 묵진민을 돌아보았다.

"저, 전 아니에요. 아무것도 건드리지 않았…… 흡!"

함철원이 번개같이 묵진민에게 날아들더니 입을 막고 동굴의 천장에 붙었다.

"조용."

그리고 얼마 후,

웅성웅성, 어지러운 발자국 소리와 함께 사람들이 몰려드는 소리가 가까워지는가 싶더니 붉은 승복을 입은 가려승들이 떼로 몰려나오기 시작했다.

비로소 묵진민은 기계음이 가려승들이 나오기 위해 기관의 작동을 해제하며 난 소음이라는 것을 알 수 있었다.

함철원은 그들이 모두 지나가기를 기다렸다가 느닷없이 뛰어내려 제일 뒤에 처져 있는 가려승의 맥문을 틀어잡았다.

"몇 가지 묻기 전에 해둘 말이 있다. 알다시피 네놈 말고도 중들은 많다. 무슨 말인 줄 알아들었으렸다."

순순히 대답하지 않으면 당장 쳐죽이고 다른 가려승을 찾아보겠다는 의미. 함철원이 퉁방울만한 눈을 더욱 치켜뜨자 공포에 질린 가려승은 급히 고개를 끄덕였다.

"대법은 완성되었느냐?"

끄덕이는 가려승. 함철원의 낯빛이 창백해졌다.

"절대 악이 벌써 부화했단 말이냐!?"

이번에는 고개를 가로젓는다. 함철원이 이해하지 못하겠다는 표정으로 재차 물었다.

"대법이 완성되었는데 부화는 하지 않았다. 맞느냐?"

끄덕끄덕.

"빌어먹을 대승정관이 수작을 부리고 있구나!"

함철원은 가려승의 맥을 풀어주고 다급히 달려나갔다. 묵진민도 그의 뒤를 따라가려는 순간 멈칫. 여전히 공포에 떨고 있는 가려승에게 다가갔다.

"잘 알고 있을 테니 생략. 잡아온 아이들 중에 살아 있는 아이들도 있느냐?"

가려승은 줄기차게 고개를 가로저었다.

당장에 묵진민의 눈에 불같은 노기가 차 올랐다.

"이런 개 같은 놈의 새끼들!"

퍽!

가려승은 묵진민이 휘두른 차돌 같은 주먹에 머리가 수박처럼 터져 저만치 날아가 널브러졌다.

묵진민은 분노에 치를 떨며 저만치 앞서 나간 함철원의 뒤를 좇았다.

진은 다시 사막 한가운데 멍청한 표정으로 서 있었다.

그리고 양손을 내밀어 쥐락펴락해 본다.

앞섶을 벌리고 탄탄한 복근이 꽉 짜여 있는 복부도 몇 번이고 살펴보았다.

멀쩡하다.

아픈 곳도 없었다.

이게 대체 어찌 된 일인가?

"혹시!"

진은 세영검을 생각했다. 생각하자마자 손에서 뿌연 서리가 자라나더니 종국에는 틀림없는 세영검의 형상으로 변했다.

비로소 수칸이 소멸되기 전에 했던 말들이 주옥처럼 떠올랐다.

"아저씨의 영역은 건재해요. 놈을 막아주세요……."

그렇다. 수칸은 의식을 지배당하고 소멸했지만 아직 진이 가진 의식과 영역은 남아 있었던 것이다.

진은 주위를 둘러보았다. 둘러보고 말 것도 없는 횅한 사막이었다.

"……"

수칸이 만든 세계는 꽃과 녹음이 우거지고 새들과 벌레들이 살아 숨쉬는 무릉도원이었다.

그런데 자신은 왜 사막인가?

그럴 밖에.

낭만과 여유라고는 일평생 단 한 번도 가져 보지 못한 남자의 의식세계라는 것이 척박한 사막에 비유된다 하여 이상할 것이 없는 일이었다.

진은 씁쓸한 웃음을 흘리고 몇 발자국을 옮겼다.

그러다 문득 사막의 형상이 어딘지 모르게 이상하다고 느꼈다.

어차피 정상적인 것은 아무것도 없었지만, 마치 꽉 막힌 벽에 사막의 풍경화를 붙여놓은 듯한 답답함은 무엇이던가?

진은 슬그머니 손을 뻗어보았다.

턱!

빌어먹게도 진의 생각은 틀리지 않았다. 풍경화를 붙여놓은 것은 아니었지만 분명히 막혀 있었다.

이곳도, 저곳도, 심지어 하늘마저 벽에 가로막혀 있었다. 사방이 불과 십여 장 정도로 가로막힌 밀실이라면 더욱 맞는 이야기일 것이었다.

기가 막혀 진은 제자리에서 퍼더버리고 앉았다.

"이것이… 내 영역이란 말인가? 이 코딱지만한 방이?"

수칸의 무릉도원은 절대 악에게 몇 날 며칠을 쫓겨 다녀도 끝이 보이지 않을 만큼 광활했거늘… 이 정도라면 절대 악에게 한 시진도 안 되어 완전히 잠식당할 것이었다.

"내가 이리도 상상력이 부족한 사람이었던가……?"

상상력이라고는 하지만 왠지 뇌의 활용도에 따른 분배인 것 같아 기분이 더욱 나빠졌다.

진은 사람의 머리가 좋고 나쁨은 노력에서 기인한다고 믿는 부류의 인간이었다. 그러나 수칸의 몸과 뇌를 빌려 쓴 십수 년의 경험으로 그것은 어디까지나 자신의 착각이요, 바람일 뿐이었다는 것을 깨달았다.

확실히 수칸의 뇌는 예전의 몸이 가진 뇌가 하지 못했을 것들을 빠르게 습득하고 저장했으며, 응용해 냈다. 이를테면 용량과 중앙처리장치에서 현격한 차이를 보였던 것이다.

이제 절대 악인가 뭔가 하는 녀석이 손 한 번 휘두르면 단숨에 박살 나고야 말 이 작은 방에서 무엇을 해야 하는가?

진은 고민에 빠졌다. 도무지 이 난관을 뚫고 나갈 방도가 있을 것 같지가 않지만 어쨌든 멍청하게 앉아 있을 수는 없는 일이었다.

그러나 돌파구 따위가 없다는 사실을 깨닫는 데에는 그리 많은 시간이 필요치 않았다.

자신이 죽었는지 살았는지도 헷갈리는 판에 의식의 영역이라는 생판 듣도 보도 못한 곳에서 뭘 어떻게, 무엇부터 시작해야 한단 말인가?

진은 긴 한숨을 내뱉더니 다시 퍼더버리고 앉았다.

막막한 경우는 지금껏 참으로 많았지만 이건 또 새로운 경지의 막막함이다.

할 수 있는 일이 없다.

그저 목을 늘어뜨리고 처분만을 기다리는 방법과 죽을 때 죽더라도 꿈틀대기라도 할 밖에는.

머리가 복잡할 땐 그저 운기행공이 최고다.

진기는 본래 의념의 형상화다. 눈에 보이지는 않지만 실제로 있다고 믿어 의심치 않고 축기하며 이끌어낸다.

그러므로 이곳에서의 진기는 물 만난 고기다. 행여 운기행공 중에 외부의 충격을 받아 주화입마에 든다거나, 급작스럽게 진기를 거두는 와중에 원기에 적지 않은 손실을 감수해야 하는 등의 상황은 전혀 고려할 필요가 없는 것이다.

기해를 열자 언제나 거기에 있었다는 마냥 안정적이면서도 압도적인 압력으로 뽑아져 나왔다. 나왔다 싶은 순간 세포 하나까지 전달되어 온몸에 활기가 넘쳐흘렀다.

절대 악을 상대로는 맥을 추리지 못했으나 확실히 느꼈던 바. 예전에는 조심스러웠던 부분도 잘못되면 재생하면 되지, 하는 마음으로 마음껏 주천한 진기는 전보다 강력하고 활기가 넘쳤다.

어쩌면 오래전 임, 독맥을 타통하여 단계를 뛰어넘었다고 생각했던 것은 자신만의 착각이었을지도 모른다는 생각이 들 정도였다.

아니, 임독양맥을 뚫기는 뚫었는가?

세인들은 임독양맥을 뚫는 경지에 이른 무인을 오경(悟境), 즉 깨달음을 얻은 고수라고 한다. 이른바 초절정고수의 초입이다. 통상 일문의 장문인들이 이 경지에 이르렀다고 한다.

같은 맥락으로 이야기되는 것이 생사현관(生死玄關)의 타통과 탈태환골(奪胎換骨)을 이룬 화경(化境)의 고수다. 이 정도가 되면 사람이 아니다. 몸이 음양과 오행기가 지극히 조화로운 상태이니 신(身)이 곧 우주(宇宙). 예컨대 반인반선(伴人半仙)의 지경인 것이다.

반인반선의 무인? 당연히 아무도 본 적이 없다. 학을 타고 바람처럼 떠도는 신선들을 보통 사람이 무슨 재주로 만날 수 있겠는가?

터무니없는 소리라는 걸 알면서도 무인의 길로 들어선 자들은 이를 믿고 싶어 하며 동경한다.

육신은 없고 영혼만 존재하는 세상에 오고 보니 확연하게 알겠다.

오경이니 화경이니 따위는 죄다 헛소리다. 그것들은 오히려 마음에 경계선을 긋고 스스로 한계를 만들게 된다.

수칸이 묻기를, 왜 당신은 스스로 한계를 만드느냐 했다.

모든 것이 생각의 틀이다.

물론 틀이라는 제약이 나쁘다는 것은 아니다. 지구가 가진 것에 비해 너무 욕심이 많은 인간에게는 분명히 틀과 제약이라는 규칙이 필요하니까.

그러므로 틀은 깨라고 만든 것이라고 외쳐 대는 정신 나간 놈의 말을 따르고자 함은 아니다.

단지… 할 일이 없지 않은가?

이 작은 방에서는 진의 생각이 현실이 된다.

몽땅 해보는 거다.

안 되면 그땐 또 할 수 없는 일이고.

함철원과 묵진민의 안색이 분칠을 해놓은 마냥 허옇게 떠버렸다.

물론 상황이 급하게 된 것에 조급증이 일어 혈색이 빠진 이유도 있지만, 그보다는 저 멀리 동굴의 끝에서 쏟아져 들어오는 찬연한 빛 때문이었다.

"이런! 늦었는가?"

기실 함철원은 대라천심곡이 실시되는 과정에 대해선 전혀 아는 바가 없었다.

들은풍월로 비부의 악귀를 불러내는 대법이라는 정도이고, 그 말을 들었을 땐 개소리라며 콧방귀만 뀌어댔었다.

생각이 바뀌었던 것은 십이 년 전 석천산의 일이 있고부터였다.

교의 얼마 되지 않은 무사를 거의 다 동원해 적잖은 희생을 치렀음에도 마수족의 마지막 후예를 잡으려는 강수를 두었던 이유.

절대 악이라는 무시무시한 악귀에 대해서 알게 되었던 것도 그때 즈음이었다.

엄밀히 말하면, 절대 악은 악귀와 같은 비현실적이고 영적인 괴물이 아니다. 그것은 인간의 증오를 응집시켜 놓은 피의 화신이며, 전신(戰神)일 뿐이다.

또한 순수한 혈통의 마수족은 불완전한 인간이다. 인간은 누구나 공격적 성향이 강하지만 특하나 마수족은 극한의 상황에 몰리거나 분노할 때면 자아를 잃고 이성을 상실한 괴수의 형상으로 변해 버리는 철저한 이중성을 뱃속에서부터 타고나는 것이다.

인간적인 면모와 파괴와 살육만을 추구하는 괴물을 가진 자아를 분리시켜 버리는 대법.

비록 진행되는 과정에 대해서는 정확하게 아는 바 없지만, 이것이 바로 대라천심곡이란 것은 잘 알고 있었다.

절로 욕지기가 치밀게 하는 음산하고 괴이한 음률의 독경 읊는 소리, 그리고 어두운 동굴 속을 환하게 밝히는 눈부신 빛.

뭐가 어찌 된 것인지는 모르겠지만 대법이 끝나가고 있다는 느낌만은 확실했다.

찬연했던 빛이 서서히 사라지고 있었다.

함철원과 묵진민은 더욱 조급해져 내공을 한층 끌어올리고 발을 최대한 빨리 놀렸다.

마침내 이른 동굴의 끝. 함철원의 앞에는 직접 보고도 믿을 수 없을 정도로 거대한 공동이 나타났다. 족히 일만의 군사를 구겨 넣어도 너끈할 정도의 공동이었다.

묵진민이 그 압도적인 웅장함에 잠시 넋을 잃고 있는 사이,

"진?"

다소 불신이 담겨 있는, 그러니까 언뜻 보면 아닌 것도 같은데 자세히 보니 맞는 것도 같다는 애매한 상황을 당사자에게 확인함으로써 해소해 보려는 의도가 실린 함철원의 음성이 귓전을 때렸다.

그때서야 묵진민도 보았다.

고즈넉한 시선을 아래로 깔고 조금은 멍청해 보이는 엉거주춤한 자세로 서 있는 사내와 붉은 가삼을 입은 땡중.

묵진민의 시선은 멍청하게 서 있는 사내에게 고정되었다.

분명하다. 그는 진이었다.

진은 상상했던 것과는 딴판으로 아무렇지도 않았다. 어찌 보면 헤어졌을 때의 모습보다 신색은 더 편안해 보였다.

솔직히 이마에 뿔이 두어 개쯤 솟아나고 징그러운 송곳니에 야비한 혀를 널름거리는 괴물쯤이 되었으리라 생각했으니 그 모습은 진정 의외였다.

아니, 뭔가 이상하다. 초점없는 시선도 그렇거니와 무엇보다 얘가 옷을 안 입었다.

그럼에도 국부를 가린다거나 하는 통상적인 반응도 보이지 않고, 그저 멍청한 시선을 바닥에 내리깔고 있을 따름이었다.

함철원은 한 걸음 뒤로 물러섰다.

그의 남다른 직감이 말하고 있었다.

도망치라고, 여기 있으면 죽는다고······.

"민아··· 천천히 물러서라."

경고가 있기 전에 이미 묵진민은 뭔가 잘못되어 가고 있음을 느끼고 있었다.

붉은 가삼을 입은 중. 대승정원이라면 묵진민도 안면이 있었다. 진을 넘기는 대가로 그에게 음양대주 직을 협상하였으니 모를 수가 없는 일이다.

그의 모습도 어딘지 모르게 예전과는 달라 보였다. 정확히는 정상으로 보이지가 않는다. 말 그대로 비 맞은 중처럼 눈을 감고 뭔가를 계속 중얼거리는데, 그것 또한 여간 신경이 거슬리는 것이 아니었다.

묵진민이 위기감을 느낀 것은 감겨 있던 대승정관의 눈이 번쩍 뜨였을 때도 아니었고, 비릿한 웃음을 흘기며 자신에게 손가락을 들어올릴 때도 아니었으며, '마침 좋은 실험체가 제 발로 찾아왔구나'라고 말할 때도 아니었다.

느릿하게 고개를 들어올리는 진의 무채색 동공과 마주친 바로 그때였다.

"죽인다······."

"도망가!"

함철원과 묵진민은 뒤도 돌아보지 않고 진신진력을 발끝에 담아 달리기 시작했다.

두근두근!

바로 귀 옆에서 울리는 듯한 심장의 박동. 과도한 근육의 사용으로 인한 산소의 소비와 이를 감당하려는 심장의 활발한 움직임이 아니다.

그 눈.

전에는 썩은 동태눈에 비유했던 희한한 이색 안에는 이지의 기운이 없었다.

오직 하나, 파괴와 살육의 본능뿐이었다.

의지와 상관없이 심장의 박동을 키운 것은 거기에 대한 두려움이었다. 단지 눈을 마주쳤을 뿐인데.

동굴에 들어설 때보다 수배는 빠른 속도로 빠져나가고 있는 것이 분명함에도 한없이 더디기만 하다.

피슉!

느닷없이 등에서 전해지는 극통. 따라잡혔다.

신법만큼은 자신이 있었는데… 그 정도 떨어져 있었으니 잡히지는 않겠다고 생각했었는데…….

다시 한 번 등에서 살점이 한 웅큼이나 떨어져 나가는 듯한 통증이 전해지자 묵진민은 동굴 밖에서는 틀림없이 볼 수 있을 태양을 다시는 보지 못할 것이라 확신했다.

결정했다. 함철원을 살린다.

"계속 달려요, 대주!"

묵진민의 바람과는 달리 함철원은 멈칫했다.

"너 이 자식! 대체 무슨 생각으로……!"

"이런 빌어먹을! 어서 달아나란……!"

퍽!

동굴을 가로막고 함철원에게 고래고래 소리를 지르던 묵진민의 가슴에서 핏덩이가 튀어 나왔다. 그러나 피는 뿜어지지도 솟구치지도 않았다. 핏덩이는 묵진민의 피를 뒤집어쓴 진의 손이었던 것이다.

"민아!"

"쿨럭!"

묵진민은 진한 선혈을 내뱉으며 등을 뚫고 가슴으로 삐져 나온 손을 움켜잡았다. 다시는 놓지 않을 마냥……

"민아!"

"이, 이런 젠장할…… 제발 가란 말이오…… 제발……."

눈물 범벅이 된 함철원은 몇 번을 주저주저하다 결국 뒤돌아서 다시 있는 힘껏 신법을 전개해 나갔다.

"여… 연이에게 전해주오…… 나를…… 용서해 달라고……."

묵진민의 목소리는 이미 뒷모습조차 보이지 않은 함철원이 듣기에는 너무나 작았다.

피윳!

진이 손을 뽑아버리자 묵진민의 가슴에서 피가 분수처럼 사방에 뿌려졌다. 그러나 주저앉지 않는 묵진민. 오히려 천천히 돌아서기까지 한다.

그런 묵진민이 의외라는 듯 고개를 갸웃거리는 진.

"…미안하다……. 정말로… 미안하게 됐는데…… 씨발…… 그… 꼴로는…… 내 여자… 한테… 못 보낸다……."

묵진민은 씨익 웃었다. 죽음을 앞둔 자조적인 웃음이 아니다.

그는 정말로 난생처음 편안한 마음으로 웃는 것이었다.

"크아악!"

'민아……'

섬뜩한 비명 소리를 뒤로하고 함철원은 무작정 폭포에서 뛰어내렸
다.

묵진민이 목숨으로 막은 시간은 길지 않았던 모양.

몸을 날리자마자 등 뒤에서 쏟아지는 날카로운 기운이 어깨를 스치
는가 싶더니 살이 갈리는 통증이 빠르게 전신으로 퍼져 나갔다.

다행이라면 이상하게도 당연히 있을 것으로 생각했던 연환공격 없
이 단발성 공격으로 끝났다는 점이었다.

풍덩!

함철원은 그대로 만장폭포가 만든 거대한 웅덩이인 오양정으로 떨
어져 내렸다. 함철원은 혈을 짚어 지혈하고 물 밖의 동정을 살폈다.

'아차!'

그리고 이내 크게 당황할 수밖에 없었다.

오첨진을 잊었다. 빌어먹을… 괴물 하나만 상대하기도 벅차거
늘……

그때였다.

첨벙!

물속에 뛰어드는 하나의 인영. 함철원은 기급을 하며 일장을 뽑아냈
다.

푸억!

정타다. 그러나 수공은 경험이 없는지라 묵심장의 위력은 현격하게
반감되어 있었다.

'응?'

그러나 예상했던 반격은 없었다.

반격이 있을 수가 없다. 제아무리 고수라 한들 모두 살아생전의 일인 법. 죽어 혼백을 놓은 시신이 누가 자신을 두들겨 팬다 하여 알게 무어던가?

맞다. 물속에 뛰어든 인영은 갓 죽어 넘어진 시신이었던 것이다.

머리가 뜯겨져 나가 누구인지는 알 길이 없으나 확실히 진은 아니었다.

슬그머니 물 밖으로 머리를 내민 함철원은 비로소 상황을 파악할 수 있었다.

본래 오첨진을 이루고 있던 이백 명의 무사는 함철원과 묵진민에게 진형이 뚫렸다는 사실을 알고 한층 긴장한 상태로 진형을 정비해 놓고 있었다.

그러던 와중에 오양동굴에서 폭포수를 뚫고 나오는 두 인영. 이미 가려승들이 모두 빠져나왔기에 오첨진의 무사들은 당연히 그들을 함철원과 묵진민으로 생각할 수밖에 없었다.

먼저 튀어나온 함철원은 미처 손 쓸 사이도 없이 오양정으로 떨어져 버렸고, 단단히 준비하던 차에 곧이어 튀어나온 진에게 공격을 퍼부었던 것이다.

결국 함철원의 목숨은 오첨진의 무사들이 지켜준 셈이 된 것이다, 그것도 목숨을 바쳐서.

"진형을 유지하라! 놈을 빠져나가게 해서는 안 되니!"

그렇다. 그들은 지금도 목숨을 초계와 같이 버리고 있었다. 그야말로 불 속에 뛰어드는 불나방들이다.

진이 휘두르는 단 일 수에 몸이 터져 나가고 사지가 토막 난 시신들이 사방으로 비산했다.

숨 몇 번 들이킬 시간도 되지 않아 시신은 산더미처럼 쌓였고 흘러든 피로 오양정은 혈정(血井)이 되어갔다.

절대 악. 누군지 몰라도 이름 하나는 기막히게 지어냈다. 지금 진의 모습은 혈귀(血鬼)나 살성(煞星) 따위의 별호는 귀여울 지경이었다.

'태양신이시여……'

함철원은 밥술이나 뜨자고 태양선교에 몸을 담은 이후 처음으로 진심을 담아 태양신을 찾았다. 절대 악을 막을 이는 절대 권능의 신밖에 없을 것만 같았다.

얼이 빠진 채 잠시 살육의 장면을 지켜보던 함철원은 정신을 번뜩 차렸다.

이럴 때가 아닌 것이다.

가야 한다. 가서 알려야 한다.

어디로 가야 하는지, 누구에게 알려야 하는지 도무지 떠오르지가 않지만 여기에서 멍청하기 짝이 없는 개죽음을 당하기는 싫다.

더군다나 저 녀석에게는…….

함철원은 오양정을 빠져나와 정신없이 내달리기 시작했다.

급작스런 변화에 진은 운기조식을 풀어야 하나를 놓고 고민했다.

딱히 중요한 고비를 맞은 것도 아니었고, 실재하는 육신이 없으니 조식을 푼다고 해서 원기가 손상되는 결과를 초래할 것도 아니므로 변화를 확인하는 것이 옳을 것이다.

그러나 진은 그만두었다. 지금 당장 하늘이 두 쪽 나고 땅바닥이 쩍쩍 갈라진다고 해도 진이 할 수 있는 일은 없을 것이기 때문이다.

축기는 무난하게, 그리고 끊임없이 이어지고 있었다.

뒤탈을 걱정할 필요가 없으니 지금껏 이론만 세워놓고 감히 엄두도 못해봤던 역행이나 주천을 다른 혈로 끌어보거나 내보내는 등의 시도를 할 수 있었다.

덕분에 옥녀심공과 태양공의 가장 적절한 배합을 찾아냈으며, 비로소 완전한 음양신공을 이끌어낼 수도 있게 되었다.

그것은 현실 세계에서 하나밖에 없는 육신을 가졌더라면 그 어렵다는 돈오(頓悟)의 순간에서야 얻을 수 있는 심고한 경지일 것이나, 진은 수많은 시행착오와 무수한 반복이라는 무식하고도 단순한 노동의 산물로 깨우치고 있는 것이었다.

무엇보다 끼니마다 밥을 챙겨 먹고 잠을 자야 하는 수고로운 일상을 반복할 필요가 없으니 참으로 좋다.

혹자는 먹고 싸고 자는 등의 인간의 가장 기초적인 욕구를 해결함으로써 쾌락을 얻고 인생의 묘미를 더해준다고 했다. 진 역시 그런 주장에 일부나마 공감은 한다.

그러나 진은 한 알만 먹어도 하루종일 아무것도 안 먹어도 되는 알약 같은 것이 없을까 실제로 찾아본 적이 있었으며, 잠으로 보내는 시간이 아까운 때가 매우 많았던 특별한 종류의 사람이었다.

비록 불과 열 평 남짓인 데다 사방이 꽉 막힌 작은 공간이었지만, 진은 일평생 처음으로 아무 목적이나 생각 없이 무공만을 생각할 수 있어 더없이 만족스러웠다.

단지… 조금 전 아랫배를 묵직하게 했던 그 찜찜함만 뺀다면…….

순간적으로 코끝을 스쳐 간 짙은 혈향이 있었는데 혈향이 낯익다는 이유 때문에 밀려드는, 그런 종류의 찜찜함이었다.

동시에 머리에 묵진민의 얼굴이 스쳐 갔는데, 그것 역시 진으로서는 진정 의외였다. 여간해서는 곁에 있어도 있는지 모르는 친구였거늘, 갑자기 그의 얼굴이 왜 떠올랐을까?

더군다나 피 범벅이 된 그 얼굴은? 그리고 언뜻 들려오는 음성으로 그 꼴이 어쩌고 내 여자가 어쩌고 했던 그 말의 진의는?

그러다 문득 진은 피 냄새라는 것이 결코 낯이 익을 수 없다는 사실을 깨달았다. 게다가 묵진민은 지금쯤 함철원이라는 뛰어난 두뇌의 소유자와 함께 있을 터이니 피가 낭자한 그런 꼴을 당했을 리는 없을 일이었다.

진은 묵진민의 배신한 사실을 전혀 알 수가 없는 상황인 것이었다.

그러므로 진은 이 모든 것들이 절대 악인가 뭔가 하는 녀석의 장난과 순전히 자신의 허약함에서 비롯된 착각일 것이라 치부해 버렸다.

진은 상념을 지우고 다시 단전에 의기를 집중하기 시작했다.

"흐음……."

낮은 탄식. 꼬리에 꼬리를 물고 이어지던 깨우침이 중간에 끼어든 상념으로 일순 끊어져 버렸다.

다시 묘리를 떠올리려 시도해 보았지만 흐트러진 의념의 연결은 쉽지 않았다. 아마도 한참 뒤에 다시 시작해야 하는 모양이다.

아무럼 어떤가? 해서 되면 좋은 것이고 안 되면 또 하는 수 없는 일인 것을.

진은 눈을 떴다.

떠봐야 볼 것이 있겠냐마는 눈꺼풀을 들어올리고 닫는 사소한 행동마저 지금은 꽤나 의미가 있는 일이었다. 수칸처럼 소멸이 된다 함은 무엇이던가? 소멸과 죽음이 더 이상 이승과는 인연이 이어지지 않는다는 점에서 무차별하다는 것은 알겠는데, 왠지 소멸이 더욱 삭막하고 허무하게 느껴진다.

그래서 눈을 떴다. 소멸되면 다시는 하지 못할 행동일 것이기에.

"응?"

그리고 진은 급작스러운 외부의 변화가 단지 자신의 느낌에서만 일어난 일이 아닐지도 모른다는 느낌이 들었다.

구체적으로 무슨 일이 일어났는지 증거를 대라면 보여줄 것은 없지만… 분명히 뭔가 변했다.

진은 예전에 그쯤에 있다고 생각했던 벽에 손을 가져다 댔다.

없다. 벽이 사라진 것이다.

한 발, 두 발… 꽤나 걸어나갔는데도 벽은 만져지지 않았다. 그렇게 이백 보나 앞서 가서야 진은 이마를 찧고 벌러덩 자빠졌다.

벽은 그곳에 있었다.

무슨 일인가 싶어 폴짝 뛰어보는 진. 역시나 그 정도 높이라고 가늠했던 하늘 벽은 손에 닿지 않았다.

이번에 더 높이. 닿지 않는다.

"좋아, 얼마나 뛸 수 있나 볼까?"

용천에 무지막지한 진기를 응집시키고 진은 있는 힘껏 발을 굴렀다. 비상하는 매처럼 우아한 자태로 솟구쳐 오르는 진.

퍼어억!

진은 벽에 집어던진 물에 젖은 걸레처럼 천장에 한참을 붙어 있다가 너풀너풀 떨어져 내렸다. 너무 높이 뛰어올랐고 생각보다 높지는 않던 게다.

"으윽…… 니기미……."

진은 머리에 불쑥 솟아오른 혹을 부여잡고 뒹굴었다. 아프지 않다고 생각해야 하는데 아직은 그것이 쉽지만은 않았던 것이다.

한참 동안을 머리를 미어 잡고 나서야 진은 공간의 넓어졌음을 깨달았다. 단칸 셋방에서 순식간에 고급 주택으로 옮긴 것처럼 널찍해진 것이다.

"일이 어떻게 되어가고 있는 것인가?"

단순한 평수의 확대가 아니다. 이곳은 진의 의식의 영역. 공간이 넓어졌다 함은 그만큼 진의 영역이 확장되었다는 의미일 터. 썩 나쁘지 않은 징조였다.

무엇이 평수를 늘렸는가?

진은 자신이 했던 일들을 되짚어보았다.

되짚고 말 것도 없다.

종일 앉아서 운기행공만을 했을 뿐이다.

진의 입가에 미소가 걸렸다. 입끝이 슬쩍 말려 올라간 비열한 미소였다.

"나는 넓은 집이 좋다."

진은 다시 앉아 놓쳐 버린 의념의 끝을 찾기 시작했다.

함철원은 여전히 미친 듯이 내달렸다.

숨이 턱까지 차 올라 더 이상 흡(吸)이 불가능하니 따라서 호(呼)도 불가능했고 심장의 박동 수만큼이나 호흡이 빨라져 당장이라도 폐가 터져 버릴 것만 같았다. 그러나 함철원은 발을 놀리는 것을 멈추지 않았다.

지금쯤이면 태양선교의 무사들은 모두 도륙되었을 것이다.

빌어먹을… 이백 명이나 되는 일류급 고수들이었건만 아직까지 버티고 있을 것 같지가 않았다. 그만큼이나 진은… 아니, 절대 악은 그야말로 절대 악스러운 위력을 보여주었다.

산을 벗어나는 것이 우선이다. 벗어난다고 해서 딱히 수가 생기지는 않을 것이지만 최소한 놈에게 갈가리 찢겨 산짐승이 한입에 먹기 좋은 고깃덩어리로 전락하기는 싫었다.

한참을 내달리던 함철원이 반색했다.

저 앞에 마지막 능선. 그 뒤로는 또다시 천연의 송림(松林)이 우거져 있다. 송림은 음양대가 매복 훈련을 하던 곳이다. 함철원에게는 안방이나 다름없는 곳이고, 적어도 한 가지 이점을 가지게 되는 것이었다.

그나마 한 가닥 희망이 생긴 것이다.

함철원이 막 송림으로 뛰어들려는 찰나,

쉭!

송림 안, 어두운 저편에서 공기를 가르는 날카로운 소성과 함께 하얀 선이 함철원에게 일직선을 그리며 날아들었다.

"이런! 벌써!?"

함철원은 땅을 박차고 솟아올라 암기를 피해냈다.

뭔가 이상하다는 생각이 든 것은 지면에 착지하고 나서의 일이었다.

절대 악이 보여준 압도적인 힘과 속도. 그것은 함철원이 도저히 피하고 말고 할 정도의 수준이 아니었다.

그런데 피했다.

고로 송림 안의 적은 절대 악이 아닌 것이다.

그러나 전혀 기쁘지가 않았다. 기쁠 수가 없다.

뒤로는 절대 악이라는 엄청난 괴물이 쫓아오고 앞으로는 정체를 알 수 없는 적에게 가로막힌 셈이니…….

'이 함가가 여기에서 죽는구나.'

호랑이에게 물려가도 정신만 차리면 살 수 있다고 한다.

지금껏 들어본 거짓말 중에서 가장 새빨간 거짓말이다.

호랑이에 대해서 눈곱만큼이라도 알고 있다면, 절대로 이딴 소리를 지껄일 수는 없을 것이다.

호랑이의 천적은 없다고 생각할지도 모르지만 대부분의 네 발 척추동물은 자신들과는 달리 직립보행을 하는 동물에게 위협을 느낀다. 말할 것도 없이 사람이다.

때문에 호랑이는 먹이를 잡으면 그 자리에서 먹을 수 있을 때까지 먹어치운다. 만에 하나 먹이를 물고 다녀야 할 일이 생기더라도 긴 송곳니로 경동맥을 끊어 확실히 죽인 후의 일이 되는 것이다.

함철원은 포기했다. 죽음을 직감했을 땐 두 가지의 선택이 있을 수 있다.

하나는 굴하지 않은 의기로써 적에게 맞서 장렬히 최후를 맞이하는 경우이고, 다른 하나는 발악이라도 해보는 것이다.

함철원처럼 길고 가늘게 살고 싶어 하는 부류에겐 이 모두가 부질없는 짓이었다.

지금 등 뒤를 따라오는 호랑이는 결코 정신을 차릴 시간을 주지 않을 것이다. 그저 되도록 고통없이 죽고만 싶을 뿐이었다.

아마도 다시는 들을 수 없을 것 같던 뾰족하고 가벼운 목소리가 들린 것은 함철원이 허탈하게 웃어젖힐 때 즈음이었을 것이다.

"대주?"

함철원은 여전히 하늘을 보며 웃어 젖히면서도 가만히 생각해 보았다.

자신이 태양선교를 이탈한 지가 벌써 십삼 년이 다 되어간다. 그러므로 송림 안에 숨어 있는 미지의 적은 물론이고 절대 악에게 처참히 살해당한 묵진민은 말할 것도 없으며, 태양선교 내에서도 그를 대주라 부를 수 있는 사람이 없었다.

오직 한 사람밖에는…….

함철원의 웃음이 뚝 그쳤다. 목소리의 주인공이 반가워서만은 결코 아니었다.

"안 돼! 도망쳐! 어서!"

함철원을 알아보고 반가움을 얼굴에 한껏 표현하면서 뛰쳐나오던 숙연연은 당장에 어리둥절한 표정으로 엉거주춤 멈춰 섰다.

"대주, 무사하셨군요. 그런데 대체 무슨 일이에요? 왜 제사장의 예복을 입고 있어요? 하마터면 대주 이마에 구멍을 낼 뻔했잖아요. 근데 뭘 피하라는 거예요? 뭐가 쫓아와요? 뭔데요?"

쉴 새 없이 쏟아지는 숙연연의 질문 공세에 가슴은 더욱 답답해져만 갔다. 급기야 함철원은 버럭 성을 내고 말았다.

"이런 빌어먹을! 살고 싶으면 어서 도망가란 말이다!"

"함 대협께서는 뭔가에 단단히 놀라신 모양이외다."

함철원의 눈이 더욱 커졌다. 숙연연의 뒤로 송림에서 천천히 걸어나오는 사내, 남궁천상이었다.

"젠장……."

함철원이 보기엔 그저 이곳에 쌓일 시신 한 구가 추가된 것으로 보일 따름이었다.

이제는 어쩔 수 없었다.

남궁천상은 알 바 없다. 그러나 숙연연만은 구해야 한다. 가늘고 길게 살자는 평생의 지론을 배반하는 행위이지만 자신만을 믿고 이날까지 끌고 다녔어도 불평 한마디 않던… 불평은 많았지만 이제는 가족처럼 느껴지는 숙연연을 자신보다 먼저 죽게 할 수는 없었다. 묵진민 한 명이면 이미 족하다.

"남궁 공자, 연이를 데리고 여기를 빠져나가시오."

"싫어요! 진민이 그 자식… 그 배신자 색골 자식을 내 손으로 죽이기 전에는 아무 데도 못 가요."

죽었다. 묵진민은 이미 죽었고 이제 나도 죽을 것이며 너 역시 지금 당장 떠나지 않으면 죽는단 말이다!

함철원은 가슴속의 외침을 애써 외면하고 차분히 말을 이어나갔다.

"길게 설명할 시간이 없소이다. 남궁 공자, 당신에게 연이를 맡겨도 되겠소이까?"

남궁천상은 눈에 뜨이게 당황하며 더듬더듬 대답했다.

"그, 그거야… 당연히……."

"그럼 되었소. 연아, 네게도 부탁이 있다."

비로소 함철원의 전신에서 풍겨오는 비장함을 느낀 숙연연도 당황하기 시작했다.

"대주… 왜 그래요? 당장 죽으러 가는 사람처럼."

"시끄럽다. 너는 지금 한시라도 그 입 좀 다물어줄 수 없겠느냐!"

버럭 노성을 뱉자 숙연연은 비로소 깨달았다.

정말 죽으러 간다. 대체 저 뒤에 무엇이 있기에…….

"내 부탁은 두 가지다. 하나는… 진민이를 용서해 줘라."

"그, 그건……."

"그리고 두 번째 내 부탁은……."

"……."

"꼭 살아서 시집을 가라."

그때였다, 장내의 공기가 급속도로 차가워지면서 절로 오한이 밀려든 것은.

"죽인다……."

함철원은 천천히 돌아섰다.

놈이다. 피의 연못에서 막 빠져나온 마냥 온통 피 범벅이어서 본바탕을 알아보지 못할 지경이었다.

남궁천상과 숙연연의 얼굴도 잿빛이 되었다. 과연 이것이 살기가 맞는가 싶을 정도로 어마어마한 살기가 천지를 뒤엎었다.

인간이 아니다. 인간은 이러한 살기를 내뿜을 수가 없는 일이었다.

"남궁 공자, 내 부탁을 잊지 마시오. 연이 너도 이 대주가 한 말 절대로 잊지 말거라."

"함 대협……."

"대주……."

"가시오. 최대한 막아보겠지만 그리 많은 시간을 벌어주지는 못할 것이외다."

남궁천상은 갈등했다.

어눌한 자세로 천천히 걸어오는 혈수(血獸). 어디서 많이 본 듯도 하지만 분명히 사람이 드러낼 수 있는 기운은 아니었다. 이 정도라면 함철원은 두 번 죽었다 깨어나도 감당치 못한다. 함철원의 말대로 도망칠 수 있는 시간도 벌기 힘들 것이었다.

남궁천상은 허리춤에서 뇌룡검을 뽑아 들고 함철원의 옆에 나란히

섰다.

함철원의 얼굴이 당장에 일그러졌다.

"당신은 방금 한 약속도 지키지 못하는 시러배였소!"

"내가 시러배 일지는 모르나 약속을 어긴 적은 없소. 나는 함 대협의 부탁대로 지금 숙 소저를 지켜주려는 것이오."

"넨장할… 남궁가가 똥고집으로 천하제일가가 되었다더니……."

그저 피식 웃을 뿐인 남궁천상이었다. 그때까지도 공포에 젖어 얼어붙어 있는 숙연연을 향해 남궁천상이 말했다.

"숙 소저께서는 내 부탁도 한 가지 들어주시여야겠소. 내 동생들을 돌봐주시오."

숙연연은 당장에 대답을 하지 못했다. 말도 안 되는 소리 지껄이지 말라고 외치고 싶었지만 몸과 함께 굳어버린 혀는 한 치도 움직여 주질 않았던 것이다.

대체 왜 인가? 보잘것없는 천애 고아 년을 살리기 위해 어째서 두 남자가 목숨을 바치려 하는가? 난 아무것도 아닌데…….

그러고 보면… 꽤나 행복한 여자가 아니던가? 묵진민은 비록 자신을 범하려 했지만 동시에 그의 마음을 드러냈었다. 아버지 같고 오라비 같았던 함철원은 주저없이 목숨을 내놓고 만난 지 얼마 되지도 않은데다 지체 높으신 남궁세가의 소가주마저도 따뜻한 음성으로 살아달라 하지 않는가?

이런 사람들을 두고 갈 수는 없다.

사지를 옭아매던 공포는 슬그머니 무뎌졌다.

숙연연은 장검을 뽑아 들고 남궁천상 옆에 섰다.

"남궁 공자, 솔직히 말해 봐요. 당신… 날 좋아하죠?"

절대 악을 앞에 두고 전혀 그럴 만한 상황이 아님에도 남궁천상의 얼굴이 순식간에 벌게져 버렸다.

당장에 욕지거리가 목구멍까지 올라오던 함철원도 말문이 막혀 버리고 말았다.

"저는… 날 좋아해 주고 아껴주는 사람들을 등 뒤에 남겨두고 제 목숨이나 보존해 보겠다고 줄행랑이나 놓는 한심한 여자는 아니랍니다."

함철원은 한숨을 포옥 내쉬었다.

이렇게 되면 하는 수 없었다. 최선은 숙연연이 꽁지 빠지게 달아나 주는 것이지만 저렇게까지 말을 하는데 더는 말릴 수도, 말릴 시간도 없는 것이다.

"연이 너, 저승에서 보자. 오리 궁둥이가 되도록 볼기짝을 때려줄 것이다."

절대 악은 이미 이십여 장 앞으로 다가왔다. 대기 속에 살기의 밀도도 절대 악이 다가서는 만큼이나 증가했다.

힘철원의 묵심장이 검은 안개를 휘감았고, 남궁천상의 뇌룡검에 뇌전이 번뜩이기 시작했으며, 숙연연의 눈빛이 더없이 매서워졌다.

"온다."

남궁천상의 말이 떨어지기가 무섭게 절대 악의 신형이 안개처럼 흩어졌다.

먼저 튀어 나간 이는 남궁천상. 뇌전을 머금은 뇌룡검은 그의 몸보다 먼저 뻗어나갔다.

그때!

쿠구구구궁!

지축을 갈아엎을 듯한 가공할 경기가 응집되는가 싶더니 남궁천상의 눈앞의 땅이 폭격이라도 당한 마냥 십 장 높이로 솟아올랐다.

"캬오오오!"

후두두둑!

처절한 짐승의 울음소리와 더불어 솟아오른 흙먼지와 자갈이 주위로 부산스럽게 떨어져 내렸다.

함철원의 눈이 찢어질 듯 부릅떠졌다.

이 정도였던가? 남궁천상이 어느새 저런 경지에 이르렀던가?

이것이 진정 남궁천상이라면… 어쩌면… 살 수도 있다.

그러나 함철원의 생각대로 남궁천상의 검공은 이 경지에 다다르지 못했다. 그 역시 갑자기 벌어진 일에 어리둥절해하고 있을 뿐이었다.

"남궁가의 애송이는 물러서라."

불현듯 탁하고 음산한 음성이 장내에 울려 퍼졌다.

남궁천상은 여전히 영문을 모르겠다는 어리둥절한 표정으로 두리번거릴 뿐, 함철원도 조금 전의 가공할 경력의 폭발이 남궁천상이 아님을 비로소 알아차렸다.

이번엔 또 뭔가?

"저, 저게 뭐죠?"

숙연연이 채 가라앉지 않은 먼지구름 속을 실눈을 뜨고 노려보며 손가락으로 가리켰다.

먼지구름 속에서 우두커니 서 있는 인영. 한 줌 미풍이 불어 닥쳐 먼지구름을 완전히 몰아내자 비로소 완전한 모습이 드러났다.

괴인이다.

머리는 산발. 흘러내린 머리카락에 얼굴은 온전히 가려져 있고, 그 안에서 두 눈만이 섬뜩한 기운을 토해내며 찬연히 빛을 발하고 있다.

무엇보다 그를 더욱 악마적 분위기로 몰아가는 것은 난도질을 해놓아 걸레처럼 너덜거리는 가슴도 아니요, 바람이 불 때마다 그의 몸에서 풍겨오는 짙은 혈향 때문도 아니었다.

목걸이마냥 끈을 연결해 목에 걸고 있는 해골.

누가 봐도 확실하다. 그것은 짐승의 것이 아닌 사람의 해골이었다.

차라리 온몸에 피칠을 하고 나타난 절대 악이 더 정겨워 보일 지경.

"크르륵… 죽인다……."

저 멀리 널브러졌던 절대 악이 비실비실 일어섰다. 본래 온통 피칠을 하고 나타났으니 지금의 난자한 피가 제놈의 것인지 남의 것인지 분간할 수는 없지만, 최소한 약간의 충격은 받은 듯한 모습이었다.

푸아악!

괴인의 몸에서 발산되는 무서운 기세.

남궁천상마저도 자신도 모르게 뒷걸음질치게 만드는 압도적인 발산이었다.

"저놈은 내 것이다. 방해하면 다 죽인다. 꺼져라."

괴인이 뇌까리듯 말했다. 그 음성만으로 간담이 서늘해질 지경이었다.

어찌할 바를 모르고 엉거주춤해 있는 남궁천상의 손을 누군가 잡아챘다.

"방해하면 죽인다질 않소. 어서 갑시다."

함철원이었다.

"하, 하지만……."

"하지만은 무슨 놈의 얼어죽을 하지만이오. 다시는 기회가 없을 것이란 말이오. 연아, 어서 가자!"

함철원은 거의 끌어내다시피 남궁천상과 숙연연의 팔목을 잡고 송림 안으로 사라졌다.

제6장

진, 돌아오다

덜컥거리는 마차 안.

창밖을 한없이 바라보고 있는 남궁천상의 얼굴은 어두웠다. 그에게 있어서 좋을 일이 없었다.

친형제의 손에 의해 죽음의 문턱까지 갔다가 왔다.

남궁천상은 꼬박 보름 동안 혼수상태에 빠져 있었으므로 자신을 사선에서 구해낸 전음의 주인공이 누구인지 알 수가 없었다. 단지 남궁천상이 기억하고 있는 부분은 여인의 목소리였다는 사실뿐이었다.

남궁천상이 깨어나서 처음 본 사람이 바로 숙연연이었다.

정작 자신도 성치 않은 몸임에도 단지 그곳에서 아는 유일한 사람이라는 이유로 남궁천상의 병상을 지켜준 것이다.

이윽고 숙연연에게 들은 말은 충격적이었다.

그를 구한 이는 놀랍게도 천년신교의 교주였다는 것이다.

천년신교의 현 교주인 비검이 심양(沈陽)을 성도로 삼고 모용왕국을 천명하였으며, 대규모 토목 공사를 벌여 천궁(天宮)을 짓고 있다고 하질 않았던가? 그런 그가 무슨 까닭으로 자신을 구했단 말인가?

게다가 비검은 남궁천상이 알기로 남자였다.

비록 혼미한 정신이었지만 분명히 기억한다. 전음은 분명히 여인의 목소리였다.

이래저래 가뜩이나 심란한 판국에 이것이 무슨 도깨비놀음이란 말인가?

다행히도 이런 혼란은 오래 가지고 있지 않아도 되었다.

아무리 많이 봐줘도 이제 갓 스물을 넘긴 묘령의 여인이 자신을 천년신교의 교주라 소개하며 남궁천상을 찾아온 것이었다.

내분이다.

천년신교는 반으로 갈린 것이다.

연화라는 이름을 가진 젊은 여교주를 통해 남궁천상은 수많은 소식을 접할 수 있었다.

자신이 머물고 있는 이곳은 천지밀궁이고, 다시 말해 천년신교와 천지밀궁이 한 배를 탔다는 사실은 그다지 놀랍지도 않았다.

남궁세가는 그야말로 남궁(南宮)이 되었다는 것. 남궁천명이 연호를 발하고 스스로 왕이 되었다는 것도 충분히 짐작하고 있던 사실이었다.

정작 놀라운 사실은 남궁천명, 화산파의 장문인인 악영산, 하오문의 계문주 등의 정파무림에서도 배분이 높은 절정고수들은 물론이고 녹림천하문의 이덕패를 위시한 그의 전 세력이 실상 하나의 주인 밑에서 움직인다는 것이었다.

한진회.

천지밀궁이 막대한 희생을 치르면서 알아낸 것은 고작 그들의 뒤에 있는 실체의 이름뿐이었다.

그러나 한 가지만은 분명해졌다.

한진회는 작금 원 조정은 물론이고 중원을 단숨에 집어삼킬 수 있을 만한 강대한 세력을 지녔다는 것이다.

천지밀궁은 이들의 최종 목적과 의도를 파악하기 위해 조직된 단체였다. 궁주라 알려진 목여염도 실상 실세는 아니고 그녀를 받쳐 주고 있는 야살귀란 자가 또 있다는 사실도 남궁천상은 처음 듣는 이야기들이었다.

천지밀궁은 그동안 오판을 했다.

한진회가 움직이는 시점을 오판했고, 그들이 가진 힘을 오판한 것이다.

뒤늦게 대항할 세력을 규합했지만 무림을 이끌어온 구파일방은 멸문했거나 이미 한진회의 손에 들어가 있었다.

그리고 한진회도 오판했다.

구파일방은 멸문하지 않았으며 온전히 그들의 손에 흡수되지도 않았다. 비록 남은 자들은 속가제자들과 하급 무사들뿐이었으나 분명히 구파는 언제든지 제기할 수 있는 역량을 가지고 있다는 사실을 한진회는 놓친 것이다.

그러나 천지밀궁과 천년신교의 지붕 아래 모인 세력은 한진회에 대항하기엔 터무니없이 약했다. 절정고수도 하급 무사의 숫자마저도 한진회의 그것에 비한다면 태산 아래 조약돌인 것이다.

천년신교의 여교주는 남궁천상에게 힘이 되어줄 것을 요청했다.

남궁천상은 쉽사리 결정하지 못했다.

형제에게 칼을 겨눠야 하는 일이다. 혈육의 원수를 갚겠다고 혈육에게 복수의 검을 들이대야 하는 기가 막힌 상황인 것이다.

갈피를 못 잡고 있던 와중. 숙연연이 몸을 회복하자마자 함철원을 찾아야겠다고 나섰고, 그를 따라나선 것이었다.

그리고 이 여정에서 남궁천상은 다시 한 번 자신의 나약함을 절감해야 했다.

함철원에게 듣고서야 알게 된 괴수로 변해 버린 진. 그의 모습은 무당산에서 받은 충격 못지않게 남궁천상을 초라하게 만들었다.

그리고 그를 막아선 무림맹주 백비운.

그렇다. 그는 백비운이었다. 그의 손에 들린 백룡검을 보고서도 너무나 변해 버린 모습에 도무지 믿을 수가 없었다.

백비운은 딸을 잃고 행방불명이 되었다고 들었는데 그곳에 나타난 것이었다.

딸의 원수를 갚기 위해…… 딸의 시신을 화장한 뒤 그 해골을 가슴에 걸고 오직 복수만은 외치는 괴물이 되어 나타난 것이었다.

만일 그때 백비운임을 알아보았다면 오해를 풀어줄 수 있었을 것을…….

아니, 남궁천상은 말해 줄 수 없었을 것이다. 당신의 딸이 당신의 아들에 의해 겁탈당하고 결국 죽음에 이르렀다는 말을 그는 받아들일 수 있었을까?

차라리 아무것도 모르고 죽는 것이 나을 것이다.

어느 것 하나 편한 것이 없으니 가슴만 답답해져 나직이 한숨을 내뱉는 남궁천상이었다.

"남궁 공자께서는 식사를 거르지 마세요. 이럴 때일수록 힘을 내셔야지요."

남궁천상은 벽곡단을 내미는 숙연연을 물끄러미 바라보더니 입을 열었다.

"그러는 숙 소저야말로 그만 눈을 부치시지요. 이 남궁은 요사이 숙 소저가 무척이나 걱정되오이다."

숙연연은 스산하게 미소 지었다. 다분히 작위적인 억지웃음이다.

숙연연은 요 며칠 부쩍 수척해졌다. 적당히 부풀어 있던 볼살이 몽땅 빠져 사춘기 소녀 같던 치기는 온데간데없고 한층 성숙한 여인의 내음이 물씬 풍겼다.

비단 변한 것은 그녀의 용모뿐만이 아니었다.

묵진민이 진에게, 정확히 진으로 분한 절대 악의 손에 죽었다는 소식을 전하고 나서 함철원은 괜한 짓을 했다며 땅을 치고 후회해야 했다.

"나 때문에… 겨우 나같이 하찮은 고아 년 때문에 죽은 거야. 내가 멍청해서… 민아의 마음을 몰라줘서 그랬던 건데… 내가 죽었어야 했는데… 이제 난… 어쩜 좋아……."

숙연연은 줄기차게 울어댔다. 울다 지쳐 잠이 들고 다시 눈을 뜨는 순간부터 울었으며 벽곡단을 씹다가도 갑자기 고개를 처박고 울었다.

숙연연의 죄의식이 근거가 없진 않다고 해도 분명히 지나친 감이 있었다.

어려서 부모에게 버림받은 시점부터 차곡차곡 쌓여왔던 설움이 이 무렵에 닥쳐온 시련들이 더해지면서 한꺼번에 터져 나온 것일지도 몰랐다.

처음엔 달래도 보고 윽박질러 보기도 했지만 함철원은 그런 숙연연을 내버려 두기로 했다.

사람은 시련을 통해서 성장하는 법이다. 언제까지 함철원이 그녀를 보호해 줄 수는 없는 일이며, 가급적 숙연연이 홀로 일어서는 시기를 앞당겨 주는 것도 괜찮을 것이라는 생각에서였다.

"다 왔습니다. 소인의 임무는 여기까지입니다. 이제부터는 첨가 놈이 모실 것입니다. 불편하시더라도 조금만 참아주시길."

함철원과 숙연연, 그리고 남궁천상은 힘없이 강가에 대어진 소선에 올랐다. 천지밀궁의 본궁까지는 아직도 먼길이 남아 있었다.

진은 웅크리고 앉아 키득거렸다.

키득거리나 싶더니 눈물을 펑펑 쏟아내며 울고 또한 언제 울었냐 싶게 호탕하게 웃어 젖혔다. 그러다 갑자기 듣도 보도 못한 욕지거리를 뱉어내며 마구 화를 내기도 했다.

시골 동네에는 꼭 한 명씩은 있기 마련인 '미친 년' 도 저리 심각하지는 않겠다고 생각할 정도로 진은 정상과 거리가 멀어 보였다.

그러나 진은 현재 지극히 정상이었다.

진은 감정을 드러내지 않은 훈련을 받았고 그렇게 살아왔다.

물론 그것들이 배운 것처럼 쉽게 되지는 않았지만 최소한 감정을 숨기려 무척이나 애를 썼었다.

그러나 지금의 진은 기쁘면 웃고, 슬프면 울었으며, 화가 나면 역정을 내며 욕설을 내뱉었다.

그러므로 진은 지극히 정상이라고 말할 수 있는 것이다.

아니, 진은 보편타당하고 평범하다는 다른 표현인 '정상' 정도가 아니었다.

마음에서 감정이 일자마자 바로 겉으로 표현해 내는 지금의 진을 무를 안다고 자부하는 누군가가 보았다면, 혀를 빼물고 놀라 자빠질 엄청난 일이 일어나고 있음을 알았을 것이다.

마음이 일어남과 동시에 신이 움직이는 경지. 다름 아닌 신검합일(身劍合一)의 심득을 얻고 있는 장면인 것이다.

문득 진은 웅크린 자세로 그대로 누웠다. 아기처럼 엄지손가락을 입에 물고 있는, 덩치 크고 시커먼 사내가 취하고 있는 동작임에 다소 보기 거북한 행위였지만, 이 역시 칼밥을 먹는 이가 보았다면 당장에 호법을 선다고 칼을 뽑고 눈을 부라렸을 장면이다.

순극(純極)의 상태. 진은 태초의 모습으로 돌아간 것이다.

인간은 누구나 청정의 상태로 태어나지만 자라는 과정에서 탁기가 몸에 쌓이고 병이 들며 노화되어 죽어간다.

무인이라면 각자의 운기토납법으로 이런 탁기를 물리치지만 그것 역시 일반인에 비해 낫다 뿐이지 몸에서 온전히 탁기를 몰아낼 수는 없다.

소위 탁기를 완전히 몰아내면 나타나는 현상이 바로 탈태환골(奪胎換骨)임에 무림사 오백 년을 뒤져 봐도 이런 경지에 이르렀던 자는 코빼기도 비친 적이 없었다.

진은 탁기를 몰아내는 대신 몸을 되돌린 것이었다. 그것은 진 자신이 만들어낸 의념으로 끊임없이 실험하고 도전한 결과였고, 오직 의식의 세계에서였기에 가능한 일이었다.

진은 편안한 모습으로 잠이 들었다.

그렇기에 진은 볼 수 없었다.

그를 가두고 있던 공간이 무한히 확장되면서 그림처럼 고정된 채 박혀 있던 높은 하늘의 구름이 슬그머니 움직이기 시작했으며, 척박한 사막의 곳곳에서 푸르른 싹이 터 나오고 모래 능선이 불쑥 솟아나면서 녹음을 더해 산과 계곡을 이루는 경이로운 장면들을.

오직 진만이 시간이 정지한 마냥 주위의 환경들은 급격하게 변했다.

비가 내리고 바람이 부는가 싶더니 낙엽이 수북하게 쌓이고 기어이 눈이 내렸으며 어느새 눈 사이로 새로운 싹이 돋아났다.

그렇게 얼마의 시간이 지났을까.

진은 천천히 눈을 떴다. 아주 잘 잤다는 마냥 길게 기지개까지 켠다.

"으아아~ 기차게 잘 잤…… 응?"

대승정관은 얼이 빠진 모습이었다.

그 역시도 절대 악의 강림은 책에서만 읽었을 뿐, 실재의 모습은 처음 봤다.

당연히 그 위력이 궁금하지 않을 수 없었기에 절대 악을 뒤쫓았다.

과연 마수족의 후예에서 분리되어 나온 절대 악은 그를 실망시키지 않았다.

제 동료를 밀고하고 마수족의 후예를 넘겨준 녀석. 어차피 일이 끝나면 죽여 버릴 쓸모없는 놈이었다.

절대 악은 일 수에 놈의 가슴에 구멍을 뚫어버렸고 급기야 사지를 갈가리 찢어버렸다. 썩 보기 좋은 장면은 아니었으나 그것이야말로 절대 악의 참모습이 아니겠는가?

이어서 앞서 도망가던 배신자 함철원을 공격하던 때까지는 아주 좋았다.

이건 뭔가 잘못됐다는 심정이 밀려든 것은 오양동굴을 나서면서부터였다.

대승정관 자신의 불찰에 기인한 점도 없지 않았다. 자신과 교를 위한 실로 중차대한 일이었기에 교 내의 일급고수들을 몽땅 풀어 만장폭포 주위로 매복시켜 놓았다. 적어도 그들에게는 절대 악의 존재를 가르쳐 줬어야 했다.

절대 악은 자신을 공격하는 태양선교 고수들을 적으로 간주하고 도륙하기 시작했다. 어? 어? 하는 사이에 이미 수십 명의 고수가 처참한 시체가 되어 나뒹굴었다.

대승정관이 번뜩 정신을 차리고 섭혼대법술(攝魂大法術)의 주문을 외웠을 때엔 절반이나 희생된 후였다. 그나마 다행이라며 안도의 한숨을 내쉬는데… 절대 악은 멈추지 않았다.

고삐 풀린 망아지처럼 사방을 휘젓고 다니며 태양선교 고수들을 모조리 도륙해 버린 것이었다. 섭혼대법술은 전혀 먹혀들지 않았다.

시전자에게 절대 복종을 이끌어내는 술법이 바로 섭혼대법술이다. 밀전에서는 이러한 현상이 일어날 수 있는 경우는 오로지 한 가지뿐이라고 했다.

소멸되지 않은 영혼이 절대 악에게 남아 있는 경우.

불가하다.

이런 불상사를 막기 위한 방편이 바로 대라천심곡이다.

대라심천곡으로 희(喜), 애(哀), 락(樂)의 감정을 모두 소멸시킨다. 오로지 노(怒)만 남아 있는 불완전한 영혼을 성체로 탄생시키는 과정에서 바로 타밀종의 우화가 필요한 것이었다.

그러므로 알을 깨고 나온 그 순간이 오로지 증오와 분노만 간직한 절대 악의 탄생을 알리는 것이라 단언할 수 있는 것이었다.

그러나 실제의 상황은 그렇지 않았다. 닥치는 대로 파괴하고 죽였다.

그나마 다행이라면 대승정관에게는 주먹을 뻗다가도 주춤주춤 물러선 장면이었다. 시전자의 명을 듣는 대신 시전자를 죽이지는 않는, 이를테면 시전자의 권한을 제멋대로 축소시켜 버린 것이었다.

대승정관은 태양선교의 고수들, 아니, 이제는 한 줌 핏물에 지나지 않는 고깃덩어리들을 망연자실한 표정으로 쳐다봤다.

저들은 장차 건설될 자신의 나라의 충실한 일꾼이 되어야 했다. 강력한 신병기에 다름 아닌 절대 악이 있으나 그 하나로 모든 일들을 처리하기에는 무리. 가신이 없는 황제가 무슨 소용이며, 백성이 없는 나라가 무슨 소용이던가? 그나마 통제되지 않는 절대 악은 제 숨이 붙어 있는 한 끝없이 파괴하고 살육할 것이다.

이 산에 있는 교도들이 모두 죽어없어질 때까지…….

"마, 막아야 해."

대승정관은 노구를 이끌고 또다시 살육을 위해 적을 뒤쫓는 절대 악을 뒤쫓았다.

마침내 절대 악의 뒤를 따라잡고서 본 장면.

'저, 저건 또 무슨 괴물인가?'

봉두난발에 다 찢겨진 넝마를 걸친 노인. 가슴에는 커다란 해골까지 매달고 있는, 겉모습으로는 절대 악이 보여주는 위압감을 한참이나 상회하는 괴인이었다.

괴인이 말했다.

"네놈과의 악연은 깊고도 깊구나."

괴인의 탁하게 갈라진 음성에는 절절한 슬픔이 배어 있었다.

"너는 나의 꿈을 짓밟았으면 그것으로 만족을 해야 했다."

슬픔이 걷히고 분노가 덮여들었다.

"너는 내 딸을 겁간하고 죽였으면 나 역시 죽였어야 했다."

대승정관은 그들을 지켜보면서 자신도 모르게 오한에 떨어야 했다.

저리도 닮았을까?

증오만 남은 불완전한 파괴의 신과 오로지 증오만 남은 인간이었다.

수중의 검을 높이 치켜드는 괴인.

"네놈과 함께 지옥의 불구덩이로 떨어지리!"

괴인이 치켜든 검을 본 대승정관은 경악했다.

'배, 백룡검! 그렇다면 저 녀석은!'

백운세가의 가주이자 무림맹주, 북검제 백비운이다.

저 녀석이 저런 몰골로 어째서 여기에 나타났는가? 저놈도 나라를 세운다며 개봉을 헤집고 다니며 목청을 돋우던 때가 엊그제이거늘.

딸을 겁간해? 누가? 대승정관이 확인하기론, 분명히 백비운의 금지 옥엽 백운혜가 진과 그 일행을 탈출시켰고 헤어진 직후 곧바로 잡아들였는데 어느새 겁간을 하고 죽이기까지 했더란 말인가?

분명 어느 부분에서 잘못된 일이었다.

그러나 이미 살갗이 저며오는 살기를 우박처럼 뿌려대는 그들의 대치 상황에 대승정관은 발만 동동 굴러야 했다. 북검제가 저런 몰골로 나타날 때부터 이 싸움은 자신이 끼어들 여지가 없음을 대승정관은 잘 알고 있었다.

그렇기에 더욱 초조해졌다.

달리 절대사존 북검제의 별호가 붙여진 것이 아니다. 북검제 백비운으로 말하자면, 무의 신이라 일컬어지는 신검 영호성과 생신 장삼봉에 근접하는 화경의 고수인 것이다.

절대 악은 무공 따위는 모른다. 그저 내재한 미증유의 기운을 빌어 신력을 발휘하는 것이다. 보통의 무인이라면 상대가 될 것도 없다. 절정고수도 신경 쓸 바 없다.

백치에 가까운 대신 절대 악은 적의 기술을 모두 기억하고 배우는 엄청난 학습 능력을 가지고 있기에, 다양한 경험을 쌓은 후 신검과 같은 절대고수를 만난다 해도 승산은 절대 악에게 있다고 감히 단언할 수 있다.

그러나 지금은 아니다.

태양선교 고수들과는 사는 세계가 다른 북검제다. 이 엄청난 차이를 극복할 능력이 절대 악에게 있는가? 그는 이제 갓 태어난 아기와 다름이 없거늘…….

'어찌한다. 어찌해야 한단 말인가?'

절대 악이 북검제에게 무너지면 남은 희망마저도 물거품이 되고 만다. 꿈꿔왔던 모든 것이 일장춘몽이 된단 말이다.

어찌해야 할 바를 모르고 가슴만 시커멓게 타 들어가고 있는 그때 천지가 뒤집어지는 격돌은 시작되고 말았다.

대승정관의 눈으로는 좇을 수도 없는 속도. 오로지 성난 고함 소리와 짐승의 포효, 하늘이 울부짖는 듯한 우렛소리와 눈부신 섬광만이 한데 어우러져 장내를 가득 메우고 있을 뿐이었다.

경천동지할 싸움은 해가 지고 달이 떠오를 때까지도 이어졌다. 대승정관은 절대 악과 백비운이 꼬박 반나절 동안 만여 초를 교환했다는 사실을 전혀 알 수 없었으나 상호 죽을힘을 다해 싸우고 있다는 것은 모르지 않을 수 없었다.

격렬했던 일대의 공방이 차츰 눈에 뜨이게 느려지기 시작한 때는 슬그머니 여명이 밝아올 즈음이었다.

과연 절대 악의 학습 능력은 측정이 불가할 지경. 처음엔 막기에 급급했으며 몇몇 날카로운 검초에 크고 작은 검상까지 입어 패색이 짙었지만, 손속을 교환해 감에 따라 절대 악은 백비운의 모든 것을 그대로 흉내 내더니 곧바로 실전에 응용하기 시작했다. 급기야 단순한 흉내를 넘어 백비운을 능가하는 투로를 끌어내는 어처구니없는 장면에서 백비운은 기급하며 물러설 수밖에 없었다.

일세의 풍운이라고는 하나 백비운은 칠순에 가까운 나이. 내공은 더욱 심후해졌지만 세월에는 장사가 없는 법이다. 근육의 힘은 줄어들고 뼈는 가늘어져 이런 식의 지구력 싸움이라면 그가 절대적으로 불리한 출발점에서 시작한 셈이었다.

잠시의 소강 상태.

백비운은 거친 숨을 몰아쉬었다. 백룡검을 치켜든 팔도 사시나무 떨듯 떨린다.

절대 악의 겉모습도 썩 좋아 보이지는 않는다. 필경 백룡검이 만들어놓았을 생채기를 뒤집어쓰고 핏물을 쏟아내고 있으며 그 역시 꽤나 지친 기색이다. 그러나 절대 악의 숨결은 안정적이고 평온하기만 했다.

대승정관이 아닌 누가 봐도 승부는 이미 결정난 것이나 다름없음을 알 수 있는 장면이었다.

대승정관의 얼굴에는 희색이 만연했다. 혹시나 패배할 수도 있다는 염려는 기우에 지나지 않았음에, 더불어 북검제의 무공을 훔쳐 배웠으니 더 이상 절대 악을 대적할 인물은 없을 것이라는 만족감 때문이었다.

그러나 다른 한편으로는 걱정이 앞서지 않을 수 없었다. 비록 자신을 해치지는 못하지만 완전한 통제 역시도 되지 않는 절대 악은 하등 도움이 될 것이 없는 노릇. 오히려 손을 벗어난 골칫덩어리로 전락할 수도 있는 일이었다.

무슨 수를 써서라도 다시 오양동굴로 끌고 가 대법을 완성해야 했다.

놈을 처음 잡아들였을 때의 복마술법(伏魔術法)이 지금도 통할 것인가? 아니면 다시 가려승들을 끌어 모아 대라천심곡을 연주해야 하나? 또 다른 술법이 있었던가?

대승정관이 절대 악을 다시 잡아들일 궁리를 하고 있을 사이,

"원통하고도 원통하도다. 못난 아비는 구천에 떠도는 너의 원혼마저 구원하지 못하는구나."

백비운은 가슴에 매달린 해골을 쓰다듬으며 통한의 눈물을 흘렸다. 한이 서린 눈물은 짙은 핏빛, 피눈물이다.

"크르륵……."

벌겋게 충혈된 백비운의 눈이 신기한 물건을 찾은 강아지마냥 고개를 갸웃거리고 있는 절대 악에게 고정되었다.

"내게 남은 것은 이제 하나뿐이다. 네놈이 이것마저 막아낸다면 나는 더 이상 네놈에게 복수할 수단이 없는 셈이다. 바라건대… 네놈이 막을 수 없기를."

고오오오오…….

대승정관은 생각에 빠져 있는 가운데 급작스런 상황의 변화에 기급

을 했다.

느닷없이 불어닥치는 돌풍은 아무것도 아니다. 아름드리 나무가 당장에라도 뽑혀 나갈 듯 들썩거리는 것도 눈에 들어오지 않는다.

"저, 저건……."

용이다. 눈을 세차게 부비고 다시 봐도 틀림없는 백룡의 형상이다. 신을 믿고 신의 권능을 믿으며 신이 만든 기적은 믿어 의심치 않는 대승정관이지만 결코 용 따위의 세속적 산물의 존재는 믿지 않았다.

그러므로 바로 눈앞에서 찬란한 빛을 토해내는 백룡이 당장에라도 입에서 불길을 토해낼 듯이 똬리를 비틀어대고 있는 장면은 새빨간 거짓인 것이다.

그리고 대승정관의 믿음처럼 그것은 실재하는 용이 아니었다. 그러나 실재하는 용보다 더욱 치명적이다.

백룡승천(白龍昇天). 본정의 원기를 한 줌도 남기지 않고 쏟아 부은 백운세가의 가전절기이자 오늘날의 북검제 백비운을 만든 실체였다.

쿠구구구!

뭐라 말할 사이도 없이 성난 용이 천지를 두드리며 절대 악을 할퀴고 지나가 버렸다.

바늘 하나 들어갈 곳 없이 공간을 빼곡하게 메운 만 개의 백룡검이 아주 천천히, 그러나 도무지 피해낼 공간을 주지 않고 절대 악의 온몸을 훑어내고 지나간 것이다.

이윽고 찾아든 정적.

언제 그랬냐 싶게 사위는 잠잠해졌고 엉망으로 파헤쳐진 대지 위에는 백비운과 절대 악이 오 장여 떨어져 등을 맞댄 채 우두커니 서 있었다.

대승정관으로서는 숨죽이고 그들을 바라볼 밖에는 다른 수가 없었다.

털썩!

먼저 쓰러진 이는 절대 악이었다.

그 광경에 대승정관의 얼굴이 하얗게 탈색될 무렵,

"아이야… 이 못난 아비를… 용서해 다오……."

"……!"

풀썩!

백비운마저 앞으로 무너져 내리더니 이내 꼼짝도 하지 않았다.

대승정관은 놀란 맘을 부여잡고 재빨리 널브러진 절대 악에게 달려갔다.

"맙소사!"

그야말로 만신창이다. 사지는 붙어 있었지만 온몸의 살가죽은 갈가리 찢겨 도무지 성한 곳을 찾아볼 수 없었다.

"크르륵… 죽인다… 크르륵……."

그러나 죽지는 않았다. 일어서려고 버둥거리지만 힘이 다한 듯 결국 일어서지 못하고 매번 거꾸러질 뿐이었다.

반면 배를 깔고 누워버린 백비운은 움직임이 없었다.

마지막 남았다던 회심의 한 수를 절대 악이 막아낸 것이다. 대승정관이 보기엔 막았다기보다는 몸으로 때운 듯이 보였지만 그게 무슨 상관이던가?

가장 큰 걸림돌이었던 백비운은 죽었고, 절대 악은 만신창이가 되어 힘을 쓰지 못하니 이제 인신을 구속하는 술법 따위는 필요없게 된 셈. 대승정관에게는 그야말로 도랑 치고 가재 잡는, 일석이조의 상황이 펼

처진 것이었다.

대승정관은 절대 악의 두 다리를 잡고 허리에 끼우고는 흥얼거리며 오양동굴로 향했다.

그렇기에 송림에서 숨어 지켜보던 몇 쌍의 눈이 죽은 듯 움직임이 없는 백비운을 들쳐 메고 순식간에 사라져 버렸다는 것을 대승정관은 알 수 없었다.

가려승들은 한 명도 보이지 않았다.

그럴 만도 했다.

절대 악이 통제되지 않고 일급 무사들을 모조리 도륙했다는 소문이 지금껏 퍼지지 않았다면 되레 이상한 노릇일 것이다. 무공이라고는 일장반식도 모르는 가려승들 중에 두 눈 말똥말똥 뜨고 교단에 남아 있는 놈이 있다면, 그것이야말로 제정신을 의심해 보아야 하는 놈이 아니겠는가?

하는 수 없이 대승정관은 혼자서 모든 일을 해야 했다.

가려승이 없으니 대라천심곡은 물 건너간 얘기고, 남은 것은 섭혼술법뿐이었다.

이번에는 실패하지 않으리라 다짐하면서 대승정관은 절대 악의 나신에 직접 섭혼술법의 파자, 아스타베어를 써넣기 시작했다.

일반적인의 경우에는 부적 한 장을 붙이고 독경하면 해결될 것이나 이미 한 번 실패를 한 경험이 있는 데다 절대 악의 위력을 본 이상 절대 악의 몸에 직접 부적을 그려 넣어 섭혼의 위력을 배가시킬 요량인 것이다.

상체를 끝마치고 붓을 막 사타구니로 가져가려는 순간,

"으아아~ 기차게 잘 잤…… 응?"

절대 악이 느닷없이 기지개를 길게 켜며 일어난 것이다.

사람이 너무 놀라면 말문이 막히는 경우가 종종 있다.

지금의 대승정관이 딱 그런 경우였는데, 갑자기 절대 악이 일어나는 바람에 사타구니에 부적을 그려 넣기 위해 수그리고 있던 대승정관의 눈과 절대 악의 눈이 정확히 마주친 것이었다.

인간은 누구나 육신이라는 물리적 실체와 정신이라는 영혼의 유기적 결합체이다. 당연한 말이지만 육신과 정신은 언제나 밀접하게 상호작용을 하는데, 육신이 더없이 지치고 쇠약해지면 거기에 따라서 정신도 나약해져 가는 현상은 사람이라면 누구나 겪는 일이다.

엄밀히 논하자면 절대 악은 완전한 사람이라고 볼 수는 없지만, 어쨌든 절대 악은 백룡승천을 허용해 잠시 기력을 잃었고 그의 분노와 증오도 잠시 주춤할 수밖에 없었다.

그리고 이미 걷잡을 수 없이 성장해 가던 진의 의식이 그 틈을 타 절대 악을 몰아내고 육신을 차지해 버린 것이었다.

이제 절대 악은 진이라는 성체가 가지는 칠정(七情:희, 노, 애, 락, 애, 오, 욕)에서 오로지 노(怒)의 부분만 담당하게 되는 것임을 대승정관은 감조차 잡을 수 없었다.

툭!

대승정관은 그대로 얼어붙어 붓을 놓치고 말았다.

진의 시선이 통붓이 떨어지는 맑은 소리를 따라 숙여졌다. 표정이 굳어지는가 싶더니 이내 싸늘하게 식어버리기까지 한다.

몸통에 가득 쓰인 괴상한 문자들 따위는 보이지도 않는다.

"흐음……"

진의 눈에는 오직 대승정관의 마른 장작 같은 손이 실오라기 하나 걸치지 않은 자신의 샤타구니로 향해 있는 것만이 보일 뿐이었다.

"이봐, 영감. 당신의 취향이 어떤 쪽인지는 알겠는데… 이거 어쩐다지? 나는 확실한 이성애자인데 말이야."

진의 이러한 반응은 의외였다. 한숨 자고 일어났더니 누군가의 손이, 더군다나 사내의 손이 샤타구니에 닿아 있다면 불문곡직 손모가지부터 비틀어 버리고 보았을 것이다.

달라진 것은 통상에서 벗어난 단편적인 반응뿐만이 아니었다.

당장에 능청스러운 말투도 그렇고, 한결 여유있는 얼굴 표정을 보아도 그의 심경에 작지 않은 변화가 있었음을 반증해 주고 있었다.

물론 진의 이런 미세한 변화들을 대승정관이 알 턱이 없으며, 진에게 일어난 변화 따위에 관심이 있을 리도 없었다.

대승정관에게는 무시무시한 '절대 악'이 섭혼술법을 완성하기도 전에 벌떡 일어났다는 현상 자체에만 신경이 쓰일 뿐이었다.

대승정관의 눈에서 동자가 사라지는가 싶더니 그대로 뒤집어져 넘어가 버렸다.

"어라? 그렇게 충격받을 필요는 없는데. 내가 참한 색시. 아니, 남자를 수배해 볼 테니까… 이, 이봐, 영감!"

급기야 대승정관의 입에서는 허연 게거품이 흘러내리기까지 했다.

"여기가 어딘고?"

진은 주위를 둘러보며 자신이 왜 여기에 있는 것인가 고민해야 했다.

기실 진 자신도 어찌 된 영문인지 모르는 것이다.

진으로 말하자면 온몸에 충만한 진기를 느끼며 잠이 들었는데 깨어나 보니 이곳인 상황이다.

갑작스러운 환경의 변화를 두고 그저 어리둥절할 뿐인 진은 아직 현실의 세계라는 것조차 깨닫지 못하고 있는 것이었다.

그러나 현실감을 되찾는 데에는 많은 시간이 필요치 않았다.

"몸은 왜 이렇게 쑤시고 결려?"

진은 자신의 몸을 내려다보다가 기급을 하고 말았다.

몸에 빼곡히 쓰여 있는 괴이한 문자 때문에 미처 보지 못했다.

"언제 또 이리 심하게 다친 거야?"

제 것이 아닌 마냥 태평하다. 그럴 만도 한 것이 진은 '다 나아라' 하고 속으로 생각만 하면 예의 엄청난 재생력을 빌어 원상태로 될 것이라 굳게 믿고 있는 것이다.

당연하게도 그런 일은 발생하지 않았다.

"이거 왜 이래? 나아라! 얼른 재생이 되란 말이다!"

반응이 있을 턱이 없다. 재생은커녕 고함을 내지른 충격이 벌어진 상처들에 고스란히 전해지고 되튕겨와 뒤통수가 시큰거릴 정도로 통증이 밀려들 뿐이었다.

"크어억! 이, 이런 넨장할!"

그제야 진은 자신이 서 있는 공간이 의식의 세계처럼 몽환적이고 비현실적이지 않다는 사실을 깨달았다.

그러고 보니 아까의 늙은 중은 어디서 많이 본 것도 같다.

"……!"

본 정도가 아니다. 무림맹을 빠져나온 후 숲 속에서 만났던 중들. 이상한 수작을 걸어오고 누런 종이를 날려 보내던 바로 그 중이 아니던가.

그때 그렇게 되고 나서 중에 대해선 까맣게 잊어버리고 있었으니 분명히 진이 만들어낸 허상은 아닐 것이다.

진은 눈을 감고 코를 벌렁거렸다.

맡아진다.

동굴의 퀴퀴한 먼지 냄새와 사방에 가득한 향내, 그리고 피 냄새.

결코 반가운 것들은 아니었지만 어쨌든 의식의 세계에서는 꿈도 꾸지 못할 현실 세계의 냄새가 아니던가.

돌아왔다. 빌어먹게도 또다시 살아난 게다.

"크크크… 크하하… 아야야."

진은 절로 터져 나오는 웃음과 엄습하는 동통의 경계에 있는 괴이한 웃음을 연신 뽑아낼 따름이었다.

"이봐, 노인장. 일어나 봐."

대승정관은 좀처럼 정신을 차리지 못했다. 이제는 그가 의식과 무의식의 모호한 경계에서 헤어나지 못하고 있는 것이다.

그러나 매섭게 쏟아지는 따귀를 견뎌낼 만큼 그의 영혼은 강인하지 못했다.

대승정관은 뇌가 흔들리는 극통을 느끼며 슬그머니 눈을 떴다.

"헉!"

그리고 처음 본 것이 꿈에 볼까 무서운 '절대 악'이 헤죽헤죽 웃고 있는 영상이었다.

대승정관이 다시 기절하려는 순간,

"안 일어나면 혼~날 텐데."

대승정관은 칼을 목에 댄 채 눈을 부라리며 죽인다고 협박하는 것보다 환한 미소와 잔잔한 음성을 섞어 '혼~날 텐데'라는 비교적 부드러운 표현이 더 무서울 수도 있다는 사실을 처음 깨달았다.

대승정관은 용수철처럼 튀어 오르더니 곧바로 노인이 새파랗게 젊은 진에게 하기에는 다소 민망한 오체투지의 자세부터 취해 보였다.

"절대 악이시여, 부디 자비를 베푸소서."

"……."

"이 늙은 중생이 그만 눈이 뒤집혔나 봅니다. 넓은 아량으로 이 무지한 중생을 한 번만 살려주신다면 이 은혜 죽는 날까지 보생하며 살겠나이다. 그러니 제발……."

급기야 울먹이기까지 하는 대승정관을 보며 짠한 마음도 들었지만 다른 한편으로는 쾌씸하기도 했다.

그 개고생을 시켜놓고 미안하게 됐으니 한 번만 봐달라면 끝나는 일이냔 말이다.

어쨌든 죄과는 치러야겠지만 일단은 일이 어떻게 돌아간 것인지부터 알아야 한다.

"노인장은 올해 연세가 어떻게 되쇼?"

대승정관은 꼼짝없이 죽을 것이라 생각하고만 있다가 절대 악이 난데없이 나이를 묻자 얼떨결에 대답했다.

"자, 작년에 회갑을 돌아왔습니다만……."

"어이쿠, 내 아버지뻘보다 더 되셨네 그래. 근데 이거 어쩌지요? 지금 내 기분으로는 영 노인 공경이 될 성싶지 않은데 말입니다."

"그저 편하실 대로……."

"세상일이 편할 대로만 해결해서야 되나요 어디. 해서 하는 말인데, 이런 곳에선 왜, 주인과 종복의 관계 같은 것이 있다지요?"

관계면 관계지 관계 같은 건 뭔가. 어쨌든 대승정관은 진이 말하려는 의도를 알아챌 수 있었다. 뭘 하려는지 모르겠지만 결과는 긍정적이다.

살 수 있다. 살 수 있다는 데야 주종이 아니라 정부(情夫)라도 되어줄 수 있다. 얼마든지!

"주공, 이 미천한 늙은이는 남은 목숨이 다할 때까지 주공의 충실한 종복이 되겠나이다."

진의 입가에 보는 이로 하여금 오금이 저리게 만드는 종류의 미소가 번졌다.

"그래? 그럼 말하기 한결 편하겠군. 지금부터 질문. 내가 왜 여기에 있게 된 것인지 빠짐없이 설명하길 바란다. 나와 관련이 있다면 강아지 새끼 이름 하나도 빼놓지 말도록. 시작해!"

순식간에 야차처럼 돌변한 진을 보며 다시금 공포 속에 빠져든 대승정관이 더듬더듬 그동안 있었던 일들을 늘어놓기 시작했다.

그렇게 주저리주저리 말이 이어지는 동안 대승정관은 몇 차례나 생명의 위협을 느껴야 했다.

"내가… 그러니까 절대 악이라는 놈이 묵진민을 죽였다? 그것도… 갈가리 찢어서?"

특이 이 부분에서는 오줌을 지렸다. 유유하면서도 휘몰아치는 가공할 기세가 삽시간에 터져 나와 숨을 막히게 했던 것이다.

이 순간이 되어서야 대승정관은 눈앞에 있는 자가 '절대 악'이 아닌 마수족의 마지막 후예라는 것을 알게 되었다.

그러니 더 무섭다.

다시 몸을 차지했다는 의미. 지옥의 집행인이 무색할 지경의 위력을 보여주었던 절대 악을 물리쳤다는 증거가 아니면 무엇이겠는가?

게다가 절대 악을 제압했으니 복마술이나 섭혼술 따위는 이빨도 안 들어갈 완전체가 되었다는 의미도 되는 것이었다. 후일을 도모하는 등의 수작은 이미 물 건너갔다는 의미다.

"그의 시신은… 수습이 되었나?"

"아직……."

"절대 악을 끌어내려고 죽인 삼백 명의 아이들은… 그들도 방치해 두었나?"

"그, 그것이 워낙에 겨를이 없던 터라……."

음울하게 흘러나오는 기운에 대승정관은 저도 모르게 치를 떨었다.

"나는… 네놈과 이 빌어먹을 태양선교를 이 세상에 남겨둬야 할 이유를 도무지 찾지 못하겠다. 그러니 네가 너희들을 살려놓아야 할 이유를 가급적 알아듣기 쉽게 설명해 보아라."

대승정관의 얼굴이 허옇게 질렸다. 화장실 급한 놈하고 나온 놈이 다르다더니. 솔직하게 모두 말하라고 해서 했는데 이제 와서 이 무슨 오리발인가? 하지만 죽고 싶지 않았다. 아직까지 고뿔 한 번 걸리지 않고 건강하게 살아왔고, 앞으로도 되도록 늙어 죽고 싶단 말이다.

"주, 주공, 제발 기회를 주십시오. 교에는 괜찮은 녀석들도 많습니다. 얼마 전 음양대주 직에서 쫓겨난 노백이라는 자도 비록 교에 대항하기는 했으나 아이들을 재물로 쓰게 놔둘 수는 없다고 선심을 드러낸 자이옵니다. 다시 한 번 죄업을 씻을 기회를 주신다면 이 한 몸 불살라 주공을 보필하겠나이다."

간추려 보면 진과는 일면식도 없는 노백이라는 자를 들먹이며 살려주는 방향으로 고려해 보라는 게다. 진은 한숨을 내쉬었다.

"수백 명의 아이들을 죽인 그 더러운 손이 씻는다고 씻어지겠는가? 동료로 하여금 동료를 죽이게 한 죄가 제아무리 맑은 물에 담근다고 깨끗하게 씻기겠는가? 너희는 스스로 죄인이 되었을 뿐 아니라 나 역시 죄인으로 만들었다. 그러니 벌을 받는다면 같이 받아야겠지."

대승정관의 파리했던 안색이 슬그머니 돌아왔다. 무슨 말인지는 정확히 파악하지 못했으나 대충 살려준다는 뜻이 아니겠는가.

"지금부터 태양선교는 세상에 없다. 오로지 너희와 나, 죄인만이 있을 뿐이다. 우리는 오늘부터 죄업을 갚는다."

"지당하신 말씀……."

"다시 한 번 말 끊으면 죽는다. 천년신교의 비검이라는 자와 손을 잡았다고 했겠다?"

"……."

"대답 안 해?"

대승정관은 어느 장단에 놀아야 하는지 알 수가 없어 정신을 차릴 수가 없었다. 젠장… 기준 점을 일러주던가.

"소승 틀림없이 그리 말했사옵니다."

"소승? 태양선교는 세상에 없다고 말한 지 숨 몇 번 들이킬 시간도 안 됐다."

'말꼬투리를 잡고 늘어지면서 동시에 압박하기 질문법' 소위 후임병 군기 잡기 압박법이다. 과거 한국군의 사병들 사이에서 만연해 각종 정신질환을 유발시켰던 폐단이 여전히 진에게는 남아 있었던 것이다.

"소, 속하 분명히 주공께 비검과 손을 잡았다고 말씀드렸사옵니다."

"비검은 아는데 그 뒤에 있는 녀석들은 잘 모르고?"

"그렇사옵니다."

"내가 가르쳐 주지. 놈들은 한진회다. 기억해 둬라. 우리가 세상에서 지워 버릴 이름이다."

대승정관이 깜짝 놀라 진을 멀뚱히 쳐다보았다.

그는 한진회가 뭐 하는 녀석인지는 몰랐다. 단지 비검을 알 뿐이다. 비검으로 말하자면, 그 경지가 도무지 어느 정도인지 가늠이 안 되는 초절정고수다. 초절정고수가 어느 정도라고 이마빡에 써 붙이고 다니지 않으니 대강 무림맹주 백비운의 수준이 아닌가 하는 눈대중만 하고 있는 실정이다. 좀 전에 직접 목도한 바로는 굉장히 세다.

게다가 비검이 이덕패와 손을 잡고 천년신교를 집어삼켰다는 이야기는 아는 사람은 다 아는 비화다. 또한 사실 관계는 전혀 확인된 바가 없지만 이덕패는 단신으로 무당파에 찾아가 깡그리 멸문시켜 버렸다는 소문이 파다했다. 생신 장삼봉이 버티고 있는 그 무당파를……

대승정관이 알기로 비검과 이덕패는 한 주인을 모신다. 그 주인이라는 자가 진이 말한 한진회, 혹은 한지회주일 것은 바보라도 도출해 낼 수 있는 결론일 것이었다.

차라리 이 자리에서 죽어버릴까? 어차피 결론은 죽는 길뿐인데 시간을 달리한다고 더 나을 것이 무어던가.

대승정관은 심각하게 고민하기 시작했다. 그러나 고민의 시간은 충분히 주어지지 않았다.

"왜? 싫어?"

"아, 아닙니다. 속하 주공의 명을 받자와 적들을 섬멸할 것입니다."

"그래, 앞으로 힘 좀 써보자."

"존명."

"그런데 말이다. 나랑 같이 잡아온 커다란 똥개는 어쨌냐? 설마 그 새 탕으로 끓여내 네놈 뱃속으로 들어간 것은 아니겠지?"

삶고 데쳐 봐야 질길 것이 뻔한 녀석을 그럴 리가 있겠습니까라는 말이 목구멍까지 치밀어 올랐지만 대승정관은 그저 어색하게 한 번 웃어 보일 따름이었다.

제7장

땅은 하나이되 하늘은 둘이다

발 없는 말이 천 리를 간다는 옛 속담이 있다.

틀림이 없는 말이다.

삭풍이 잦아들기도 전인 늦겨울의 어느 날 북쪽에서 나타난 기병대.

그들이 처음 모습을 드러낸 대안성에는 '북쪽의 호랑이'라는 야율초의 북풍만인대(北風萬人隊)가 주둔하고 있었다. 아니, 어쩌면 북풍만인대가 그곳에 있었기 때문에 그들이 나타난 것인지도 모른다.

선후가 어찌 되었든 땅에서 솟았는지, 하늘에서 떨어져 내렸는지 갑자기 나타난 미지의 군대는 하룻밤이 지나가기도 전에 북풍만인대를 몰살시켜 버렸다.

전체 병력 삼천이백오십 명. 부상자는 없었다. 전원 사망. 전멸한 것이다. 그러므로 유령처럼 나타나 북풍만인대를 몰살시킨 군대를 본 사람은 아무도 없었다.

그럼에도 소문은 빠르게 퍼졌다. 소문이 아니 퍼질 수가 없었다.

북풍만인대가 전멸한 후 하루가 멀다 하고 몽고의 군영들이 그들의 말굽에 짓밟혔던 것이다.

유령 기병대가 북풍만인대를 전멸시키는 것으로 행적을 드러낸 후 이제 두 달. 벌써 몽고군 진영 천인대 여섯 곳과 만인대 두 곳이 쑥대밭이 됐다.

더군다나 그들은 보통의 몽고군도 아니었다. 날로 강성해지는 만주족을 견제하기 위해 몽골 평원에서 양성된 정예 철기(鐵騎) 진영을 상대로 전멸에 가까운 타격을 입힌 것이다.

더욱 놀라운 사실은 전투가 끝난 현장에는 유령 기병대의 시신은커녕 죽은 기마 한 필조차 발견되지 않았다는 점이다.

일방적인 학살이었거나 전투가 끝난 후 시신을 수습해 간 것이다. 전자보다는 후자가 현실적이고 설득력이 있지만 어느 쪽이든 엄청나게 강한 군대만이 지닐 수 있는 전장의 여유라는 점에서는 다를 바가 없었다.

한인들은 환호했다.

한족에 의한 거병은 중원 전체에 걸쳐 우후죽순 일어나고 있었지만 그들은 몽고군이 아니라 서로에게 칼을 겨눴다. 원제국의 군문이 자중지란(自中之亂)하여 약화된 지배권을 포기하고 철수해 버려 사실상 무주공산이나 다름없었던 영토를 차지하려는 것이었다.

한인들 간의 싸움과 약탈로, 그야말로 난장판이 되어버린 중원. 슬슬 그들의 작태에 인심이 사나워질 무렵, 유령 기병대의 등장은 그들에게 신선한 충격을 가져다 주었다.

뜻이 있고 열정이 가득한 사내들은 유령 기병대에 입대하겠다고 무작정 북쪽으로 올라가기 시작했고, 그 행렬은 시간이 지날수록 길어졌다.

그러나 한족들의 지지와 기대를 무색하게 한 사건은 얼마 지나지 않아서 발생했다.

요녕의 개원(開原)에서 거병한 백련교도 이자원이 그의 아래로 몰려든 홍건군 천이백 명을 데리고 심양으로 남하하다가 유령 기병대를 만나 전투 후 패배했다는 소문이 빠르게 퍼져 나갔던 것이다.

그나마 군기가 엄격하고 훈련도가 높은 몽고군은 생존자가 있었지만 이자원이 이끄는 홍건군은 단 한 명도 목숨을 건져 내지 못했다. 깨끗한 몰살인 것이다.

혹자는 몽고군이 유령 기병대를 음해하고 모함하려는 개수작이라는 반론을 펼쳤지만, 만주 일대로 쫓겨나 다시 거병을 하려던 홍건군들의 연이은 전멸 소식은 결코 원 조정의 이간질이 아니라는 것을 증명시켰다.

한족들은 환호하는 대신 슬슬 불안함을 느껴야 했다.

그 즈음 빠르게 퍼지는 또 하나의 소문은 한족들의 불안감을 더욱 증폭시켰다.

"유령 기병대는 야인족의 말을 쓴다!"

만주의 동향이 심상치가 않다는 소문은 이미 오래전부터 세간에 떠돌고 있었다. 몽골제국의 정예군이 만주 곳곳에 배치된 사실은 그것이 결코 소문만이 아니라는 사실을 뒷받침해 주었다.

"몽고 놈들 대신에 이번엔 만주의 오랑캐들이 중원을 삼키려 한다."

오랜 이민족의 통치로 자존심에 극심한 상처를 받은 한족들은 또 다른 이민족에게 지배당할지도 모른다는 생각에 혼란에 빠지고 말았다.

그러는 사이 유령 기병대는 연이어 몽고군의 군영과 홍건군을 격파해 나갔다. 지역과 전투의 방식은 모두 달랐으나 한 가지는 정확히 일치했다.

유령 기병대는 포로를 원하지 않는다!

몇몇 살아남은 자들의 증언에 의하면, 무기를 버리고 투항하는 자들은 물론이고 유령 기병대를 위해 군복을 바꿔 입겠다는 자들까지 무참히 살해했다는 것이다.

시간이 흐를수록 살아남은 자들의 증언과 이를 전하는 자들의 상상력에 의해 그들에 대한 공포는 높아져 갔고 더불어 전설은 써져 갔다.

그들은 칠흑 같은 갑주에 귀면갑과 투구로 얼굴을 가렸다. 역시나 어둠을 닮은 거대한 흑색 기마는 천 리를 질주하고도 숨 한 번 고르지 않는다. 무리의 우두머리부터 일개 병졸에 이르는 전 병력이 절정고수다.

귀면묵인대(鬼面墨人隊). 그들은 무적이다!

"귀면묵인대라… 역시 상상력이 부족한 사람들이네요."

부드러운 여인의 음성. 어딘가 모르게 요염하고 나긋하여 흐물흐물 퍼드러지게 만든다.

"상상력이 부족한 게 아니라 솔직한 거지. 한진회 내부에서는 실제로 이덕패의 군대를 '검은 군대' 라 부르고 있는 모양이니까."

탁자 위에 두 다리를 포개어 턱 하니 올려놓고 있는 사내. 호수처럼 잔잔하고 낮은 목소리가 그의 모습과 어우러져 음산함을 더한다.

널찍한 방 안에는 유독 두드러지는 외향의 두 남녀, 목여염과 야살귀를 제외하고도 꽤 많은 사람들이 모여 있었다.

한쪽 구석에는 꿰다 놓은 보릿자루같이 멀뚱히 앉아 있는 최선지와 임근홍도 보이고, 역시나 어리둥절한 표정의 숙연연과 남궁천상, 함철원도 눈에 띄었다.

또한 구파가 배출한 명성이 자자한 속가제자들은 물론이고 소위 사파의 고수들도 여럿 섞여 있으니 무림맹조차 해내지 못했던 완전한 무림연합(武林聯合)이라 할 만한 구성이었다.

그중 벽에 걸린 요녕 반도 일대의 지도를 시종 흑요석(黑曜石) 같은 눈으로 응시하고 있는 여인 또한 이목을 집중시키는 탁월한 미모를 지니고 있었다. 목여염이 나라를 망치고야 말 치명적인 아름다움이라면 이 여인은 단아하고 건강한 아름다움이다.

그녀는 천년신교의 교주, 연화였다.

"몽고군은 물론이고 홍건군까지… 이런 식이라면 중원의 경계심만 잔뜩 키워줄 터인데… 귀면묵인대의 진짜 목적이 뭘까요?"

연화의 물음에 목여염은 방 안이 환해지는 미소를 지어 보였다.

"교주의 생각은 어때요? 어째서 한진회는 이런 무모한 일을 벌이고 있을까요?"

연화의 곁에 그림자처럼 앉아 있던 여사령의 얼굴에 당장에 불쾌감이 서렸다. 감히 하늘 아래 천상태자 절대 유일 교주님께 반문을 하다니…….

그러나 연화의 대응은 차분했다.

"귀면묵인대의 출몰 지역을 보면 중구난방이지만 동선을 연결해 보면 확실히 그들은 심양으로 향하고 있어요. 그러나 심양은 이미 비검의 세상. 비검이 세우고 있는 모용왕국 역시 한진회의 곁가지라는 것을 감안한다면, 비검과의 합류를 생각하지 않을 수 없군요. 가는 길에 적성 세력을 제거하는 듯하구요. 하지만 한 가지가 걸리는군요."

홍미롭다는 표정의 목여염.

"그게 뭐죠?"

"이덕패와 비검의 관계죠. 둘의 사이가 썩 원만하지 않다는 사실은 우리조차 알고 있으니 당연히 한진회주도 알고 있겠죠. 한진회주는 현명한 사람이에요. 굳이 둘을 붙여놓아 불화를 키우려 들지는 않을 거예요. 결국 이덕패와 비검이 한진회의 치명적인 약점으로 작용할 테니까요."

중인들의 나직한 감탄사가 깔렸다.

단지 사실 관계의 몇 가지 조합만으로 이러한 유추를 끌어낼 수 있는 인간이 있다는 사실이 놀라운 것이다.

짝짝짝짝!

목여염도 활짝 웃으며 손뼉을 쳐댔다.

"과연 교주의 명석하고 냉철한 추리는 매번 저를 놀라게 하네요. 한 가지만 빼면 정확해요."

비로소 여사령의 안색이 조금 펴졌다.

여전한 미소로 목여염이 말을 이었다.

"귀면묵인대는 기마 팔백 기와 기병 팔백 명뿐입니다. 말 한 마리에 기병도 정확히 한 명씩이죠. 보병도, 뒤를 받쳐 줄 보급 부대도 없어요. 점령이 목표가 아니라는 뜻이죠."

"제가 틀린 한 가지가 뭐죠?"

"같은 맥락이에요. 귀면묵인대는 비검을 위해 몽고 진영과 홍건적들을 공격하고 있는 게 아닙니다."

연화의 까맣고 커다란 눈동자가 일순 번뜩거렸다.

"보급이군요."

"역시 교주와는 대화하기가 쉽다니까요. 호호호, 귀면묵인대의 출몰은 오 일에서 일주일 정도의 간격을 유지하고 있어요. 다시 말해 한 번 공격으로 그 정도의 보급을 충당한다는 얘기가 되죠. 하지만 이제 요녕에서의 보급은 불가해요. 더 이상 깨부술 군영이 없거든요? 심양으로 향하는 것은 비검과의 합류가 아니고, 단지 보급을 위해서일 뿐이죠. 보급을 마치면 이후 귀면묵갑대는 사라질 거예요, 아주 잠깐 동안이기는 하겠지만."

연화의 얼굴이 급히 어두워졌다. 목여염의 말을 듣고 뭔가를 깨달았던 것이며, 그것이 결코 달가운 방향이 아닌 것이다.

"대도(大都:북경). 그들의 목표는 대도군요."

장내는 침묵에 휩싸였다.

몽고제국의 중심이 하라호름이라면 쿠빌라이가 천도한 대도는 한인을 지배하기 위한 전진 기지다.

각지에서 거병한 한인들이 한결같이 외치는 구호가 무엇이던가?

"대도에서 몽고의 오랑캐를 몰아내자!"

대도는 한족들의 마음에 깊은 상처를 준 몽고 지배의 상징인 것이다.

때문에 대도를 먼저 점령하는 것은 매우 중요하고 의미가 있는 일이었다. 장차 새로 짜일 대륙의 판도에서 주도권을 잡을 수 있기 때문이었다.

그러나 아직은 강성한 몽고군에 대항할 만한 한족의 세력은 구축되지 않았다. 대도 탈환은 현시점에서 놓고 보자면 한족에게는 요원한 일인 것이다.

그런 대도를 또다시 이민족이 먼저 점령해 버린다면 한족의 자존심은 땅에 떨어지게 될 것은 자명한 일이었다.

종남파의 속가제자로 하남에서 명성이 알려진 황정의 얼굴이 벌겋게 달아오르는가 싶더니 벌떡 일어서 목청을 높였다.

"하지만 겨우 팔백 기의 철기로 어찌 대도를 점령한단 말입니까? 심양에서 대도까지는 빠른 말로 보름이면 닿을 거리이기는 하지만, 그 사이에는 여전히 건재한 오만의 몽고 대군이 버티고 있습니다. 귀면 어쩌고 하는 놈들이 제아무리 날고 긴다 한들 결국 몽고 대군에게 축차 소모되고 말 것이란 말입니다. 그 과정에서 몽고군도 적잖은 피해를 입을 것이니 우리는 손 안 대고 코푸는 격이 아니더이까? 하하하하!"

황정이 침까지 튀겨가며 열변을 토하다가 호탕하게 웃어 젖히자 중인들도 크게 따라 웃기 시작했다. 그들이 듣기에도 황정의 말은 구구절절 옳았고 머릿속에 그려진 장면이 너무나 통쾌했던 것이다.

그러나 웃지 않은 사람들이 있었다.

남궁천상과 최선지, 목여염과 연화였다. 아니, 지도를 뚫어져라 바라보던 그들의 얼굴에서는 짙은 그늘까지 드리워지고 있었다.

"물론 땅 위에는 오만의 몽고의 대군이 있지만!"

목여염의 뾰족한 일갈에 중인들의 웃음이 잦아들었다.

목여염이 비수를 빼 들어 지도의 한 지점에 세차게 박아 넣었다.

"여기에는 단 한 명도 없지요."

비수가 맑은 공명음을 남기며 꽂혀 있는 그곳은 발해만. 바다였다.

지독한 침묵은 다시 찾아들었다.

한참 후에야 황정의 떨리는 음성이 정적을 깼다.

"저, 저들에게 수군도 있다는 말이오?"

"잊으셨나요? 이덕패에겐 장강수로십팔타가 있어요. 이맘때의 발해 만은 오히려 장강보다 물길이 사납지 않습니다. 장강수로십팔타의 숙련된 노수(弩手)들에게 발해만을 건너는 것은 땅 짚고 헤엄치기나 다름 없다는 의미가 되는 것이죠."

이번엔 연화가 일어서 지도를 짚어나갔다.

"대련에서 출발한다면 이틀 안에 해안선 어디에나 상륙이 가능합니다. 상륙 지점 어디에서도 대도까지는 천 리가 안 되는 데다 진군을 늦출 큰 산도 없습니다. 게다가 근위군은 모두 대도의 북쪽과 남쪽을 향하고 있으니 동쪽에서 친다면 속수무책. 그들이 군사를 돌린다고 해도 이를 무시하고 대도로 진입해 버린다면 시가전을 치러야 할 것입니다. 귀면묵갑대가 시가전에 대한 완벽한 대책을 이미 세웠다는 데 제 목을 걸죠. 결국 바다에서 막아야 한다는 결론인데… 몽고군은 땅 위에서는 무적이지만 바다에서는 오합지졸에 다름 아니라는 점은 군이 설명을 안 드려도 될 것입니다. 결국 우리의 힘을 보태기는 해야 할 터인데, 우리에게 수군이 있던가요?"

목여염이 예의 화사한 웃음을 지어 보이자 중인들은 안도의 한숨을 내쉬었다. 그녀의 미소가 의미하는 바가 귀면묵갑대의 상륙을 저지할 수군 정도는 얼마든지 있다는 의미로 보였기 때문이다.

그러나……

"당연히 없지요. 수군은커녕 우리에겐 고깃배 한 척도 없답니다."

안도의 한숨은 순식간에 막막한 그것으로 변질되어 버렸다.

"궁주께선 지금 이 사람을 놀리는 것이오!"

벌떡 일어선 황정이 노발대발. 그러나 전혀 개의치 않는다는 듯 목여염은 여유롭다.

"호호호! 제가 황 대협을 놀릴 리가 있겠습니까? 몽고군은 바다에서 그들을 막지 못하겠지만 대도까지의 진공로에서 귀면흑인대를 기다릴 것입니다. 황 대협의 말씀처럼 그들끼리 상잔할 것이니 우리는 그저 굿이나 보고 떡이나 먹으면 되는 일입니다."

금세 다시 밝아지는 황정. 세상사 그리 복잡하게 살지 않는 종류의 인물이었다.

"호오! 천지밀궁의 지붕은 좁지만 궁주의 지붕은 하늘이라고 하더니, 몽고의 황실에도 궁주의 손이 닿은 모양이군요. 껄껄껄."

다시 중인들은 목여염의 방대한 영향력과 탁월한 기지에 찬사를 보내며 저들끼리 떠들고 웃어댔다.

그러나 그들 중에 연화는 개밥에 도토리처럼 외따로 떨어져 어둡게 가라앉아 있을 뿐이었다.

중인들이 모두 빠져나간 방 안.

연화는 자리를 뜨지 않고 벽에 걸린 지도만 뚫어져라 응시하고 있었다.

"교주께서는 제게 할 말이 있으신가요?"

목여염이다.

"당신은 대도 따위에는 관심이 없죠?"

연화는 돌아보지도 않고 냉랭한 음성을 뇌까리듯 뱉어놓았다.

몹시도 도전적인 자세였기에 목여염의 얼굴이 잠시 잠깐 굳어졌으나 이내 예의 미소를 띠며 말했다.

"무슨 근거로 그런 말씀을 하시죠?"

"북쪽에 주둔하고 있는 몽고의 철기는 만주의 동향 때문에 쉽게 움직일 수 없어요. 남쪽에 포진된 군대는… 차라리 그대로 있어주는 것이 도와주는 길이겠죠. 결국 상륙을 막을 병력은 황실의 근위대뿐. 고작 삼만 명에 불과하죠. 게다가 귀면묵갑대의 상륙 지점은 아직 누구도 알 수 없고, 각각의 상륙 지점에서 대도까지는 삼십 군데가 넘는 진공로가 그려집니다. 결국 각각의 진공로에 배치될 수 있는 부대는 천인대 하나! 일 개 천인대가 귀면묵인대를 막을 수 있다면 토끼가 호랑이를 잡아먹는 일이 생겨도 저는 놀라지 않을 겁니다."

목여염의 미소는 완전히 사라졌다. 이는 곧 연화의 말이 틀림없다는 뜻이기도 했다.

목여염에게서는 좀처럼 볼 수 없었던 싸늘한 시선을 받으면서도 연화는 흔들림이 없었다.

"휴우~ 역시 교주는 쉬운 사람이 아니에요."

결국 나직한 한숨을 내뱉은 목여염이 굳은 음성으로 말했다.

"맞아요. 지금으로서는 대도가 떨어지는 것을 막을 수 없어요. 하지만 어차피 한진회주와 이덕패가 노리는 것은 대도의 점령이 아니죠. 보병이 없는 팔백 기의 기병만으로 점령이란 애초에 불가능한 일이기도 하고."

그렇다면 무엇 때문에? 라는 의문이 남는다. 연화는 목여염에게 유심한 시선을 떼지 않았다.

"한진회가 원하는 것은 역사예요."

"……?"

"자신들의 군대가 대도를 점령했다는 한 줄의 역사 기록이 필요한 거죠. 아시겠어요? 한진회는 지금 그들의 후세에게 전해줄 당당한 역사책을 쓰고 있다는 말이에요."

이번만큼은 멍청해져 버린 연화였다.

이덕패와 귀면흑인대는 어디를 가도 가장 강력한 전력이 될 수 있는 강군이다. 보병과의 완전 편재의 부대를 구성한다면 능히 오만 대군이 될 수 있는 핵심 전력이라는 뜻이다.

그런 강력한 부대를 단지 역사책에 한 줄의 기록을 남기기 위해 소모시킨다? 연화로서는 도무지 이해할 수 없는 일이었다.

"교주는 앞으로 칠백 년 후의 세상이 어떨 것 같아요?"

멍한 표정이던 연화의 얼굴이 빠르게 경색되어져 갔다.

칠백 년 후의 미래. 목여염은 오백 년도 아니고 천 년드 아닌 칠백 년 후의 미래를 묻고 있는 것이다. 진이 왔다던 그 시대를……

"당신은… 천지밀궁은 우리의 친구가 맞나요?"

피식 웃는 목여염.

"그냥 단도직입적으로 물어요. 고려인이 아니냐고, 한진회가 세우려는 강성대국의 가장 큰 장애가 될 당신들 한족의 적이 아니냐고."

은은히 피어나는 살기. 연화의 기세는 이미 일대 종사의 풍모다. 그럼에도 목여염은 전혀 무방비인 채로 태연하게 잔에 차를 따를 따름이다.

기어이 차 한 잔을 따라 목을 축이고는 목여염은 예의 나긋한 음성으로 말했다.

"맞아요. 전 고려인이죠. 야살귀 또한 본래 한진회의 진골무사, 자기 말로는 칠백 년 후의 미래에서 온 사람이래요. 믿기지 않지만 믿어 줘야죠 뭐. 어쨌든 당신들과 우리가 친구가 될 수 없다고 못 박아야 한다면 그런 이유들 때문이겠지요."

"그런데 어째서 우리를 돕는 거지?"

어투마저 하대로 변했다. 어느새 연화의 오른손도 허리춤에 올라가 있었다. 발도식(拔刀式). 허튼수작이라도 부리면 베겠다는 의지다.

그러나 목여염은 여전히 능청이다.

"어머! 절 베기라도 할 모양이시네."

"대답 여하에 따라서는."

방 안의 공기가 순식간에 얼어붙었다.

지독한 살기. 목여염에게서 비롯된 것이 아니었다. 더군다나 하나가 아닌 둘이다.

연화는 입술을 질끈 깨물었다.

'야살귀. 또 하나는 누구지?'

"그만둬요. 그리고… 당신도요."

묘하다. 시종 여유롭기만 하던 목여염의 음성은 미세하게 떨리는 듯했는데, 특히 '당신도요'라는 부분에서는 확실하게 느껴졌다.

두 곳에서 비롯된 살기는 못내 움칠거렸지만 결국 슬그머니 사그라졌다. 음산한 음성은 그런 뒤에 들려왔다.

"내가 세상에서 못 믿는 것이 두 가지가 있는데, 하나는 여자고 하나는 뙤국 놈들이다. 교주, 불행히도 당신은 이 두 가지가 모두 해당돼. 하나 한 가지는 확실하게 말해 줄 수 있지. 아직까지는 우리가 당신들의 적이 아니야. 그리고…… 석양동, 거긴 내 자리다."

"지금은…… 아니다."

천장에서 들려오는, 도무지 상황의 연결 고리를 찾아볼 수 없는 두 남자의 터무니없는 말다툼에 연화는 어리둥절한 표정으로 목여염을 쳐다보았다.

그 순간에 목여염은 역시나 좀처럼 볼 수 없었던 어색한, 그러나 어던지 행복해 보이는 미소를 짓고 있었다.

'궁주와 석양동이라는 사람… 서로 좋아하고 있어. 하지만 꽤 두꺼운 벽이 있구나. 결코 쉬이 넘어설 수 없는……'

엉뚱하게도 갑자기 한쪽 가슴이 찌릿하게 아파온다.

목여염과 석양동의 미묘한 관계가 낯설지만은 않은 탓이다.

'그는 살아 있을까?'

그럴 리 없다. 진은 죽었다.

진이 태양선교에게 잡혀갔다는 소식을 듣고 자신도 모르게 소요산까지 쫓아갔지만 그땐 이미 늦어 있었다.

백비운과 싸우는 진의 모습. 살인귀였다. 피에 굶주린 혈수였다.

자신에게만큼은 언제나 따뜻했고 아름다운 미소를 보여주던 진은 세상 어디에서도 찾아볼 수 없게 된 것이다.

울지 않으려 했지만 돌아오는 내내 울고 말았다.

그가 중공산에서 기다릴 때 다시 찾아갔더라면… 아니, 개봉에서 만나기만 했더라면 그런 일은 생기지 않았을 텐데…….

"교주?"

상념을 파고드는 음성에 연화는 깜짝 놀라고 말았다.

"뭘 그렇게 놀라요? 숨겨놓은 애인 생각이라도 하나 봐."

능글거리는 목여염을 보고 연화는 당장에 안색을 굳혔다.

"흰소리 말고 어째서 당신들이 우리를 돕는지 설명해요."

목여염이 씽긋 웃으며 말했다.

"한진회는 실패할 테니까요."

"무슨 뜻이죠?"

"모르겠어요? 한진회는 두 가지 오류를 범했어요."

"……!"

"맞아요. 하나는 한진회는 이미 역사에 손을 댔다는 거예요. 이젠 그들은 미래를 읽는 신이 아니죠. 자신들이 책에서 읽었던 일들이 전혀 다른 방향으로 흘러가기 시작했을 테니까."

"다른 하나는?"

"이것도 같은 맥락이지만 먼저 것보다 훨씬 치명적이에요. 맞춰볼래요?"

"그들은 신이 아니다…… 신은 죽지 않지만 사람은 언젠가 반드시 죽는다? 그렇군. 그들은 죽는군. 역사는 이미 바뀌어 가고 있는데 그들은 그것을 조절하지 못하겠군. 그들에게 주어진 시간은 고작 몇십 년뿐일 테니까."

"딩동댕! 거의 비슷해요. 단지 몇십 년이 아니라 백 년이 조금 넘는 정도라는 것만 빼면."

"백 년?"

"당신도 알 텐데요? 인위적으로 사람의 수명을 늘리는 방법이 있다는 것을."

"서, 설마……!"

"이번에도 정답. 유체대침술이죠. 당신의 사부와 신검 대협, 그리고 장상봉이 바로 생명을 담는 용기가 되는 거죠."

"마, 말도 안 돼. 유체대침술은 이미 실전됐어."

"맞아요. 의가당의 멸문과 동시에 분명히 실전됐죠. 하지만 누군가 다시 복원시켰다죠? 의가당을 멸문시킨 그 누군가가."

"그런……."

"알죠? 난 확실한 것만 입 밖에 내요. 그러니 더 이상 말해 줄 수 있는 것은 없어요. 그럼 결론을 말해 줄게요. 한진회는 필연적으로 실패해요. 대륙의 한족들은 오랜 역사와 머릿수만큼이나 쉽게 무너지지 않는 것이니까요. 고려는 약했기 때문에 지금껏 살아남았어요. 약한 것은 위협이 되지 않으니까. 그러나 한진회가 있는 고려는 강하죠. 장차 대륙을 통일한 자는 대륙의 목을 겨누고 있는 날카로운 창을 어떠한 희생이 따르더라도 뽑아내려 할 겁니다. 결국 원의 속국으로 전락해 있는 지금보다 더 비참한 현실을 맞이하겠지요. 이것이 우리가 당신들을 돕는 이유입니다."

그러나 연화는 목여염의 말을 듣지 못했다. 그녀의 혼탁한 가슴과 엉망으로 엉켜 버린 머리는 어떠한 정보도 받아들이지 못하고 있는 것이었다.

연화는 목여염이 방을 나서고도 한참 동안이나 그렇게 우두커니 서 있을 따름이었다.

*　　　*　　　*

진은 아직 오양동굴에서 머물고 있었다.

상처도 치료를 해야겠거니와 의식의 세계에서 깨달았던 부분을 실제로 적용해 보기 위해서는 조용한 곳이 필요했기 때문이다.

진이 치료와 운기를 병행하는 동안 기회가 충분히 있었음에도 대승정관은 꼬박 진의 곁을 지켜야 했다.

노백이 유일한 출구인 만장폭포 앞을 눈에 불을 켜고 지키고 있기는 했지만, 기실 오양동굴에는 자신만이 알고 있는 비상구가 많기 때문에 노백의 눈 정도는 얼마든지 피해 달아날 수 있었다.

대승정관이 비상구를 찾아 이곳을 벗어나겠다는 생각을 원천적으로 차단당했던 이유는 바로 저것이다.

크르르릉······.

거대한 백색 늑대. 귀랑이 한시도 대승정관에게서 눈을 떼지 않고 있는 것이었다.

기실 귀랑은 대승정관의 적수가 되지 못했다. 비록 엄청난 힘과 속도를 가진 영물이기는 했지만 대승정관에게는 복마술법이 있었다. 그저 부적 한 장 날려주면서 몇 마디 되지도 않은 간단한 주문만 외어주면 귀랑은 또다시 산송장 신세를 면치 못하게 되는 것이다.

그러나 그런 짓을 했다가는 복마술법이나 부적 따위는 이빨도 안 들어가는 마수족 같지 않은 마수족에게 '얼차려'라는 무시무시한 고문을 당하게 된다.

결국 일평생 손에 물 한 번 묻혀보지 않았던 대승정관은 진의 곁에서 수발이나 거들고 개밥이나 퍼줘야 하는 처량한 신세로 전락하고 만 것이었다.

누구의 인생이 이러거나 저러거나 진은 시종 눈을 감고 묵상에 잠겨 있었다.

단전에 머문 음양기는 당연히 의식의 세계에서 자신이 만들어낸 것보다 터무니없이 적은 양이었다.

대신 진에게는 다른 것이 있었다. 바로 절대 악이 고스란히 남겨놓은 미증유의 힘이다. 이제는 미증유랄 것도 없다. 그것은 따로 떼어놓은 인간의 분노와 증오가 물질적으로 구체화된 힘이었다.

진은 먼저 이 힘을 음양기와 조화시키는 데 주력했다. 쉽지 않은 일이다.

음양기는 기경팔맥에 축기된 진기다. 하지만 절대 악이 남겨놓은 물리력은 딱히 진기라고 규정할 수 없었다. 게다가 폭급하고 불안정하다. 도무지 공통점이라고는 찾아볼 수 없으니 두 기운은 물과 기름처럼 겉돌기만 했다.

가장 큰 문제는 절대 악의 기운은 진의 말을 듣지 않는다는 점이었다. 제멋대로 경락을 파고들며 기경팔맥으로 퍼져 날뛰는가 싶으면 어느새 단전에 숨어들어 웅크리고 있기를 반복하는 것이다.

그러나 진은 포기하지 않았다. 어르고 달래다 안 되면 마구 두들겨 패기도 했고, 그것도 여의치 않으면 멋대로 뛰놀라고 풀어주기도 했다.

그렇게 슬슬 절대 악의 기운이 음양기와 혼합되기 시작한 것이 어제의 일이었다. 야생마같이 날뛰던 기운이 결국 제놈의 주인이 바뀔 수는 없다는 사실을 마침내 깨닫고 순순히 굴복한 것이다.

한 번 시작된 융화는 빠르게 진행되었고 오늘에 이르러서는 완벽한, 그러나 기존의 음양기나 절대 악의 기운과는 전혀 다른 하나의 진기가 만들어졌다.

온순하지도 사납지도 않으며, 한없이 느리거나 지나치게 빠르지도 않다.

그것은 진의 생각보다 아주 자연스러운 것이었는데, 인간 본연의 칠정이 제자리를 찾아든 것처럼 당연하게 기맥에 섞여들었다.

단계를 넘었으니 이제는 몸에 적응시킬 차례였다.

긴 세월의 운기토납으로 축기한 것도 아니고, 비급 따위가 있을 리도 없으니 새로운 기운을 온전히 내 것으로 만들기 위해서는 몸으로 때워야 하는 선택뿐이었다.

조심히 기해를 열자 진기가 폭포수처럼 쏟아져 나왔다. 진은 깜짝 놀랐으나 이내 안정을 찾고 의식의 세계에서 구축했던 전혀 새로운 행공법으로 진기를 이끌기 시작했다.

운문을 거치지 않고 곧바로 백회를 치게 만든다. 천극에 뭉친 진기는 하나의 기류가 아닌 수많은 가지를 뻗치게 만들어 동시에 전신 기맥을 타통시킨다.

진의 이마에 땀이 송골송골 맺혔다.

기해에서 빠져나오는 진기는 시간이 지날수록 오히려 많아졌다. 속도도 가까스로 제어가 가능할 정도로 빨라졌고, 그만큼 정수리에 몰려드는 기운도 급격히 증가했다.

의식의 세계였다면 당장에 멈추고 숨을 고를 것이나 현실의 세계에서 그런 짓을 했다가는 십 중 구 할은 전신 혈맥이 터져 나가 폐인이 되고 만다.

어차피 판도라의 상자를 열어버린 셈. 끝까지 가보는 수밖에는 없는 노릇이었다.

진의 얼굴이 붉어지는가 싶더니 순식간에 불에 달군 쇳덩이처럼 새빨갛게 달아올랐다.

쉬이익!

머리 끝에서는 수증기가 피어오른다. 동시에 뚫린 구멍이란 구멍에서는 모조리 피가 쏟아져 나왔다.

이 모습을 가만히 지켜보던 대승정관은 쾌재를 불렀다. 진의 상태는 누가 봐도 당장에 사단이 나고야 말 위험한 상태로 보였다.

대승정관은 무공에 대해서는 아는 바가 없지만 무인들이 저런 상태에 있을 때 슬쩍 건드리기만 해도 주화입마에 빠져 버려 운수대통해야 폐인이고, 대부분은 죽음을 면치 못한다는 사실 정도는 알고 있었다.

지금이라면 마수족의 후예는 꼼짝할 수 없다. 마수족이 꼼짝할 수 없다면 저 거대한 똥개는 그야말로 자신의 밥이나 다름없는 일.

대승정관은 걱정이라도 되는 듯 진에게 온 신경이 쏠려 있는 귀랑을 향해 재빨리 부적을 던졌다.

"오움 아밀라이 타이 쿰므스와……."

위험을 감지한 귀랑이 재빨리 몸을 솟구쳐 뛰어올랐다. 그러나 부적은 눈이라도 달린 마냥 방향을 틀어 귀랑의 꽁무니를 따라갔고, 결국 귀랑의 이마에 찰싹 붙어버렸다.

그 뒤의 결과는 뻔하다. 귀랑은 또다시 살아 있는 박제가 되고 말았다.

"크하하하! 너는 기회가 있었을 때 나를 죽였어야 했다!"

대승정관은 통쾌한 표정으로 진에게 다가갔다.

피는 멎었지만 진의 전신은 '흐른다' 라기보다는 '뿜어져 나온다' 라는 표현이 더욱 적합할 정도로 땀에 흠뻑 젖어 있었다.

"이러고 있을 땐 슬쩍 건드리기만 해도 주화입마에 빠져 병신이 된다지? 크크크, 이따위 짓을 왜 하는지 몰라. 그래서 너희 무인들을 가리켜 대가리 안에도 근육만 들어차 있다고 하는 것이다. 자, 어디부터 어루만져 줄까? 머리? 아니면 가슴?"

대승정관의 얼굴에 잔인한 미소가 떠올랐다. 슬그머니 장난기가 발동한 것이다.

"크크크, 그것 아느냐? 네놈의 양물은 내 것의 절반도 안 된다. 사내자식이 그따위래서야 어디 계집을 만족시켜 줄 수 있겠느냐? 차라리 없느니만 못하니. 그래서 나는 네놈의 그것을 아주 잘라주기로 결정했다. 크크크."

대승정관은 진의 사타구니에 손을 뻗어 '그것'을 우악스럽게 움켜쥐었다.

그런데……

아무런 변화가 없다.

들은풍월에 의하면 필경 간질에 걸린 마냥 발작을 해야 하는데, 진은 처음 그대로의 모습으로 앉아 있는 것이었다.

대승정관이 꿈에서도 듣고 싶어 하지 않았던 음성이 들려온 것은 그때 즈음이었다.

"말했을 텐데, 나는 확고부동한 이성애자라고."

대승정관의 얼굴에서 핏기가 온전히 빠져나간 것은 그야말로 삽시간에 일어난 일이었다.

"주, 주공… 저, 저는 그저……."

"다 들었다."

허옇게 뜬 대승정관의 안색이 급기야 시퍼렇게 질려가기 시작했다.

"그것이 아니오라……."

"네 것이 더 크다며? 나는 자존심이 매우 강한 남자다. 그래서 나보다 더 큰 것을 달고 있는 놈이 이 세상에 있다는 것이 못내 불쾌하다."

진의 입가에 떠오르는 악마 같은 미소를 보는 것을 마지막으로 대승정관은 의식을 끈을 놓쳐야 했다.

진은 어이가 없는 표정이었다.

"그러니까 그나마 한 번이라도 칼을 들어본 자들은 이게 전부란 말이지?"

얼굴이 엉망으로 망가져서 도무지 어떤 상태인 줄은 알 길이 없었지만 최소한 대승정관이 현재 극도의 공포에 시달리고 있다는 것쯤은 한눈에도 알 수 있었다.

그럴 만도 한 것이 무자비한 구타와 얼차려를 당하고 나서 '경 내의 모든 무사를 소집하라'는 추상같은 명을 받았건만 모아놓은 무인들이 백 명도 채 되지 않았으니 다가올 응징의 결과가 참으로 두려울 수밖에 없는 노릇이었다.

그나마 팔다리가 멀쩡하게 붙어 있는 자는 대충 삼십 명 정도. 그들 중 현재 몸 상태에 아무런 하자가 없으며, 누군가의 부축 없이도 자신의 두 다리로 서 있는 사람은 열 명뿐이었다.

나머지는 그야말로 패잔병의 그것이었다. 심지어 온몸에 붕대를 친친 감고 두 눈만 말똥말똥 내밀고 있는 자도 있었다.

"십만 교도라며?"

"마, 말은 그렇게들 하지만 실상은 삼만 명이 조금 넘습니다."

"그래, 삼만 명이라고 치자. 그래도 삼만 명의 교도를 통제한다는 무승(武僧)들이… 이래도 되는 거냐?"

"그, 그것이……."

사실 대승정관으로서는 억울하기 짝이 없는 일이었다.

기껏 공들여 양성해 놓은 이백 명의 무승을 삽시간에 불귀의 객으로 만들어 버린 사람이 누구냔 말이다.

하지만 그렇게 된 것이라고 대들었다간 그 무시무시한 '얼차려'를 신물이 올라올 때까지 받아야 할 것이었다.

"휴우~"

바들바들 떨고만 있는 대승정관을 보며 진은 미간을 짚고 한숨을 내쉬었다.

이름하여 칠정기(七情氣)—누차 강조하지만 진의 작명가로서의 재능은 '좌절'이다—의 내력은 완성했다.

하마터면 대승정관으로 인해 실패할 뻔했지만 사타구니를 잡히기 바로 전에 기경팔맥과 생사현관을 하나로 뚫어버린 것이었다.

이것만으로 칠정기가 완성되었다고 논하기에는 이르지만 앞으로 진 자신이 만든 독특한 행공법으로 운기토납을 한다면 필경 더욱 강성한 내공을 만들어갈 수 있을 것이었다.

지금의 상태가 어느 정도인지는 정확하게 가늠할 수 없으나 공야숙이나 영호성에 가까이 왔다는 확신이 들었다.

문제는 초식을 가다듬는 것이었는데, 진은 골방에 갇혀 혼자서 휘둘러 대는 폐관수련보다는 실전적인 대련을 선호했으므로 그 부분은 앞으로 해결해 볼 생각이었다.

그러나 한진회를 상대하기에는 역부족이라는 것을 진은 잘 알고 있었다. 한 손으로 열 손을 막을 수는 없는 노릇이었다.

그래서 한진회에 대항할 집단을 만들 계획이었고 그 해법을 태양선교에서 찾으려고 한 것이다.

그런데 이 꼴이라니…….

재차 고민에 빠져 있는데 진의 시선에 그나마 몇 되지 않던 멀쩡한 행색의 사내가 유독 눈에 들어왔다.

여기 있는 녀석들의 대부분이 그랬으므로 놈의 더러운 인상이 새삼스러웠던 것은 아니었고, 그렇다고 다른 녀석보다 기도가 출중한 것도 아니었다.

단지 그의 불타는 눈이 의아스러웠던 것이다.

"저 친구는 왜 저렇게 눈에 힘주고 있나?"

대승정관이 진이 가리키는 방향을 보더니 한차례 몸을 흠칫 떨고 말했다.

"저, 저자가 일전에 말씀드렸던 노백이라는 자이옵니다."

"언제?"

자신과 특별히 관계없는 사람의 이름을 기억하지 못하는 습성만큼은 여전히 변하지 않았다.

"그 왜… 주공의 신변에… 약간의 변화를 준 대법을 시행하면서 제 놈 딸을 태양신께 바쳤다고 제게 원한을 품은 자 말입니다."

모르겠다. 기억 안 난다.

그렇지만 저 눈, 참으로 맘에 들지 않는가?

"그래, 노백. 앞으로 일 보."

노백은 움직이지 않았다. 그에겐 진이든 절대 악이든 전혀 알 바 없었다. 오직 대승정관에 대한 복수심만 들끓고 있을 뿐이었다.

진은 흥미롭다는 미소를 띠우고 단상을 내려가 노백의 앞에 섰다.

기이이이이!

급작스럽게 증폭되는 기세. 백여 명에 가까운 무사들의 얼굴이 순식간에 파리해졌다.

의기상인. 진이 단지 마음을 일으킨 것만으로 장내의 무인들은 보이지 않은 수많은 칼이 자신의 가슴을 헤집는 환상을 목도하고 실제로도 엄청난 고통을 느꼈을 것이다.

쉬이익.

의기상인은 거두어졌다. 무사들의 눈에는 공포가 피어올랐으나 단한 사람, 노백의 눈에는 되레 굴하지 않을 의지가 더욱 굳건하게 자리하고 있었다.

"마음에 드는 친구군. 어떤가? 내가 제의를 하나 하고 싶은데."

비로소 반응을 보인다.

"당신은 일수에 우리 모두를 죽일 수 있는데 굳이 제의를 할 것은 무어요. 그저 따르지 않으면 죽인다고 하시오."

"따르지 않으면 죽인다."

"좋을 대로 하시오."

거침없는 대답. 하라고 해놓고 딴소리다. 진은 노백이라는 사내가 더욱 마음에 들었다.

"일단 한번 들어나 보는 것이 어떻겠나? 귀가 닳는 것도 아니고."

"그런다고 내 딸이 살아나오? 나는 저 빌어먹을 땡추 놈의 모가지를 비틀어 버리고 내 딸 곁으로 가려오."

진은 숙연해졌다. 노백이라는 사내… 자신과 닮은 구석이 많았다.

"나는 아내와 아내의 뱃속에 있는… 성별도 모르는 아기를 한꺼번에 잃었지. 자네의 심정을 이해한다고 하면 믿어주겠나?"

노백의 눈에 당장에 뿌옇게 서리가 차 올랐다. 느릿하게 진에게 시선을 돌리는 노백.

"이름이… 뭐였소?"

"아들이었으면 명. 딸이었으면 해."

"내 딸은 련아…… 노… 련."

"예쁜 이름이군. 당신을 닮았으면……."

시집은 다 갔다.

얼음장처럼 차갑게 굳어 있던 노백의 얼굴이 사르르 녹아내렸다.

"엄마를 빼다 박았소. 눈이 아주 크고 특히 코가 아주 예뻤소이다."

꿈꾸는 듯한 목소리. 분노에 가려 제대로 떠올리지도 못했던 딸아이의 해맑은 웃음이 선명하게 떠오르자 노백의 얼굴에서는 기어이 따뜻하고 큰 미소가 떠올랐다.

한참을 그렇게 딸과의 즐거웠던 나날들을 곱씹어보고 이제는 가슴에서 놓아줘야 한다는 사실을 깨달은 노백은 한결 편안한 얼굴로 진을 돌아보았다.

"제의라는 것… 뭐요?"

"나와의 동업."

의아한 표정.

"당신은 강하오. 여기 있는 우리를 모두 합친 것보다 몇 배는 더. 무엇이 아쉬워 동업을 하자는 것이오."

"나의 적은 더 강하기 때문이지."

노백의 얼굴에 경악이 실렸다. 의기상인을 백여 명에게 동시에 펼치는, 노백으로서는 보도 듣도 못한 초절정고수이거늘 더 강한 자들이 있다 하니 놀라지 않을 수 없었다.

그러나 그들이 누구든 아비에게서 아이를 빼앗은 악마 놈들은 그들의 고향, 지옥으로 보내줘야 하는 것이었다.

노백은 결연한 표정으로 물었다.

"내가 무엇을 해야 하오?"

"내가 당신에게 몇 가지를 가르쳐 줄 작정이오. 그것을 여기 있는 친구들 중에 나를 도와줄 생각이 있는 사람에게 전수해 주시오."

노백은 피식 웃었다. 난데없이 그가 실소를 흘리자 진은 무안해지고 말았다.

"태양선교 무사들은 나름의 법도가 있소. 그게 무언지 아시오?"

"……?"

"저들을 보시오."

진은 노백이 가리키는 대로 장내의 무사들을 쳐다보았다. 그러다 흠칫.

여인에게라도 저런 눈빛을 받는다면 부담스러울 것이다. 반짝반짝, 그들이 진을 바라보는 빛나는 눈에는 한없는 경외와 존경이 담겨 있는 것이었다.

"태양선교의 법도는 오직 힘이오. 강한 자는 약한 자를 지배하고 구속하오. 약한 자는 강한 자를 숭배합니다. 저들은 이미 당신을 숭배하고 있소이다. 그리고……."

"그리고?"

"조금 전 당신은 태양선교의 법도에 반하는 유일한 사람을 설득시켰소."

노백은 크게 미소 지었다. 험악한 인상에 썩 보기 좋은 모양은 아니었지만 거기에는 깊은 신뢰가 담겨 있었다.

"먼저 청이 한 가지 있소이다."

"말해 보시오. 내 능력은 보잘것없지만 재주껏 힘써보겠소이다."

"다름이 아니라… 저거……."

노백이 검지를 들어 가리키는 끝, 대승정관이 하얗게 질린 채 바들바들 떨고 있었다.

"나 주시오."

진은 입꼬리가 한껏 비틀린 미소를 크게 지어 보였다.

"까짓것, 내드리리다. 다만 완전히 부숴 버리진 마시오. 빨래, 식사는 물론이고 화장실 청소에도 요긴하게 쓰이더이다."

한 번 웃자고 농을 던졌음에도 노백의 얼굴은 한층 결연한 표정이었으며 얼마간 비장함마저 묻어나왔다.

"몇 가지라는 것이 무공입니까?"

이제는 극진한 공대다. 진은 노백과 무사들이 이 시간 부로 자신을 따르기로 결정했다는 것을 알 수 있었다. 이렇게 되면 진지해질 필요가 있다.

진 역시 얼굴을 굳히며 답했다.

"정확히 말하자면 싸울 때 필요한 것들."

노백이 느닷없이 오체투지를 했다. 진이 놀라 일으켜 세울 생각도 못하는 사이 경내 다른 무사들도, 심지어 상처가 가볍지 않아 보이는 자들까지 모조리 땅바닥에 넙죽 엎드리는 것이었다.

이어 소요산 자락을 쩌렁쩌렁 파고드는 우렁찬 함성.

"속하, 태어난 날은 각자 다르나 제삿날은 한날한시가 될 것임을 주공 앞에 맹세하옵니다!"

한편 난감하고 다른 한편으로는 기대에 차 있는 진의 뒤로 기절한지 오래인 대승정관의 모습이 잠시 잠깐 스쳐 갔다.

『귀안』 6권으로 이어집니다